suhrkamp taschenbuch 772

Herbert W. Franke, 1927 in Wien geboren, studierte Physik, Mathematik, Chemie, Psychologie und Philosophie. Er promovierte an der Universität Wien mit einem Thema aus der theoretischen Physik zum Doktor der Philosophie. Seit 1957 ist er freier Schriftsteller. Seine ersten Science-fiction-Geschichten publizierte er in den Jahren 1953 und 1954 in der Wiener Kunstzeitschrift *Neue Wege.* Weitere Veröffentlichungen: *Der grüne Komet,* 1960; *Das Gedankennetz,* 1961; *Der Orchideenkäfig,* 1961; *Die Glasfalle,* 1962; *Die Stahlwüste,* 1962; *Der Elfenbeinturm,* 1965; *Zone Null,* 1970; *Einsteins Erben,* 1972; *Ypsilon minus,* 1976; *Zarathustra kehrt zurück,* 1977; *Sirius Transit,* 1979; *Schule für Übermenschen,* 1980; *Paradies 3000,* 1981; *Keine Spur von Leben . . .,* *Transpluto,* 1982, *Tod eines Unsterblichen,* 1982, *Die Kälte des Weltraums,* 1984. 1980 wurde Franke zum Mitglied des Internationalen PEN-Clubs gewählt; im selben Jahr wurde ihm der Berufstitel Professor verliehen.

Ein Sarg auf dem Transport durch den Weltraum, Havarie in der Nähe eines verbotenen Planeten, Militärs bei sinnlosen Planspielen, Wissenschaftler, die ihre Ergebnisse systematisch vernichten, und ein zum Sterben verurteilter Unsterblicher – das sind einige Szenenbilder aus dem neuen Roman von Herbert W. Franke. Die Welt, die er beschreibt, könnte ein Gefängnis sein, eine Kaserne oder eine Heilanstalt, auf jeden Fall ist sie ein Alptraum der Irritation, ein Netzwerk aus Täuschung und Intrige. Und wie schon oft in den Geschichten von Franke ist es ein einzelner, ein Außenseiter, nur zufällig in eine ungewöhnliche Situation geraten, der sie zu verstehen und sich aus ihr zu befreien versucht.

*Tod eines Unsterblichen* – schon der Titel deutet das Widersprüchliche an. Die Logik des Absurden. Neben der Konfrontation mit dem Unbekannten, neben dem gedanklichen Experiment, das jede Science-fiction-Geschichte sein sollte, ist es auch die surrealistische Szenerie, die den Autor an der Science-fiction besonders anzieht. Aber Herbert W. Franke ist Naturwissenschaftler, Physiker, und das Phantastische für sich ist ihm zu wenig. Was zunächst sinnlos erscheint, entpuppt sich als notwendige Konsequenz der gesellschaftlichen Struktur einer möglichen Zukunft.

# Herbert W. Franke
# Tod eines Unsterblichen

*Science-fiction-Roman*

Phantastische Bibliothek
Band 69

**Suhrkamp**

Redaktion und Beratung: Franz Rottensteiner
Umschlagzeichnung: Thomas Franke

suhrkamp taschenbuch 772
Erste Auflage 1982

Satz und Druck: Ebner Ulm
Printed in Germany
Umschlag nach Entwürfen von
Willy Fleckhaus und Rolf Staudt

3 4 5 6 7 – 88 87 86 85 84 83

# Tod eines Unsterblichen

# Ankunft

*Raumschiff* *Bordzeit: 0815–0905*

Der Transfer aus dem Hyperraum hatte begonnen. Das Röhren der Antriebsaggregate war verstummt, die Kapsel bewegte sich nur noch infolge ihrer eigenen Trägheit und näherte sich langsam dem Ende des Korridors.

Arvid warf einen letzten Blick ins Rund der Pilotenkanzel. Die Ortungsanlage war eingeschaltet, doch der Bildschirm zeigte nur ein wirres Kurvennetz, das sich allmählich mehr und mehr verzerrte. Das Hauptlicht war auf die tiefste Stufe getrimmt, der Raum lag in der Dämmerung, in der die Lichter der Armaturen haltlos zu schweben schienen. Das Steuersystem war auf Automatik gestellt, hin und wieder bewegte sich ein Hebel, wanderte ein Zeiger über die Skala. Alle frei beweglichen Gegenstände in der Kapsel waren festgeschnallt, in der Nische an der Seitenwand, durch eine Plastikhülle besonders geschützt und fest mit dem Boden verschraubt, stand der metallene Sarg.

Arvid zog den verspiegelungsfrei geschliffenen Bordglashelm über den Kopf und ließ die Klemmen einrasten. Wie es Vorschrift war, hatte er den Schutzanzug angelegt und sich in die Gurte gebunden. Ein kleines, unscheinbar grünes Lämpchen am unteren Rand der Schalttafel zeigte ihm an, daß das System der Heliumpolster betriebsbereit war; wenn es auch unwahrscheinlich schien, so mußte man auf einen Zusammenstoß mit Materie gefaßt sein – die für kurze Zeit geöffnete Schleuse zog Masseteilchen mit unwiderstehlicher Kraft an. Auch so kleine, die dem Gravitationsfühler entgingen, konnten gefährlich werden.

Die Flüssigkristallanzeige, die über den Stand des Countdown informierte, lag schon nahe bei Null; nur wenige Sekunden fehlten bis zum Durchtritt.

Noch lag draußen vor dem gewölbten Sichtfenster diffuser

Perlmuttglanz – die starke Raumkrümmung verwischte jede optische Struktur.

Und dann der Nullpunkt – Landung in einem fernen Winkel des Weltraums!

Erstaunlich, daß es so lautlos vor sich ging! Ein kurzes Flackern, Lichtreflexe, dann plötzlich wieder das harte Helldunkel des dreidimensionalen Kontinuums. Einzelheiten noch nicht erkennbar – parallel zur Horizontale des Bodens liefen bräunlich-bläuliche Streifen über das Sichtfeld, dazwischen Schwarz, das durch eine dünne, gleißende Linie zerschnitten war. Mehrfache Wiederholung eines Bildes wie bei einem schlecht eingestellten Fernsehempfänger. Noch waren sie dem Einfluß der Gravitationslinse nicht völlig entronnen, noch gaukelte sie abstrakte Unwirklichkeit vor. Doch die Streifen wanderten, immer schneller, es wurden weniger, die sich um eine Einschnürung wölbten. Lichtwirbel kreisten um das Zentrum, in denen sich das Bild verschärfte, und plötzlich waren die flackernden Ausläufer verschwunden, nur noch eine einzige Scheibe war übriggeblieben, hellbraun und hellblau schattiert, jetzt als schwebende Kugel zu erkennen: Nathan 4. Rundherum das Schwarz eines atmosphärelosen Himmels, die hellen und ruhigen Punkte der Sterne, dazwischen ein blendendes Licht, das in den Augen schmerzte und Arvid den Blick abwenden ließ: die Sonne dieses abgelegenen Systems.

Damit war die Zeit der Untätigkeit vorbei – 49 Tage waren es gewesen.

Arvid löste die Gurte, warf einen Blick auf die Schalttafel und legte dann den Helm ab. Er zog auch die Handschuhe aus, ließ aber die übrigen Teile des Schutzanzugs an. Er beugte sich zur Eingabetastatur und tastete einen Befehl ein. Jetzt würde sich zeigen, ob die Ortung gelungen war. Das Liniennetz auf dem Monitor war nun einem dreidimensionalen Koordinatennetz gewichen, in holografischer Darstellung perspektivisch wiedergegeben. Einige farbige Kugeln zeigten die Standorte der Sonne, der Planeten, der Monde an, ein blinkender Punkt markierte jenen der Kapsel. Sie hing unbewegt, wie in einem

Spinnennetz gefangen. Der Landung schien nichts im Wege zu stehen. Arvid tippte den Befehl für den automatisch gesteuerten Landeanflug ein. Einige Sekunden ohne Reaktion . . . Stille, dann ein kaum merklicher Ruck, die Kapsel drehte sich, schwenkte in eine andere Orientierung.

Über den Monitor des Ortungssystems liefen Schwankungen – kurze, zittrige Wellen im Regelmaß der Geometrie. Arvid stellte den Frequenzsucher ein, der grüne Punkt begann über die Skala zu wandern . . . hielt.

». . . Sie haben den Zielpunkt verfehlt. Sie sind nicht im Orbit. Das ist eine Warnung: Sie haben den Zielpunkt verfehlt. Sie sind nicht im Orbit . . .«

Arvid blickte beunruhigt auf den Monitor, das Bild war wieder ruhig. Auch durch das Sichtfenster nichts Ungewöhnliches zu erkennen: der Planet nun am unteren rechten Rand, die Sonne außerhalb des Gesichtsfelds.

Ein anderer Sender, eine andere Stimme: »Willkommen auf Nathan 4! Wir wünschen Ihnen einen angenehmen Aufenthalt! Bitte, melden Sie sich bei der Registratur – halten Sie die Papiere bereit!«

Knackende Geräusche aus dem Lautsprecher, dann ging die Stimme in einem Prasseln unter. Die grüne Anzeige des Frequenzsuchers wanderte weiter . . . fand einen anderen Sender.

»Sperrzone – Aufenthalt verboten! Entfernen Sie sich unverzüglich! Verwenden Sie die Hyperraumschleuse. Das ist ein Befehl: Sperrzone – Aufenthalt verboten! . . .«

Arvid schüttelte den Kopf. Er hob das Mikrofon an den Mund, schaltete auf »Sendung«. »Hier Arvid Siger, Transmissionsfähre 5, Kennzahl 16003. Können Sie mich verstehen? Over!«

Keine Reaktion, die Stimme sprach unbeirrt weiter: ». . . verlassen Sie unverzüglich diesen Distrikt! Sie befinden sich in militärischem Sperrgebiet! Sie machen sich strafbar . . .«

Arvid versuchte es noch einmal: »Hier Arvid Siger. Ich bin

avisiert. Geben Sie Landeerlaubnis! Ist Ihr Peilsender in Funktion? Over!«

Er wartete eine Weile auf Antwort – vergeblich. Dann versuchte er, einen der anderen Sender wiederzufinden . . . irgend jemand mußte ihm doch antworten! Kurze Zeit hörte er Musik, dann eine Art Rezitation in einer Sprache, die er nicht verstand. Folgen wechselnder Töne, kurze Pfeifzeichen – eine codierte Nachricht? Die Stimmen zweier Frauen, die in einer Art Wechselrede Lyrik verlasen. Unwillkürlich dachte Arvid über den Autoren nach, doch er fand keine Antwort.

Die Stimmen wurden leiser, unhörbar. Dann wieder die Stimme von vorhin: »Ändern Sie Ihren Kurs! Sie nähern sich einem Meteoritengürtel! Benutzen Sie Ihr Notaggregat! Legen Sie die Schutzanzüge an! Schnallen Sie sich fest! Achtung, Achtung – das ist eine Warnung! . . .« Durch das Sichtfenster war kein Anzeichen von Gefahr zu erkennen, doch als Arvids Blick den Monitor streifte, erschrak er: Helle Punkte querten das Bild, so rasch, daß sie als weiße Linien erschienen, nach und nach wurden es mehr, manchmal überdeckten ganze Büschel die Position des Schiffs.

Plötzlich bäumte sich die Fähre auf, eine übermächtige Kraft preßte Arvid in den Sitz, für Sekunden riß sein Denken ab – wahrscheinlich infolge der Blutleere in seinem Gehirn. Dann schleuderte das Schiff herum wie von einer riesigen Zentrifuge gepackt – eine schwindelerregende Drehung, die Arvid aber immerhin Zeit gab, den Helm aufzusetzen und sich erneut anzuschnallen. Gerade rechtzeitig, um dem nächsten Richtungswechsel gewachsen zu sein; diesmal schien er auf dem Kopf zu hängen, es riß ihn förmlich aus seinem Sitz, und dann wieder ein jähes Bremsmanöver, eine Drehung, ein Schlag, der Decken und Wände ächzen ließ. Und das Erschreckendste daran: Die Fähre reagierte auf eine Bedrohung, die es nicht gab. Der Sternenhimmel draußen ruhig und zeitlos, der Planet in sanftem Glanz – keine Rede von Meteoriten oder anderen dahinfliegenden Teilen.

Noch immer das wandernde grüne Licht des Frequenzsuchers. Dann die schon bekannte Stimme: »Sie fallen zu rasch! Benutzen Sie die Bremsdüsen! Das ist eine Warnung! Die Versicherung kommt nicht für selbstverschuldete Schäden auf!«

Die Stimme wurde undeutlich, verlor sich in einem Krachen und Rieseln, dann ertönte überlaut die andere: »Sie befinden sich in militärischem Sperrgebiet! Landung streng verboten! Nichtbefolgung wird mit Zwangsarbeit nicht unter fünf Jahren bestraft!«

Arvid hörte die Stimmen, doch den Sinn erfaßte er nicht mehr. Wie ein lebloses Bündel hing er in den Gurten, durch die Bewegungsänderungen des Schiffs in wechselnde Richtungen gezogen, dann preßte ihn wieder die unsichtbare Faust der Trägheit in die Polsterung, die – bis an die Grenzen der Belastbarkeit beansprucht – hart wie Stahl geworden war.

Die Sterne draußen führten einen wilden Tanz auf, manchmal schoß der Planet wie eine sanfte Entladung über das Bild, manchmal auch der grelle Blitz der Sonne. Allmählich stellten sich die chaotischen Schwenkbewegungen auf eine Vorzugsrichtung ein: senkrecht von unten nach oben. Ein rauschendes Geräusch klang auf, eine diffuse Helle verbreitete sich über den Sichtschirm und ließ die Sterne verblassen; zuerst blau, dann heller und heller, bis ein leuchtendes Weiß die Bildfläche erfüllte. Und dann hob sich ein tiefbraun verschattetes Kreissegment höher, schob das weiße Licht beiseite und füllte den Bildschirm aus. Auf einmal waren wieder Sterne zu erkennen.

Doch von alledem merkte Arvid nichts; bewußtlos lag er in seinem Sitz.

*James-Jeans-Plateau* *Ortszeit 1700–1730*

Der Sand, durch den Wind zu Wellen geformt, breitete sich zwischen den Klippen aus wie eine Flüssigkeit. Dieser Eindruck wurde noch dadurch bestärkt, daß die Oberfläche ständig in

Bewegung war; der Atmosphärenstrom, durch die steil aufragenden Felstürme in Tausende dahinhuschende Wirbel zerschnitten, hob die winzigen glitzernden Körnchen auf, trieb sie zu kleinen Sprüngen, hob sie empor, ließ sie wieder fallen. So war der Boden ständig unter einer diffusen Decke verborgen, ein Überzug aus Nebel, austretender Dampf knapp vor dem Sieden.

Die Sonne stand hoch an einem ins Grüne verfärbten Himmel. Ihr Glanz reichte aus, um die Sterne zu überblenden; stattdessen hingen die Sicheln von drei orangefarbenen Monden ziemlich tief über dem Horizont – entlang einer Bogenlinie, die auch die Sonne miteinbezog.

Das orangefarbene Licht malte die Tiefe des Kessels hell und warm aus, doch es reichte nicht, um die dunklen Kolosse der Klippen zu erhellen; die der Sonne zugewandten Flächen waren nur mit einem schwachen rötlichen Hauch überzogen, alle anderen Partien steckten tief in Schwarz. Und ebenso schwarz waren die langen Schatten, deren Zackenlinie allmählich tiefer in die Ebene hineinstach.

Sekundenlang war dieses Bild gestört gewesen – ein dumpfes Sausen, der hohle Knall des Aufpralls – eine Staubwolke, die den Ort des Geschehens verbarg. Allmählich senkte sie sich, enthüllte das gestrandete Schiff, das einen kleinen Krater gebildet hatte und überdies tief in die weichen Massen eingedrungen war. Es lag schief, zwei der Landebeine waren gebrochen, über die Bodenfläche lief ein breiter Riß. Der Wind fing sich in der frisch ausgehobenen Grube, trug glitzernde Körnchen heran, streute sie über den fremden, metallischen Körper. Der Abhang geriet in Bewegung, Sand rieselte herab, grub den Rumpf tiefer ein. Da und dort getrauten sich verschreckte Tiere wieder an die Oberfläche – reptilhafte Köpfe erhoben sich über den Boden, spitze Zungen vibrierten. Zwei Geschöpfe mit vielen ineinander verkeilten Panzersegmenten wateten auf einem Dutzend platter Füße zum Kraterrand, senkten ihr Stirnauge dem unbekannten Gebilde dort unten entgegen. Dann, wie auf ein Kommando, wandten sie sich ab, liefen, hin und wieder haltend und um sich äugend, durch den Kessel, auf die nächste Klippe zu.

An einigen Plätzen begann der Sand zu rieseln, kleine zusammengefaltete Schirme schoben sich empor, entfalteten sich zu Blättern, die sich der Sonne entgegenwandten. Durch kleine zitternde Bewegungen schüttelten sie die Sandkörnchen ab.

Die Sonne lag nun schon tief, knapp über dem schroffen Rand der Felsgebilde. Die Monde hatten ihre Position gewechselt, zwei lagen enger beisammen, einer hatte sich merklich entfernt und dabei seine Sichel zu einem vollen Kreis ergänzt. Die Farbe des Himmels war nun ein tiefes Azur, um die Sonne herum verbreiteten sich orangefarbene, gelbe und grüne Tinten.

Das Raumschiff, ein Fremdkörper in dieser Landschaft, war nun schon halb von Sand bedeckt und ragte nur noch wenig über den Boden hinaus. Der Aufbau seines Kanzelraums, die Peilantenne und der Gravitationsfühler warfen einen langgezogenen, bizarren Schatten. Nichts rührte sich, nur ein automatischer Sender strahlte in kurzen Abständen ein sich stetig wiederholendes Signal aus, elektrische Wellen, die sich rundum an den Klippen brachen und unsichtbare Echos warfen.

*James-Jeans-Plateau* *Ortszeit: 2310–2320*

Dieselbe Gegend, doch ein anderes Bild: Nacht. Der Kessel nur matt beleuchtet, ein silbernes Regen darüber. Vom Raumschiff ragte nur noch ein Teil der Kanzel aus dem Sand heraus, im Glas spiegelten sich Ausschnitte des Himmels.

Die Klippen noch dunkler als am Tag – ein tiefschwarzer, strukturloser Wall, Bollwerk gegen den lichtüberfluteten Himmel. Ansammlungen von Sternen, fremdartige Gruppierungen, an einer Seite ein tiefes, sternfreies Loch. Mehrere Monde, zwei davon groß, den Schauplatz beherrschend, andere – mindestens ein halbes Dutzend – klein, kaum von den helleren Sternen zu unterscheiden. Das Besondere an diesem

Schauspiel ein Schwarm von gelb schimmernden Brocken, wie aus einer riesenhaften säenden Hand in einer Kreisbewegung in den Himmel gestreut. Manche nur klein, nahezu punktförmig, nur in der Gruppierung bemerkenswert; andere so groß, daß man ihre langsame Drehung beobachten konnte, das wechselnde Spiel des Lichts auf aufgebrochenen Flächen, glänzende Reflexe, Abtauchen in Dunkelheit.

Noch immer das wirbelnde Gas, in der Bühne des Kessels gefangen, das leise Rauschen und Klingeln der sich aneinander reibenden Sandkörner.

In der Ferne, mitten aus dem Schwarz der Klippen heraus, ein bläulicher Schein, die blendenden Augen von Lampen, die tastenden Lichtkegel von Scheinwerfern. Ein ungewöhnliches, den Frieden störendes Geräusch, Heulen eines Antriebs, Schleifen von Kettenrädern.

Die Scheinwerfer huschten über die Ebene, hafteten kurz an den ihrer Dunkelheit entrissenen Felswänden, bewegten sich weiter, ließen noch schwärzere Löcher zurück . . . Dann berührten sie die Kanzel des Raumschiffs, irrten für Sekunden ab, kehrten wieder. Nun lag das Licht auf der Kuppel, als wäre es fest damit verbunden, ließ das Borglas weiß aufblinken, das Netzwerk des Rahmens schwarze Schatten werfen . . .

Das Kettenfahrzeug hielt dicht am nun nahezu vergrabenen Raumschiff. Ein Arm schwenkte aus, die Öffnung eines sich gegen das Ende zu verengenden Rohres richtete sich auf den Fremdkörper im Sand. Ein grelles Geräusch wie von einer Sirene – dann wirbelte eine Wolke auf. Der Luftstrahl des Gebläses strich den Boden entlang, schleuderte die Sandmassen hinweg, erzeugte einen ständig wechselnden Bogen ausgeworfener Materie. Die Scheinwerfer, erbarmungslos in unmittelbarer Nähe, warfen ihr bläuliches Licht fast körperhaft hinaus – die fortgerissenen Sandteilchen eine illuminierte Fontäne, prasselnd wie ein durch Hochspannung angeregter Lichtbogen.

Es dauerte nur kurze Zeit, dann war das Raumschiff aus seinem Grab befreit. Der Lärm des Gebläses erstarb, die

Fontäne sank in sich zusammen – die plötzliche Ruhe wirkte geradezu beängstigend. Vom Raupenfahrzeug hob sich nun ein Deckel, eine Leiter entfaltete sich wie ein Fächer. An der Öffnung erschienen einige dunkle Gestalten, ein kurzes Rekognoszieren, dann bewegten sie sich behend über die Sprossen hinunter, andere folgten – jetzt waren es acht, zehn . . .

Mit Werkzeugen machten sie sich an der Luke zu schaffen, es verging nicht mehr als eine Minute, als diese mit einem wehen Quietschlaut zur Seite schwang.

Eine Gruppe der zierlichen Gestalten – bedeutend kleiner als Menschen – hatte das Raumschiff betreten, kam bald wieder zum Vorschein. Vier von ihnen trugen Arvid – ein lebloser, schlapper Menschenleib in einem unförmigen Raumanzug – vier weitere schleppten den Sarg. Sie steckten einen Haken in den Ring, der hinten am Kragen des Oberteils befestigt war, ein Kran hievte den Ohnmächtigen ins Innere des Geländewagens. Unmittelbar danach folgte der Sarg, schwerfällig in seiner Halterung schwankend, schiefgestellt, um von oben in die Öffnung gelotst zu werden. Die letzte der dunklen Gestalten zog sich ins Innere zurück, der Deckel klappte zu. Knirschen der Ketten, zwei Raupen in gegenläufiger Bewegung, dann ein Ruck – Umschalten in den Parallelgang – die Scheinwerfer krallten sich an der tief eingekerbten Spur fest, die beim Herweg entstanden war. Auf demselben Weg ging es zurück.

# 1. Sektion Militär

*Innendock* *Ortszeit: 0040–0105*

Der rechteckige Ausschnitt des Himmels an der Decke wurde schmaler, dann schloß sich das Kuppeldach. Der Innenraum durch eine Reihe kugelförmiger Nuklearlampen beleuchtet. Mehrere Plattformen, dazwischen Brücken, Treppen. Ein großes Podest, von einem komplizierten Flechtwerk aus Stützen getragen, senkte sich langsam in die Tiefe. Von einer Wandseite her schob sich eine Brücke vor. Nur wenige Sekunden, nachdem die Plattform zur Ruhe kam, klinkten die Haltezapfen der Brücke in die Ösen. Der Weg war geschlossen, die Verbindung hergestellt.

Auf dem Podest stand eine Transportfähre, der bauchige Leib unmittelbar auf dem Boden anliegend, die Landebeine hochgespreizt – sie erinnerte an ein Insekt, eine Heuschrecke.

Über die Brücke liefen einige Androiden, die kleinen, aber kräftigen Diener des Menschen, wegen ihrer Anpassungsfähigkeit und Zähigkeit gerade im Weltraum unentbehrlich. Die gedrungenen Körper haarloser Affen, die auswechselbaren Köpfe mit der servoelektrischen Steuerung. Sie klappten die Flügeltür des Containers auf, befestigten eine Überbrückungsschwelle für die niedrige Stufe – aus dem Inneren glitt das Raupenfahrzeug heraus, rollte über die Brücke, bog scharf links ab und hielt schließlich vor einem nischenartig in die Wand des Hangars getriebenen Hallenraum. Aus dem Hintergrund lösten sich einige menschliche Gestalten in Uniformen, traten näher. Das Raupenfahrzeug blieb vor ihnen stehen, der Deckel hob sich, der Kranhaken senkte sich hinein, und kurze Zeit darauf erschien der daran pendelnde Körper Arvids. Er wurde von einigen Androiden in Empfang genommen, die lautlos aufgetaucht waren. Sie hielten ihn in aufrechter Haltung fest, den drei Männern zugewandt, als wollten sie ihn zur Begutachtung vorführen. Einer von ihnen, mit einem roten

Kreuz auf weißem Grund auf seiner Uniformjacke, trat näher, versuchte durch das Glas hindurch Arvids Gesicht zu erkennen. »Nehmt ihm den Helm ab!«

Die Androiden folgten ihm – Arvid hatte nun die Augen offen, doch sein Gesicht war leer, der Mund kraftlos geöffnet. Auf ein Zeichen hin führten ihn die Androiden zu einer Metallbank an der Wand. Die drei Männer folgten ihm.

Während ihn der Sanitäter untersuchte, brachten sechs weitere Androiden den sargähnlichen Metallzylinder angeschleppt, stellten ihn neben der Bank ab.

Der Sanitäter richtete sich auf, wandte sich an die andern beiden Männer. »Nur etwas benommen, keine Verletzungen.« Aus einer Sprühdose blies er ein Aerosol über Arvids Gesicht. Abwehrend hob dieser die Arme, versuchte die Hände vor die Augen zu halten, doch er hatte nicht genügend Kraft, der schwere Anzug hinderte ihn, die Hände in den Handschuhen sahen aus wie leblose Anhängsel. Auf einen Wink des Sanitäters befreiten die Androiden Arvid auch vom übrigen Anzug. Er sank wieder in liegende Haltung, sein Gesicht zuckte, dann strafften sich seine Muskeln, man sah ihm die Anstrengung an, er richtete sich auf, versuchte aufzustehen . . . der Sanitäter drückte ihn auf die Bank zurück.

Arvid bewegte den Mund, doch zunächst gelang es ihm noch nicht, zusammenhängend zu sprechen. Matt lehnte er sich zurück, ruhte sich noch ein wenig aus – sein Atem ging langsam und schwer.

»Mein Name ist Arvid Siger«, sagte er. Er bemühte sich nicht nur, die Kontrolle über seine Sprache wiederzugewinnen, sondern auch, auf die ungewohnte Situation sachlich zu reagieren. Er blickte um sich herum, in die dämmrig ausgeleuchtete, leere Halle hinein, die vom Licht der Nuklearlampen nicht mehr erreicht wurde. Statt dessen brannten in Wandhalterungen einige Fluoreszenzröhren. »Ich komme von der Erde, wurde hierher gesandt. Man erwartet mich.«

Ein anderer Mann, der sich bisher im Hintergrund gehalten hatte, machte durch eine Handbewegung auf sich aufmerksam.

»Davon ist uns nichts bekannt. Können Sie sich identifizieren?« Durch einige Streifen auf den Schulterstücken wurde sein Rang ausgewiesen – offenbar war er Offizier.

Ausweis? Arvid reagierte mechanisch, er zog den Reißverschluß seiner Jacke ein wenig herunter, nestelte einen flachen Transparentumschlag hervor, der an einem Leichtmetallkettchen befestigt war. Er öffnete ihn, zog eine Magnetkarte heraus, reichte sie dem Offizier. Dieser holte sein Flüssigkristall-Taschendisplay aus der Jacke und steckte die Karte hinein. Er blickte auf den auf der Sichtfläche erschienenen Schriftzug, dann drehte er den Rahmen um, so daß ihn zuerst der Sanitäter, dann auch Arvid lesen konnten: NO IDENTIFICATION.

Der Offizier wandte sich wieder an Arvid. »Seltsam! Wir werden Ihren Fall prüfen.« Er überlegte kurz, dann fiel sein Blick auf den Metallsarg, und er zeigte darauf. »Was befindet sich hier drin?«

Unwillkürlich drehte sich Arvid herum – der Anblick des Behälters schien Erinnerungen in ihm wachzurufen, offenbar hatte er wieder ein Stück mehr in die Wirklichkeit zurückgefunden. »Hören Sie, es muß sich um ein Mißverständnis handeln.« Er versuchte aufzustehen, stützte sich mit den Händen – es gelang ihm. Er stand zwar etwas schwankend, aber er stand. »Bin ich hier nicht auf Nathan 4? Ich möchte Professor Berthé sprechen.«

Der Offizier musterte ihn kurz und kalt, dann wandte er sich an den dritten Mann, seinen Rangabzeichen nach ein Unteroffizier. »Öffnen Sie den Behälter!«

»Nein!« Arvid trat dem Soldaten entgegen, der dem Befehl seines Vorgesetzten zu folgen versuchte, packte ihn am Arm. »Das dürfen Sie nicht!«

Obwohl ihn der Unteroffizier mühelos abschüttelte, huschten die Androiden heran, hielten ihn fest.

»Das kann ich nicht zulassen! Sie bringen ihn in Gefahr!« Er blickte dem Offizier ins Gesicht, erkannte, daß sein Protest sinnlos war. Trotzdem sprach er weiter, resignierend: »Sie bringen ihn in Gefahr, ich kann es nicht zulassen.«

Der Offizier beobachtete seinen Untergebenen. Ohne den Blick abzuwenden, herrschte er Arvid an: »Schweigen Sie!«

Die Szenerie eines Theaters: Ausblick in die Halle des Hangars, einzelne Plattformen, durch Abgründe getrennt, Brücken, Treppen. Die trostlos erleuchtete Halle, der Unteroffizier, der Sanitäter. Die starrgesichtigen Androiden mit ihren Metallköpfen, die Arvid immer noch festhielten, obwohl er den Widerstand aufgegeben hatte. Dessen Schutzanzug, achtlos auf den Boden geworfen, durch die Steifheit der mehrschichtigen Hülle straff gehalten, als wäre noch immer eine menschliche Gestalt darin verborgen. Der Unteroffizier, der nun den Dekkel hob – ein leises Pfeifen, als ein wenig Luft hineinströmte. In dem zylindrischen Metallbehälter lag ein innerer Glaszylinder, darin ein in einen weißen Pyjama gekleideter Mann. Die Augen geschlossen, das Gesicht bleich, dessen größter Teil unter Platten, Schläuchen, Klemmen verborgen, über den Augen Schutzdeckel aus bläulichem Glas, die Ohren durch Klappen geschlossen, an Kopfhörer erinnernd, Schläuche, die in Mund und Nase führen.

»Es ist Professor Jacobson, der bekannte Wissenschaftler«, sagte Arvid, nun wieder gefaßt. »Er leidet an einem Defekt des Zellstoffwechsels. Man hat mir gesagt, daß er nur hier geheilt werden kann – deshalb sollte ich ihn nach Nathan 4 bringen. Bin ich hier auf Nathan 4?«

Der Offizier blickte ihn unschlüssig an. »Ich bin nicht befugt, Ihnen Auskünfte zu geben.«

Arvid merkte, daß er sich rasch erholte, daß seine Kräfte wiederkehrten, daß er wieder er selbst wurde. Im selben Moment spürte er auch Schmerz – an beiden Knien schien etwas nicht in Ordnung zu sein, auch die Schulter war geprellt. Aber der Schmerz war erträglich, und er nahm ihn als Signal dafür, daß er nicht mehr willenloses Werkzeug in den Händen dieser Männer war.

»Ich befinde mich hier in offizieller Mission der Vereinten Nationen. Ich bin bei Professor Berthé angemeldet. Wo finde ich ihn?«

Der Offizier stand ein wenig zusammengekrümmt da, blickte Arvid von unten herauf an. Ein Moment der Unsicherheit? Der Sanitäter ohne Reaktion, der Unteroffizier in devoter Haltung, ohne eigene Meinung. Der Offizier richtete sich wieder auf. »Ich kenne keinen Professor Jacobson. Ich werde der Sache nachgehen. Unteroffizier – führen Sie Herrn Siger in eine Zelle!«

Die Androiden ließen Arvid los, dagegen ergriff ihn der Unteroffizier beim Arm und führte ihn fort. Währenddessen stand der Sanitäter nachdenklich vor dem Zylinder, blickte auf den Mann, der darin lag, als versuchte er, an den Klemmen, Röhren und Platten vorbeizusehen, in diesem Gesicht zu lesen, das, so starr und entstellt es schien, doch irgendeine Erinnerung in ihm wachrief.

*Gangsystem – Kaserne* *Ortszeit: 0110–0120*

Lange, leere Gänge, endlos. Eine Biegung, eine zweite, wieder eine lange, gerade Strecke. Boden, Wände und Decke aus matt glänzendem Metall, da und dort eine Tür, in regelmäßigen Abständen Lampen. Ein Strang aus grellfarbenen Röhren, an einer Wandhalterung knapp unterhalb der Decke befestigt. Gelegentlich wechselte er, scheinbar grundlos, von der rechten zur linken Seite und umgekehrt. Die Schritte hallten überlaut.

Zwei- oder dreimal kam ihnen ein Soldat entgegen, ein ausdrucksloser Gruß, flüchtiges Heben der Hand des Vorgesetzten, schon vergessen. Lautlos hinter ihnen sechs Androiden, im Hintergrund, als wenn sie gar nicht da wären. Einmal lief ihnen auch ein Trupp von drei Androiden entgegen, ohne daß der Unteroffizier auswich – sie kamen dicht an der Wand vorbei, ohne ihre Schritte zu verlangsamen.

Fünf Minuten, zehn Minuten? – sie erreichten eine Erweiterung des Gangs, an der Wand eine Reihe von Türöffnungen, eine dicht an der anderen. Der Unteroffizier griff in die Tasche, hob ein magnetisiertes Plättchen zum Schloß, steckte es in den Schlitz – die Tür reagierte unmittelbar, fuhr automatisch beiseite. Dahinter kam ein Raum zum Vorschein, einige einfache Möbelstücke, ein Bett, ein Sessel, ein Schrank. Der Unteroffizier schob Arvid hinein, blieb selbst an der Türschwelle stehen.

Arvid tat einen Schritt, blieb dann ebenfalls stehen, blickte sich um. Die Wand schmutzig gelb, in einer Ecke ein Waschbecken, ein Klosett. »Bin ich eingesperrt?«

Der Unteroffizier drehte sich um, hob die Hand zum Schloß.

»Bin ich eingesperrt?« fragte Arvid, nun sehr bestimmt.

Unwillkürlich zuckte der Unteroffizier zusammen, erstarrte in seiner Bewegung. »Eingesperrt? Ich habe keine Anweisung, darüber zu sprechen.«

»Darf ich diese . . . Zelle verlassen?«

»Nein, Sie dürfen die Zelle nicht verlassen.« Als er das magnetisierte Plättchen wieder in den Schlitz schieben wollte, trat Arvid vor und stellte den Fuß auf die Schiene, in der sich die Gleittür bewegte. Der Unteroffizier blickte kurz zu den Androiden, doch ehe er einen Befehl geben konnte, fragte Arvid noch einmal, jetzt sehr erregt: »Was ist hier eigentlich los? Wurde der Planet vom Militär besetzt?«

»Sie scheinen nicht zu wissen, daß wir uns in einem Krieg befinden.«

». . . in einem Krieg?« Arvid mußte diese Information erst verarbeiten. »Was für einen Krieg? Ist das nicht die Kolonie der Wissenschaftler? Nathan 4?«

»Gewiß, es ist Nathan 4«, antwortete der Unteroffizier. »Es ist unsere Aufgabe, den Planeten zu verteidigen. Die Wissenschaftler . . . – gewiß, wir müssen sie beschützen. Aber sie spielen keine Rolle, verstehen Sie? Dieser Planet ist wichtig, strategisch wichtig. Lichtjahre von der Erde entfernt, doch der wichtigste Außenposten der menschlichen Kultur.«

Arvid stand immer noch an der Tür, doch den Fuß hatte er von der Schiene zurückgezogen. »Ich wußte nichts von einem Krieg. Man hat mir nichts gesagt. Seit wann wird hier gekämpft?«

Der Unteroffizier dachte nach. »Seit 200 . . . oder seit 300 Jahren. Vielleicht sogar mehr. Geheimhaltung, wissen Sie?«

»Ja aber . . .« Arvid stockte. Es mußte ein ungeheures Mißverständnis gegeben haben. »Ich habe doch klare Anweisungen bekommen. Meine Aufgabe . . . Professor Berthé erwartet mich.«

»Niemand erwartet Sie«, sagte der Unteroffizier. »Sie materialisierten mitten im Lunoidenring, viel zu nahe am Planeten. Sie haben kein gültiges Codesignal gegeben. Sie können von Glück reden, daß Sie heil heruntergekommen sind.«

»Aber man hat doch meine Ankunft registriert! Von einer Station wurde ich sogar willkommen geheißen. Warum hat man mir keinen Peilstrahl eingerichtet?«

Die Miene des Unteroffiziers wurde wieder undurchdringlich, ihm war anzusehen, daß er das Gespräch beenden wollte. »Sender gibt es viele, damit habe ich nichts zu tun. Sie sind unter verdächtigen Umständen hier angekommen, wer sagt mir, daß Sie kein Spion sind. Ich habe keinen Anlaß, mich mit Ihnen zu unterhalten.«

Das Kabinett, in dem Arvid nun stand, war ein wenig heller beleuchtet als der Gang, und so erkannte er den Unteroffizier und die unbewegt hinter ihm stehenden und ihn anstarrenden Androiden nur undeutlich – Schemen ohne Fleisch und Blut, Wesen, menschlicher Verständigung unzugänglich. Inzwischen hob der Unteroffizier endgültig das Codeplättchen und steckte es mit einer entschiedenen Handbewegung ein. Einen Moment noch blickten sich die beiden ins Gesicht, dann ruckte die Tür an und schob sich als Wand dazwischen.

*Verhörzimmer* *Ortszeit: 0540–0740*

Wieder befand er sich in den Gängen, wurde geführt, dirigiert, geschoben.

Gegen die Androiden gab es keinen Widerstand – ihre Kräfte übertrafen die der Menschen. Das lag ebenso an ihrer Konzeption wie die Tatsache, daß sie ihrer Befehlsgewalt unwiderstehlich unterworfen waren. Aber wessen Befehlsgewalt? Arvid hatte es versucht, er hatte verlangt, freigelassen zu werden, doch seine Forderungen waren ohne Erfolg geblieben. Hatten sie ihn nicht verstanden? Waren sie auf andere Stimmbilder konditioniert? Was ging hinter diesen metallenen Stirnen vor? Sinnlos, danach zu fragen.

Nun war er in einem anderen Raum, fensterlos wie alle Räume, die er bisher gesehen hatte. Befand er sich unter der Erde? Es war anzunehmen. Ein Krieg, Auseinandersetzungen, Angriffe, Bomben . . . – war das der Grund dafür, daß sich die Menschen unter die Oberfläche zurückgezogen hatten? Oder bot dieser Planet keinen landschaftlichen Reiz, dessen Anblick sich lohnte? Er war ohnmächtig gewesen, wußte nur, daß sein Raumschiff beim Aufprall beschädigt worden war . . . dann nichts mehr . . .

Und nun diese Situation, dieser Raum . . .

Kunststoffüberzogene Stahlrohrsessel, zwei lange, schmale Tische, an der Wand mehrere Flachschirme, opalfarben schillernd, vorderhand noch ohne Bild.

Arvid lag auf einer schiefgestellten Schaumstoffunterlage, leicht aufgerichtet, das Kinn in einen Bügel gestützt. Seine seitwärts gebreiteten Arme waren an Stativen befestigt, seine Hände waren zu Fäusten zusammengebunden, darin lagen kleine säulenförmige Metallstücke, von denen Leitungen zu einem Schaltgerät liefen. An einigen Stellen seines Hinterkopfes hatte man das Haar abrasiert und Elektroden aufgeklebt; auch sie waren durch Leitungen mit der Schaltanlage verbunden. Vor seinem Gesicht stand ein Mikrofon, und davor auf einigen wahllos zurechtgerückten Stühlen saßen der Offizier, der Sanitäter und einige weitere Mitarbeiter in den mit roten Kreuzen versehenen Uniformen. Einer der Männer hatte direkt am Pult Platz genommen, und nun schaltete er auf einen Wink des Offiziers die Anlage ein. Auf den Bildschirmen erschienen farbige Linien, die meisten in heftiger Wellenbewegung; nur einer, der größte der Monitore, blieb leer.

»Von wem wurden Sie hierher geschickt?« fragte der Offizier. Er sprach betont akzentuiert.

Arvid zögerte, doch er war sich im klaren darüber, daß es keinen Sinn hatte, sich diesem Verhör zu entziehen. Und es gab auch keinen Grund dazu.

»Von den Vereinten Nationen. Internationale Gesundheitsbehörde – ich sagte es doch schon!«

Als er zu sprechen begann, begannen zwei bisher ruhige Linien auf einem der Anzeigegeräte mit heftig schlängelnden Bewegungen. Es war nahezu ein Tanz – das Schwingen der einen Linie auf jenes der anderen abgestimmt. Manchmal berührten oder überschnitten sie sich, und dann ertönte ein leise schnarrendes Signal. Arvid registrierte seine Umgebung mit allen Einzelheiten, und er wunderte sich darüber, daß er seine Situation so gelassen hinnehmen konnte. »Ich wurde avisiert – Professor Berthé erwartet mich. Der Empfang des Funkspruchs wurde bestätigt, ich war selbst dabei.«

Der Offizier und der Sanitäter blickten nicht auf Arvid, sondern auf die Bildschirme. Auf einigen erschienen grüne und rote Zahlenwerte, auf einem anderen war eine Meßskala nachgebildet, über die eine Anzeigelinie schwankte. Einen Moment lang war es still – Arvid hatte den Eindruck, daß die beiden Männer keine Ahnung hatten, was die Wellenlinien und Anzeigen auf den Monitoren bedeuteten.

Der Offizier drehte sich plötzlich um, als hätte ihn etwas berührt. »Ein Funkspruch? Von wem unterzeichnet?«

»Von Direktor Bronstein.«

Der Offizier wandte sich wieder den Monitoren zu. »Direktor Bronstein ist für uns nicht maßgebend. Wir haben hier eine militärische Mission zu erfüllen und unterstehen der Generalität.« Er drückte einen Schaltknopf . . . War es ein Signal? – ein Befehl? Die stehenden Männer im Raum wandten sich dem großen Bildschirm zu, nahmen Haltung an, auch der Offizier und der Sanitäter standen auf. Über den Bildschirm ging ein Flattern, aus dem opalisierenden Grau heraus wuchs der Kopf eines älteren Mannes mit energischen Zügen und eisgrauem, kurzgeschorenem Haar. Er trug ein altmodisches Monokel, auf dem Kopf, tief herabgezogen, saß eine Schirmmütze.

»Sondereinsatzgruppe 2 beim Verhör des Verdächtigen«, meldete der Offizier.

Einen Moment lang geschah nichts, eine fast peinliche Pause, dann ein leichtes Kopfnicken vom Bildschirm. »In Ordnung, machen Sie weiter!«

»Jawohl, Herr General!«

Das Bild auf dem Schirm verlor sich im Grau, nur noch die Andeutung eines negativen Nachbilds blieb auf der Scheibe.

»Sehen Sie!« sagte der Offizier, als hätte er den Beweis der Berechtigung seiner Maßnahmen geliefert. Er setzte sich wieder, wippte mit dem Stuhl.

»Hören Sie!« sagte Arvid. »Die Situation ist mir zwar unverständlich, doch zweifle ich nicht daran, daß Sie sich bemühen, das Richtige zu tun. Ich sage Ihnen die Wahrheit, will nichts verschweigen. Ich habe Anweisungen bekommen, und ich muß alles tun, um ihnen gerecht zu werden. Schließlich arbeite ich im Dienst der Vereinten Nationen, der Sie ja auch unterstehen.«

Der Offizier reagierte nicht – er starrte auf das Spiel der Linien und Zeiger, als bekäme er hier Auskunft über die Lösung schwieriger Probleme.

»Von einer militärischen Mission wußte ich nichts«, setzte Arvid fort. »Ich dachte, das sei eine friedliche Welt, ein Arbeitsplatz für die besten Wissenschaftler der Menschheit. Ein Institut für fortgeschrittene Studien. Ich selbst bin Neurologe, beschäftige mich mit Zellregeneration.«

Der Offizier hob den Kopf, fixierte einen Monitor. Auf diesem bewegten sich verschiedene gerade Linien von einem Zentrum aus sternförmig nach verschiedenen Richtungen.

»Sie sind Neurologe? Sie beschäftigen sich mit Zellregeneration?«

»Ja, ich sollte hier meine Studien fortsetzen – das war der Sinn meiner Reise. Man hat mir gesagt, daß man auf diesem Gebiet hier schon weit fortgeschritten sei. Darum habe ich auch Dr. Jacobson mitgebracht – er sollte schnellstens behandelt werden.« Bisher hatte sich Arvid mühsam um Fassung bemüht, nun aber klang seine Erregung durch. ». . . und deshalb verlange ich, daß man mich sofort zu den Wissenschaftlern bringt!«

». . . die besten Wissenschaftler der Menschheit? . . . von einer militärischen Mission nichts gehört?«

Arvid war noch immer erregt, doch nun mischte sich wieder Resignation in seine Stimme. »Dr. Jacobson ist eine wichtige Persönlichkeit, der führende Physiker unserer Zeit. Es ist außerordentlich wichtig – für die gesamte Menschheit! – daß er wieder gesund wird. Hier, auf Nathan 4, so hat man mir gesagt, besteht die Möglichkeit, ihn zu heilen.«

Wieder war es eine Weile still, bis auf die undefinierbaren Geräusche der Apparatur: leise Schnarrtöne aus dem Mikrofon, Knistern wie von Funken, das dumpfe Summen der Kühlanlage. Aus einer gitterverschlossenen Öffnung kam ein kühler Hauch, umgewälzte Luft, ganz leicht nach ranzigem Öl riechend. Obwohl ihn zu frösteln schien, wischte sich der Offizier mit dem Taschentuch über die Stirn. Er legte es sorgsam wieder zusammen, steckte es in die Tasche, dann griff er zum Mikrofon: »Lassen Sie den Behälter hereinbringen!«

Wieder mehrere Minuten Wartezeit – der Offizier, unruhig auf seinem Stuhl wippend, der Sanitäter wie im Schlaf erstarrt, Arvid, auf dem feuchtklebrigen Schaumstoff liegend . . . die gespannte Situation eines Verhörs, doch nun mischte sich Langeweile hinein.

Dann öffnete sich die Tür, glitt quietschend über die Bodenschiene, zwei Androiden schoben einen niedrigen Wagen herein, darauf der Metallzylinder mit dem Physiker. Sie rollten ihn in die Mitte des Raums, traten zurück.

Der Offizier drehte seinen Sessel herum, der Sanitäter stand auf, öffnete den Deckel. Beide starrten in das bleiche, unter dem Versorgungssystem halb verborgene Gesicht des Bewußtlosen.

»Kälteschlaf«, sagte der Sanitäter. »In diesem Zustand kann er beliebig lange bleiben. Kein Grund zur Eile.«

»Kälteschlaf – lächerlich!« Arvid versuchte sich aufzurichten, doch die Halterung hielt ihn auf seiner Unterlage fest. »Da bedarf es schon anderer Mittel, um einen Menschen lebendig zu konservieren. Tranquilizer, um den Metabolismus herabzusetzen. Die richtige Adaption der physiologischen Uhr! Synthetische Drüsen mit Langzeitwirkung – implantiert! Eine einzelne Funktion – das genügt noch nicht . . . Haben Sie eine Ahnung, wie kompliziert die Wechselwirkungen sind? Den Zusammenbruch der Ruhepotentiale aufhalten – na, wie würden Sie das zu erreichen versuchen? Die Regeneration des Acetylcholins im subsynaptischen Spalt? Was meinen Sie? Ist es günstiger, die Bildung von Acetylcholinesterase zu beschleunigen? – oder die Bildung von Cholinacetylase zu verzögern?« Er hielt den Kopf gedreht, blickte den Sanitäter wütend an. Dieser schien ein wenig in sich zusammenzuschrumpfen, zog die Oberarme an die Brust.

»Kälteschlaf! Jahrelang vielleicht? – Jahrhunderte? Sie haben ja keine Ahnung! Wissen Sie denn nicht, wie kompliziert ein solcher Eingriff ist? Das menschliche System ist subtil! Wir sind noch nicht sehr weit gekommen, mit unseren Mitteln – einige Wochen vielleicht, dann sind die Reserven erschöpft. Die Körperfunktionen sind ja nicht aufgehoben, sie laufen langsam weiter. Wenn nicht bald etwas geschieht, wird er sterben. Nichtstun: Hier grenzt es an Mord!« Arvid sank erschöpft auf seine Liegestatt zurück.

Der Offizier stand auf, zog seine Uniformjacke straff. »Was bedeutet das?« fragte er den Sanitäter.

Dieser stotterte. »Der Fall ist ungewöhnlich . . . vielleicht ist etwas Wahres dran . . . Eine unbekannte Krankheit, es wäre möglich – ich müßte die Symptome untersuchen, vielleicht eine Röntgenaufnahme, vielleicht eine Gewebeprobe . . .«

»Was wollen Sie mit einer Röntgenaufnahme? Wozu eine Gewebeprobe? Sie wissen *nichts*!« Arvid wandte den Kopf ab, als wollte er das Bild des Kranken nicht mehr sehen.

»Eine unbekannte Krankheit?« Der Offizier fixierte den Sanitäter, der nun noch verlegener aussah. »Vielleicht ansteckend? Bakterien? Viren? Wir können jetzt keinen Zwischenfall brauchen! Bringen Sie ihn in die Isolierstation! Strenge Quarantäne! Wir werden sehen . . .«

Wieder bäumte sich Arvid auf: »Doch nicht in die Isolierstation! Er braucht die Behandlung von Spezialisten – und nicht« – und nun wurde sein Tonfall geradezu verächtlich – »von Sanitätern!«

Die Androiden waren wieder vorgetreten, doch sie warteten – der Sanitäter hatte sich zu den Armaturen des Metallbehälters gebückt, legte eine Hand auf einen Drehknopf, zögerte, seine Augen irrten über die Aufschriften, die er nicht verstand . . . Er konnte sich zu nichts entschließen.

Der Offizier beobachtete ihn eine Weile, dann schob er ihn brüsk beiseite, warf den Deckel über den Behälter. »Hinaus mit ihm!«

Arvid zerrte schwach an den Bügeln, die ihn festhielten, die Kabel, die von den verschiedenen Platten an seinem Körper ausgingen, gerieten in Bewegung – der Sanitäter sprang hinzu und zog zwei Schrauben an der Halterung fester. Arvids Kinn lag fest in der Stütze, seine Nackenmuskeln schmerzten, er konnte den Kopf nicht mehr heben. Er hielt die Augen geschlossen, hörte die leisen Schritte der Androiden, das Quietschen der Tür, das Rollen der Wagenräder . . . Mit einem dumpfen Laut rastete die Tür wieder ein.

»Wenn ich nur wüßte . . .«, sagte der Offizier. »Ist er ein Schwindler? Sagt er die Wahrheit? Der größte Physiker der Welt! Warum bringt man ihn hierher, gerade zu mir! Als ob ich nicht schon genug auf dem Hals hätte! Wer ist dieser Mann? Ein Verrückter? Ein Spion?« Er stand wieder auf, ging im Zimmer hin und her, blieb vor den Armaturen stehen. »Was wissen wir nun? Was soll ich ins Protokoll schreiben? Diese Diagramme, diese Meßwerte . . . stimmt es, was er sagt? – ist es falsch?«

Arvid hatte sich ein wenig erholt. Er hob das Kinn aus dem Bügel, blickte zum Offizier hinüber. Der stand vor den Armaturen – ratlos.

»Was wollen Sie mit dieser Anlage?« fragte Arvid mit einem höhnischen Unterton. »Ein dreikanaliges Enzephalogramm, von falschen Stellen abgenommen! Die Hautfeuchtigkeit . . .

Wissen Sie nicht, daß die Testperson absolut ruhiggestellt werden muß? Und was ist das, dort unten, auf dem Monitor links? Wissen Sie es überhaupt? Was soll dieses Theater?«

Der Offizier fuhr herum, ließ die Faust aufs Pult fallen. »Synapsenpotentiale! Acetylcholin! Herabgesetzter Metabolismus! Das alles kann mir gestohlen bleiben. Esterase und was sonst noch . . . Sind wir denn alle Idioten? Kälteschlaf, Zellregeneration! Wo bin ich denn hier? In einem Narrenhaus?« Der Offizier atmete tief, ein leises Beben lief über seine Augenlider. Dann sprach er mit unterdrückter Spannung, aber äußerlich gefaßt weiter: »Das Verhör ist beendet. Protokollnummer 16.207 – Sondereinsatztrupp 4. Im Moment können wir nicht feststellen, durch welche Umstände Sie hierher geraten sind. Und das interessiert uns auch gar nicht. Wir befinden uns in einer schweren Auseinandersetzung – wenn wir uns überrennen lassen, dann hindert den Feind nichts mehr daran, die besiedelten Planeten anzugreifen. Wir sind ein Vorposten der Erde, befinden uns auf einem strategisch wichtigen Punkt. Es geht um Freiheit und Kultur. Alle sind aufgerufen, ihre Pflicht zu tun. Aufgrund des hier geltenden Sonderrechts werden Sie zur Armee eingezogen. Von nun an sind Sie Soldat und unterstehen der Gerichtsbarkeit des Militärs. Sie beginnen mit dem Dienstrang eines Volontärs. Eine Woche Ausbildung, dann Einsatz. Außensektor 18, Gefechtsbasis 3. Sie haben den Anordnungen Ihrer Vorgesetzten Folge zu leisten.«

Arvid schien sich in sein Schicksal ergeben zu haben, er blickte den Offizier von der Seite her an, ausdruckslos. In Wirklichkeit aber, an der seinen Peinigern abgewandten Seite, zog und zerrte er an der Halterung, in der sein Handgelenk befestigt war, drehte, drückte und schraubte, machte das Handgelenk schmal und streckte die Finger aus. Seine Haut war vor Schweiß schlüpfrig geworden, und so glitt sie plötzlich durch den Bügel, war frei. Er zog den Arm an den Körper, fühlte eine Klemmschraube, drehte sie lose, bis sich auch der Druck an der Hüfte löste. Als der Offizier seine Ansprache beendet hatte, warf sich Arvid herum, fiel von der Liege, riß sich die Elektroden vom Körper, verhedderte sich in den Kabeln, stolperte, fing sich wieder und stürmte dann auf den Offizier zu, griff mit der Hand zu seiner Kehle. Einen Moment lang sah er dessen bestürztes Gesicht eng vor sich, die lederartige, großporige Haut, die breite Stirn mit dem tiefen Haaransatz, die leicht gebogene Nase, ein schmales Bärtchen, zusammengepreßte Lippen . . . Dann hatten ihn die Androiden gepackt, zogen ihn zu Boden, einer rollte ihm den Ärmel auf – der Sanitäter setzte einen Injektionsspray an . . . Ein leises Zischen, der Geruch nach einem organischen Lösungsmittel . . . Arvid sank besinnungslos zusammen . . . der Raum wurde schwarz, nur eine grell leuchtende Röhre beherrschte noch einige Zeit alles andere überblendend das Blickfeld.

Der Offizier trat vor den großen Monitor, und die Bewegung im Raum fror ein. Der Bildschirm wurde licht, das Gesicht des Generals erschien.

»Sondermission beendet, alle Probleme gelöst!« Der Offizier sprach bestimmt – kein Anlaß für Zweifel.

Ein leichtes Nicken des markanten Gesichts auf dem Bildschirm: ins Gesicht geschobene Kappe, Monokel, an einigen Stellen, wie hingetuscht, weiße Striche von Barthaaren. »In Ordnung, machen Sie weiter!«

Der Offizier riß die Haken zusammen, gewann einige Zentimeter an Größe – wie er so dastand, aufrecht, unbewegt, immer gewärtig, Befehle entgegenzunehmen und auszuführen, selbst wenn keine gegeben wurden. Das Bild verblaßte, das opale Grau legte sich über das Gesicht des Generals, es sah aus, als bemühte sich dieser, durch den nebelfarbenen Vorhang durchzublicken. Dann nur noch konturenloses Flimmern.

*Gangsystem – Kaserne / Raumboot* *Bordzeit: 1605–1700*

Dahinhetzende Menschen, alle in Uniform, Männer und Frauen kaum unterscheidbar, dazwischen Androiden, unentwegt in laufender Bewegung. Leere Gänge, Halbdunkel, geschlossene Türen, Schleusen, farbige Röhren, die Decke entlang. Dann aufkommender Lärm, metallisches Klingen, Schall, an engstehenden Wänden vielfach gebrochen, zähe Kunststoffstiefel auf hallendem Boden – ein Trupp Soldaten, Weltraummontur, aufgestülpte Schutzhelme, umgehängte Navigations- und Funkgeräte, schwarz-silberne Waffen, Nadelgewehre, Impulslaser, Flammenwerfer, Nukleargranaten, Handtorpedos. Einige Sekunden lang ohrenbetäubender Lärm, dann nur noch der Nachhall, die Gänge wieder leer, im Dunkel erstickt, von feuchter Luft durchzogen – der Geruch nach ranzigem Öl.

Alarmsignale: Sirenen, Klingeln, Schnarren. Befehle, kaum verständlich, nicht mehr als Signale, Startzeichen: »Beeilung! Ausgang B 7! Kamikazetrupp sammeln! Schwere Munition! Befehlscode 23 7/rot.«

Stau vor den Schleusenkammern, der Ringhebel in rascher Rotation, der dumpfe Laut des losgezogenen Deckels, das Zischen der einströmenden Luft, schleifende Schritte, gelegentlich das Klingen aneinanderschlagender Waffen – Verwünschungen, Flüche.

Menschen in Raumanzügen, geschützt gegen Kälte, Vakuum, Strahlung . . . voneinander isoliert, Verständigung nur über Funk, die Gesichter unkenntlich, einer wie der andere, bereit zum Einsatz, Befehlsfolge bekannt, Routine unter Einsatz des Lebens, Handgriffe, tausendfach geübt, der Gebrauch der Waffen, in Fleisch und Blut übergegangen, volle Konzentration und Leere, die Furcht in Geschäftigkeit erstickt, irgendwo – weit weg – die Werte, die es zu schützen galt: die Menschheit, die Kultur, die Freiheit . . . Außenposten der Zivilisation, der verzweifelte Kampf gegen die Übermacht, der Wille, alles zu geben, keine Erwartungen, keine Furcht, Initialreize, bedingte Konditionierung – ein funktionierendes System.

»Einsteigen! Anschnallen! Start!« Die schneidende Vibration der anlaufenden Motoren, das Aufheulen der Triebwerke, Andruck von 15 g, längst die Schallmauer durchstoßen, Stoßionisation an der Vorderfront, das Prasseln ins Kochen geratenen Kunststoffs.

»Sie kommen in drei Wellen! Vorsicht, Thermominen! Sie greifen an! Bereitmachen zum Gefecht!«

Ein Raumtransporter, ärmlich und eng. Zwei Bänke rechts und links, das Dach so niedrig, daß die darauf sitzenden Soldaten ihre Köpfe einziehen mußten. So nahe aneinander, daß ihre Knie einander berührten. Der Boden aus Metall, ebenso die Decke – eine dünne Hülse, zylindrisch, die Wände durch ein frei zutagetretendes Leichtstahlgeflecht verstärkt. Der Raum fensterlos, Lichtschein nur vorn, am Pilotensitz zur Beleuchtung der Armaturen.

Der Schattenriß des Piloten, des Kopiloten – die Kanzel nicht vom Frachtraum getrennt. Das Fenster über den ganzen Zylinderquerschnitt hinweg, parabolisch aufgewölbt – Stromlinie gegen kosmischen Staub.

Sie durchstießen ganze Schwaden davon, plötzlich tauchten sie im Licht der Scheinwerfer auf wie freischwebende Barrieren, ein leises Pfeifen des Materiesuchers – Signal grün, keine Gefahr. Sie klatschten in die Wolke hinein, wallender Nebel ringsherum, das Prasseln an der Außenwand verstärkt, dann vorbei – vorn der freie Raum, die Sterne, unberührt und weit, ganz anders die schwebenden Brocken des Rings, Trümmer eines geborstenen Monds, über eine Kreisbahn verteilt, größte Gefahr für die dahinschießenden Transportboote.

Kühne Ausweichmanöver, unwiderstehliche Kräfte nach rechts und links, oben und unten – eine Faust, die sie erbarmungslos zusammenquetschte. Sie rutschten auf ihrer Bank nach vorn oder hinten, suchten nach Halt, klammerten sich aneinander . . . vorbei . . . und wieder ein gelb leuchtendes Ungetüm, scheinbar unbewegt im Raum hängend, genau in der Ziellinie . . . Eine enge Kurve, es hob sie aus den Sitzen . . . rechts von ihnen glitt ein gelbes Leuchten vorbei, dann wieder der Abgrund des Himmels mit den dahingepunkteten Sternen.

Weit vor ihnen eine Kugel, von der Seite beleuchtet, in der Zone streifenden Lichts die aufgeworfenen Krusten von Kratern. Sie liefen auf den Himmelskörper zu, der langsam größer wurde, Details preisgab. In schiefem Winkel näherten sie sich der Oberfläche, die gekrusteten Massen bildfüllend, das Relief immer deutlicher, Einzelheiten lösten sich heraus, Beispiel einer Plattentektonik, die tiefsten Schichten rotglühend . . . schon vorbei – jetzt rasten sie dicht an der Oberfläche dahin, keine Krater mehr, keine gestuften Ebenen: ein Hügelland, jähe Sprünge über aufragende Gipfel, einen Augenblick lang eine in allen Farben des Regenbogens schimmernde Kuppel . . . einen Augenblick lang das spiralig eingeschlossene Auge eines Wirbelsturms – Staubmassen, Asche, Auswurf eines Vulkans . . . einen Augenblick lang ein tiefer Abgrund, daraus hervorstechend ganze Batterien nadelartig zugespitzter Gipfel, mit hellblauem Pulver überzogen . . .

Die Fahrt wurde schneller, noch schneller . . . Die Landschaft lief unter ihnen hinweg, schien nur noch eine Laufbahn zu sein, die Konsistenz von Gummi, die Mitte stark gespannt, die Ränder nur schwach gedehnt – eine Welle dahinlaufender Spannung, als würde sie vom dahinrasenden Schiff ausgelöst. Und schließlich nur noch dahinschießende helle und dunkle Flecke, gelegentlich ein roter Pfeil, ein springender Funken: rätselhafte Lichterscheinungen in einer fremdartigen Welt, anziehend und abstoßend zugleich, Herausforderung zur Erkundung, doch hier nicht mehr als Mittel zur Tarnung, Schutz gegen den anstürmenden Feind.

Sie flogen nicht länger als 15 Minuten, die meiste Zeit davon hatten sie damit zu tun, ihre Plätze zu halten – Spielball der eigenen Trägheit. Nur kurze Augenblicke dazwischen war Gelegenheit, nach vorn, zum Fenster, zu blicken – zu sehen, aufzunehmen, zu verstehen . . . Vergebliches Bemühen!

Dann sank der Mond zurück, als hätte er den Stoß eines Giganten erhalten, einen Fußtritt, der ihn in die Tiefe des Himmels tauchte . . . Jetzt nur noch eine Kugel, jetzt nur noch ein Ball . . . ein Lichtpunkt . . . nichts . . .

Einen Moment Ruhe – keine schwebenden Brocken, kein prasselnder Staub. Der Pilot unbewegt und tief in seinem Sitz, die Soldaten aufatmend, von schwerer Last befreit.

Arvid blickte verstohlen zu seinem Nachbarn hinüber: das Profil vom blinkenden Glas des Schutzhelms überdeckt, Gesichtszüge nicht zu erkennen.

»Wo fliegen wir hin? Wie weit ist es noch?« Arvid mußte brüllen, um sich im Röhren des Antriebs verständlich zu machen.

Das Raumboot flog eine leichte Kurve nach unten – es schien, als wären sie leichter geworden, sie mußten sich an der Decke abstützen. Arvids Nachbar, noch mitten im Kampf um das Gleichgewicht, antwortete nur unwillig. »Zur Gefechtsbasis – wohin sonst? Es kann nicht mehr lange dauern.«

»Wozu der Alarm? Was ist geschehen?«

Auch der Soldat mußte schreien, damit Arvid ihn verstehen konnte. »Ein Angriff! Was sonst? Diesmal in Sektor Martha.«

»Wer greift an? Worum geht es?«

Der Soldat stieß Arvid mit dem Ellbogen an, als wollte er ihn wegschieben. Dann brüllte er – was aber nur als heiseres Krächzen vernehmbar war: »Mensch, du kotzt mich an! Laß mich in Ruhe mit deiner Fragerei!«

Arvid schwieg. Als er sich vorbeugte, um eine bessere Aussicht durch die Frontscheibe zu haben, drückte ihn sein Nachbar grob in den Sitz zurück.

*Gefechtsstation* *Bordzeit: 1715–2055*

»Resonanzen in Richtung 70 . . . Reflexe kaum erkennbar« – eine knarrend klingende Automatenstimme.

Sie hatten auf einer magnetischen Platte aufgesetzt – eine hervorragend gelungene Punktlandung. Rundherum die Streben der weit ausladenden Konstruktion. Mehrere Abteilungen, Sektoren oder Etagen, abgeteilt nur durch dichter aneinandertretende Stützen – ein riesiges räumliches Netzwerk. Eine ausgewogene Statik, homogen in Zug und Druck, in sich konsistent, schwankungsstabil, verdrillungssicher. Ableitung der Zug- und Druckkräfte, Metallrohre, über Winkelkränze verstrebt, Stabilisierung der Knickstellen, Gleichverteilung des Drucks, Seilzugsicherung. Selbst wenn ein großer Teil des Aufbaus zerstört worden wäre – schließlich handelte es sich um eine Gefechtsstation – wäre der Zusammenhalt gewährleistet gewesen.

In dieses Gitterwerk eingebaut, darin verankert wie Vogelnester im Dachgebälk, saßen die Geschützstationen – etwa ein halbes Dutzend –, über die von Nathan 4 abgewandte Frontseite verteilt. Von der Landeplattform ging sternförmig ein Transportsystem aus – Paternosterprinzip, ein umlaufender Kettenzug, allerdings ohne Kabinen, statt dessen Ösen – die Soldaten wurden mit Nackenringen, fest mit dem Raumanzug verbunden, eingehängt und im schwerelosen Zustand reibungslos schwebend zur Station gebracht.

Die Station eine Kanzel, in drei Reihen hintereinander, gestuft wie der Publikumsraum vor einer Bühne, die Sitze der Soldaten mit den Bedienungspulten. Rücken und Sitzfläche waren nach dem Prinzip des Klettverschlusses an der Polsterung befestigt – das lieferte die nötige Standfestigkeit für die Handgriffe. An den Pulten die üblichen Anzeigen und Monitore, verschiedene Linienkreuze, holografisch dargeboten – Visiereinrichtungen in 3D. Unter der Reihe matt beleuchteter Bildschirme Druck- und Drehknöpfe, Hebel, Joysticks. Über der Apparatur der Ausblick durchs Fenster, eine leicht nach außen gewölbte Borglasscheibe, davor die in den Raum hinausgreifenden Laserstrahlen – Peil- und Distanzmeßsystem –, jetzt noch – da sich kein Feind zeigte – ungeordnet in der Leere hängend, gelegentlich zuckende Richtungsänderungen.

»Resonanzen in Sektor 73 – schwache Reflexe.«

Links und rechts von Arvid saßen andere Soldaten, jedem von ihnen ein eng ausgeblendeter Raumsektor zugewiesen, durch eine holografische Markierung abgegrenzt. Wieder eine phantastische Szenerie: grell beleuchtete Wolkenschwaden von kosmischem Staub, durch die Dunkelheit treibend, manchmal kugelförmig aufgebläht wie Ballone, andere in elastisch scheinende Fäden auseinandergezogen. Der Hintergrund dunkel, seltsamerweise ohne Monde, ohne Lunoiden, ohne Sterne. Hin und wieder tauchte ein Gebilde menschlicher Technik auf, Reifenkonstruktionen, Doppelpyramiden, antennenversehene Fächer, alles in dünnen Metallstreben angefertigt, Strahlen von gespannten Seilen zur mechanischen Stabilisierung. Gelegentlich eine in Scheiben zerschnittene Kugel, in langsamer Drehung begriffen, aus dem mittelsten Spalt ein weit gestreuter Lichtfächer, dessen Existenz nur sichtbar wurde, wenn er ein materielles Gebilde erfaßte, eine Staubwolke, eine Schwebekonstruktion, eines der im Vorfeld patrouillierenden Raumboote.

»Resonanzen in Sektor 38 – black out.«

Arvid saß ein wenig hilflos in der Polsterung, die für größere Personen, als er es war, gedacht zu sein schien. Er hatte in den Raum hinausgeblickt, versucht, sich zu orientieren – nun musterte er die Armaturen, die Anzeigen und Bildschirme, die Knöpfe und Hebel . . . In einem Kurzlehrgang hatte man ihn auf den Einsatz gedrillt – Lernen durch mehrfache Wiederholung, Training unter verschiedensten Varianten, Handlungsfolgen, durch Nebenbedingungen beeinflußt, Logikgrafen mit Verzweigung. Sie hatten bis zur Erschöpfung trainiert, und über Nacht hatte man ihnen während eines pharmazeutisch unterstützten Schlafs die Aufeinanderfolge der Handgriffe, die Abhängigkeit von äußeren Signalen mit Kopfhörern in tiefere Bewußtseinsschichten einzuspielen versucht. Hatte das System versagt? Hatte er versagt? Arvid konnte sich der Bedeutung der wechselnden Daten und Zahlen, der sich stetig verändernden Diagramme, der codierten Anweisungen nicht entsinnen.

Hilfesuchend wandte er sich an seinen Nachbarn, beugte sich hinüber, soweit es der Klettverschluß zuließ. »Was soll das alles? Wie funktioniert es?«

Hinter Arvid tauchte ein Unteroffizier auf. »Was fällt Ihnen ein, hier zu stören? Private Unterhaltungen streng verboten! Hat man Ihnen das bei der Ausbildung nicht eingebleut?« Der Unteroffizier packte Arvids Hand, legte sie über einen Steuerknauf, führte sie probeweise hin und her. »Sehen Sie . . . vor und zurück . . . nach rechts und links . . . Und hier . . .« Er deutete auf die Teleskophalterung. »Damit regeln Sie die Tiefe. Diese Einstellung brauchen wir aber nur für voreingestellte Detonation. Verstanden?«

Arvid war sich nicht klar darüber, ob er verstanden hatte, doch er nickte.

»Hiermit wird das Ziel anvisiert.«

Der Vorgesetzte griff an Arvid vorbei, drückte einen Knopf auf dem Schaltpult. Vor der Aussichtsscheibe schwebend erschien ein Netz von Polarkoordinaten, die konzentrischen Kreise mit deutlich variierter Tiefe im Raum, in der Mitte ein blinkender Curser. Noch immer führte der Unteroffizier den Steuerhebel hin und her – Arvid bemerkte, daß der Curser synchron mit den Bewegungen wanderte.

»Was ist das Ziel?« erkundigte er sich – mit gedämpfter Stimme, um den Unwillen des Vorgesetzten nicht ein zweites Mal zu erregen.

»Mensch, sind Sie beschränkt! Alles, was auf uns zukommt! Die feindlichen Raumschiffe, Patrouillenboote, Torpedos – wenn Sie sie treffen . . . alles, was sich dort draußen bewegt – im Bereich des Feindes!«

Aus dem Lautsprecher wieder die Stimme des automatischen Melders: »Starke Reflexe in Sektor 45 – Laser auf Stufe 8!«

Der Unteroffizier war zurückgetreten, ging auf Klettsohlen schwankend weiter, hinter den Sitzreihen entlang, gab hier eine Anweisung, veränderte dort eine Einstellung. Im Gedanken schwenkte Arvid den Steuerknopf immer noch hin und her – und synchron dazu, wie mit unsichtbaren Fäden verbunden, pendelte auch der imaginäre, mit Hilfe raffinierter Projektionen in den Raum gezeichnete Lichtfleck.

Wieder die Stimme aus dem Lautsprecher: »Ein Pulk im Anflug, Richtung 6, 6 7, 0,51 . . .«

Eine zweite Lautsprecherstimme, etwas lauter über die erste: »Ein zweiter Pulk im Anflug, Richtung 5, 31 . . .« Die weiteren Worte gingen in donnernden Geräuschen unter.

Durch die Sichtscheibe hindurch waren nun Schwärme von schwach leuchtenden Punkten zu erkennen – von allen Seiten her fielen die Laserstrahlen in diese Richtung ein, und auch die Fächer der von den Leuchtbojen ausgeworfenen Strahlen zogen sich unter Zunahme der Lichtintensität zusammen, schnitten sich dort irgendwo draußen in der horizontalen Weite, wo sich der Feind bemerkbar machte.

So rasch, daß es kaum erfaßbar war, wurden die Lichtpunkte heller, traten auseinander, und in den Strahlen fingen sich klobige Körper, gepanzerte Gebilde, an Fluginsekten erinnernd, ganze Reihen dicht nebeneinander . . . nun schon ganz nahe.

Nur Sekunden später ergoß sich darüber ein Hagel aus Geschossen, aus allen Richtungen liefen langgestreckte Körper hinaus, mit Thermofühlern an den Spitzen . . . einige der fremden Schiffe, die schon näher herangekommen waren, wurden von schwarmartig anstürmenden Leuchtspurgeschossen erfaßt.

Unwillkürlich hatte auch Arvid auf die rote Aktivierungstaste gedrückt, und er beobachtete, daß von irgendwo unterhalb seines Sitzes ein gepulster Strahl ausging, grelle, in die Länge gezogene Lichtblitze, die allerdings weit an ihrem Ziel vorbeigingen, sich in der bodenlosen Tiefe des schwarzen Himmels verloren.

Aus den Lautsprechern ein ganzer Chor an Befehlen, in der Überlagerung unverständlich, dazwischen das Heulen der ausgeworfenen Torpedos, das Rattern der Leuchtspursalven – danach die lautlose Bewegung im Vakuum. Hin und wieder ein greller Blitz, eine Explosionswolke – ein feindliches Schiff vernichtet, ein Angreifer eliminiert, und dann wurde das Chaos der Geräusche von einem rasselnden Klingelzeichen übertönt, ähnlich der Trefferanzeige eines Flipperspiels.

Nun hatte das Inferno den Gefechtsstand erreicht. Eine ganze Reihe von angreifenden Schiffen war abgeschossen worden, die Trümmer bildeten in der Schwerelosigkeit schwebende, langsam auseinandertreibende Haufen, Gerümpel, der

Abfall der kämpferischen Auseinandersetzung, Kriegsgerät am Ende seines Wegs. Aber immer noch war es eine Übermacht von Kampfmaschinen, die nun um sie herumschwärmten, die nun die Leuchtbojen abschossen, die Gefechtsstände angriffen, ihre Munition überall dorthin schleuderten, wo sie die Quelle von Licht und Geschossen vermuteten. Seltsam die Lautlosigkeit dieser Manöver, das absolute Schweigen, selbst wenn eines der dunkel gedrungenen Schiffe ganz nahe herankam, die Gerüstkonstruktion des Gefechtsstands zu streifen schien. Dann aber, immer häufiger, machte sich die Einwirkung des Gegners auch akustisch bemerkbar – dann nämlich, wenn ein Geschoß einschlug, wenn ein Torpedo hindurchraste, wenn ein Sprengkörper detonierte. Jetzt, durch kein Vakuum aufgehalten, pflanzte sich die Druckwelle, die Vibration, der Schall durch das fragile Netzwerk hindurch fort, fand hier ein ideales schwingungsfähiges System, mit den Stationen als Resonanzkörpern. So kam es, daß die Soldaten in den Gefechtsreihen von immer heftigeren Schwankungen erfaßt wurden, manchmal direkt als Folge eines feindlichen Treffers erkennbar, manchmal aber auch scheinbar grundlos – wenn die Schwingungen wieder zurückliefen, sich von mehreren Seiten zu Knoten vereinigten. Aber es wurde noch schlimmer – Blitze von Einschlägen rundherum, plötzlich ein kurzer Schlag, und dann lief von einer kleinen Einschußöffnung aus ein Netz über das Fenster, machte das Glas matt und undurchsichtig – ein Vorhang, der durch flackerndes Licht von außen gespenstisch erleuchtet war.

Die Stimmen aus den Lautsprechern überschlugen sich, das Klingelzeichen der Trefferanzeige tönte nun pausenlos – ein Signal, das seinen Sinn verloren hatte. Splitterndes Metall, plötzlich, mit einem Schlag, alle Bildschirme und holografischen Anzeigen dunkel, nur noch das flackernde Licht, durch den trüben, aufgesplitterten Vorhang der Glasfront hindurchtretend. Keine Möglichkeit mehr, den Befehlen zu gehorchen, keine Aktion und keine Reaktion, unversehens dem festen Schema entrissen, das immerhin einen Halt gegeben hatte,

Beschäftigung, Betäubung . . . Nun auf einmal richteten sie sich auf, wandten sich einander zu, und in diesem Moment klaffte plötzlich ein weiteres, kopfgroßes Loch in der Scheibe, ein vorbeischießender Gegenstand, nur durch eine Lichtspur wahrnehmbar, Werk von tausendstel Sekunden und doch nicht wirkungslos . . . Der Nachbar von Arvid plötzlich in seltsam kraftloser Haltung, ein großes Stück der Stuhllehne weggerissen, Arme in der Geste des Nichtbegreifens gehoben, Hände, starr in den klobigen Handschuhen – ein Helm löst sich aus der Halterung, kippt beiseite, schwebt im Raum, eine Welle langen dunklen Haares breitet sich aus; es ist ein Mädchen, das getroffen wurde, Schultern und Brust nur noch eine quellende rote Masse – ein Mensch, in dem sich offenbar alle Spannungen lösen, dessen Körper sich auf einmal von der Unterlage löst, der sich streckt wie im Wasser treibend, Arme und Beine im schiefen Winkel seitwärts gestreckt . . .

Aber keine Zeit zu begreifen, zu helfen – wo es nichts zu helfen gab. Offenbar war die Plattform aus ihrer Stabilisation geraten, mit einem Mal fiel das geborstene Glas aus der Fassung, der Ausblick war wieder frei – ein wildes Kreiseln von Raumschiffen, Trümmern, Teilen der Konstruktion . . . dann ein Fall hinaus in den leeren Raum. Die Gegenstände bewegten sich an der Plattform vorbei, die Menschen, nun keiner Bewegung mehr fähig, erkannten nur noch einen Regen von farbigen Strichen – wie bei einem Fernsehempfänger mit gestörtem Bildfang.

*Freizeithalle* *Ortszeit: 2100–2220*

Freizeitzentrum – Tanzdiele, Diskothek. Ein kuppelförmiger Raum, in mehrere Etagen geteilt. Statt der Bühne eine spiegelnde Fläche – ein Chaos von Lichteffekten, Reflexionen von Laserstrahlen in allen möglichen Farben. Die Paare, die sich auf der Tanzfläche wiegten, trugen dunkle Brillen.

Arvid saß auf einer gegenüber der Grundfläche nur wenig

erhöhten Etage: das Automatenrestaurant. Barhocker an kleinen Tischen, die Platten aus der Wand austretend. Darüber eine kreisrunde Öffnung; sobald man die Bestellung durch Eintippen der auf der Speisekarte vermerkten Codezahl angab, trat ein mehrfach gewinkelter Greifarm hervor und bereitete die Mahlzeit vor: Kunststoffteller und -besteck, darauf kleine Schüsselchen mit Appetithappen, von denen man sich beliebig viele bestellen konnte. Limonadegetränke ebenfalls frei, nur der Alkohol rationiert – um ihn serviert zu bekommen, mußte man seine Identifikationskarte in den hierfür vorgesehenen Schlitz am Tischrand stecken.

Die Musik modern, und doch erstaunlich konventionell, nur die Instrumente ungewohnt – stets wechselnde Verfremdungen, von Orgel bis zu Vibraphon, von Schlagbaß bis zur Geige. Der Rhythmus kompliziert, doch einprägsam – keine Kunst, die richtige Art der Bewegung dazu zu finden.

Arvid tippte eine Zeichenkombination ein – der Manipulator rasselte ein wenig, zangenartige Glieder erschienen, stellten den Teller hin, legten die Servietten auf, schoben das Besteck zurecht. Ein Glas mit einer dampfenden Flüssigkeit, sanft hingesetzt, wie von Frauenhänden. Eine Pastete, in Gelatine eingebettet . . . Sekunden später löste sich die Hülle auf, man brauchte nur noch zuzugreifen.

Arvid nahm einen Schluck vom warmen, wohlschmeckenden Getränk; er wußte nicht, was es war – er hatte seine Auswahl unter den nichtssagenden Phantasienamen ohne zu überlegen getroffen.

Ein Wechsel in der Beleuchtung – die Strahlen konzentrierten sich auf die Bühne, der Umraum nun in dämmrigem Dunkel – die Tänzer verließen das spiegelnde Zentrum. Die Musik spielte ohne Pause weiter, doch nun waren es nur noch wenige Instrumente, die ihre Stimmen zu einem oft atonalen, dann aber wieder überraschend harmonischen Zusammenspiel rankten.

Aus der Dämmerung der Kuppel setzte nun ein Manipulator eine Reihe von Gogo-Girls nieder, eines nach dem anderen, in unglaublich rascher Folge. Sie gruppierten sich in rhythmischen Bewegungen, führten einen abstrakten Tanz auf, bei dem sie beachtliches tänzerisches Können bewiesen. Sie trugen enganliegende schwarze Trikots, die Strümpfe direkt in Schuhe übergehend, vom Kopf nur das Gesicht frei, doch durch irgendeinen besonderen Lichteffekt konnte die Kleidung unsichtbar gemacht werden, und dann – geschickt mit kurzen Phasen der Erstarrung verbunden – erschienen sie nackt – exotische Statuen, mit Goldstaub überstreut. Arvid blickte eine Weile zu, dann drehte er sich auf dem Hocker und beschäftigte sich mit den Speisen. Ungewöhnlich effektvoll, diese Darbietungen, unter normalen Umständen gewiß sehenswert, doch war und blieb er ein Außenseiter, durch unverständliche Umstände hierhergebracht, vorderhand keine Möglichkeit, um auszubrechen, und doch war er voll und ganz darauf eingestellt, seine Aufgabe zu erfüllen, ließ sich keinen Moment von diesem ständigen Zwang zur Beschäftigung beirren, der keine Zeit zur Besinnung ließ. Die volle Konzentration auf die Lehraufgaben – jede Unaufmerksamkeit streng bestraft –, die ausweglose Situation der Kampfhandlungen, einbezogen in ein schicksalhaftes Geschehen, in der man das tat, was man für Abwehr hielt . . . Rettung der Menschheit, der Freiheit, der Kultur – und des eigenen Lebens –, und selbst hier, in der sogenannten freien Zeit, eine unausgesetzte Inanspruchnahme sämtlicher Sinne, Musik, Licht, Geschmack . . . selbst den Geruchssinn hatten sie nicht vergessen . . . er spürte einen Anflug von Hyazinthen . . . oder waren es Zyklamen? Unwillkürlich blickte er auf, neben ihn hatte sich ein Mädchen gesetzt, und als er ihr Gesicht sah, ließ er die Gabel, die er eben zum Mund hatte führen wollen, wie ein schweres Werkzeug hinuntersinken: Es war jenes Mädchen, das wenige Stunden vorher, bei der erbarmungslosen Schlacht, schwer verwundet, wenn nicht tot, neben ihm niedergesunken war. Er sah es noch genau vor sich – es hatte sich ihm für alle Zeiten unauslöschbar eingeprägt: dieses unschuldige, zarte Gesicht, die riesige Wunde, der Raumanzug . . . die verzweifelte Situation.

Das Mädchen wurde auf ihn aufmerksam, lächelte ihn belustigt an. »Stimmt was nicht mit mir?« Ihre Stimme entsprach ihrem Äußeren – sie war sanft, melodisch, unbeschwert.

Arvid versuchte, sein Erstaunen zu bezwingen. »Aber nein«, sagte er, »– ganz im Gegenteil! Das ist es ja eben – . . . alles scheint in Ordnung zu sein. Gerade darüber bin ich ja verwundert!«

Das Mädchen blickte ihn verständnislos an. »Ich verstehe dich nicht . . .«

»Es ist doch noch keine 24 Stunden her . . . letzte Nacht, auf dem Gefechtsstand. Ich hatte den Eindruck, du warst getroffen. Nein – es gab gar keinen Zweifel! Ich hab' es doch selbst gesehen: wie du vom Sitz geglitten bist. Ich hielt dich für tot.«

»Ich war auch tot«, erwiderte das Mädchen. »Mich hat es schon acht oder zehn Mal erwischt. Da kann man nichts dagegen tun. Angenehm ist es ja nicht. Diese Geschosse kommen so schnell – es ist eine reine Glückssache.«

Das Mädchen kramte aus einem kleinen, auf dem Tisch liegenden Utensilienbeutel eine Schachtel mit Zigaretten, bot Arvid eine an, griff auch selbst zu. Er nahm an – der Manipulatorarm glitt vor, reichte zuerst seiner Nachbarin, dann ihm Feuer. Das Flämmchen kam aus einem goldenen Mundstück, von dem ein Schlauch in die Wandöffnung lief. Arvid, der kein passionierter Raucher war, spürte den leichten Mentholgeschmack, sog den Rauch tief ein. Dann mußte er ein wenig husten. Sich räuspernd sagte er: »Ich verstehe das nicht. Gestern tot, und heute lebendig. Dabei ist das doch *mein* Fachgebiet.«

Das Mädchen blickte ihn interessiert an. »Wieso Fachgebiet? Bist du kein Berufssoldat?«

»Keine Rede davon! Ich bin Wissenschaftler, Biologe. Mein Spezialgebiet ist die Regeneration von Zellen . . .«

Das Mädchen blickte ihn nachdenklich, vielleicht sogar verwirrt an – als ob sie nicht verstand, und so setzte er erklärend fort: »Es geht um Zellerneuerung – ist beispielsweise die Haut verletzt, dann bilden sich die Zellen neu und ersetzen die alten, beschädigten oder abgestorbenen.«

Das Mädchen sog an der Zigarette, vielleicht eine Geste der Verlegenheit. »Aha!« sagte sie.

»Ja! Was mich daran interessiert, ist die Frage, ob man dieses Nachwachsen der Zellen nicht unterstützen kann. Beispielsweise so, daß tödlich Verwundete wieder lebendig werden. Gestern warst du tot, heute bist du wieder einwandfrei regeneriert –« Er sprach nun eher zu sich selbst. ». . . sollte man hier schon so weit gekommen sein?«

Das Mädchen hatte wieder ein wenig an Sicherheit gewonnen. »Nein, nein, ich glaube, da bist du auf dem Holzweg. Ich kann es zwar auch nicht erklären, aber es geht sicher anders vor sich.«

»Aber wie? Warst du nicht wirklich tot?«

»Aber ja«, die Antwort kam schnell, doch dann wurde das Mädchen plötzlich nachdenklich. »Ja . . . doch, aber – ich weiß nicht, ob du es verstehst – es ist nichts Körperliches, eher etwas Psychisches.«

»Ich verstehe tatsächlich nicht.«

Ein Lichtwechsel, sie drehten sich um – die Balletteinlage auf der Bühne war zu Ende gegangen. Es wurde noch ein wenig dunkler, von der Decke herunter senkte sich ein Zylinder – ganz dünnes Material, an ein Spinnennetz erinnernd, durchsichtig, lediglich ein wenig schillernd – und doch standfest, stabil. Die Laser blendeten wieder auf, diesmal nur jene in den Grundfarben – grün, blau, rot. Auf einmal war der holografische Schirm verschwunden, statt dessen stand nun auf der Bühne ein Gebilde, das halb an eine ornamentale Statue, halb an eine Pflanze erinnerte. Wieder ertönte Musik, und das Gebilde begann sich zu teilen, Sektoren stiegen auf, rotierten, veränderten ihre Gestalt, ihre Farbe – zwischendurch fanden sie sich wieder, vereinigten sich zu vielstrahligen Sternen, mehrfach zusammengesetzten kirstallinen Figuren, räumlichen Flechtwerken, an die Kalkschalen von Radiolarien erinnernd. Der Anblick war so faszinierend, daß die Unterhaltung im Raum fast erstarb. Acht oder zehn Minuten lang – ein Schauspiel, eine abstrakte Tanzvorführung, bildgewordene Musik . . . wie sollte man es nennen? Welch ein Gegensatz! – an einem Tag Auseinandersetzung mit dem Verderben, Überantwortung an den Tod, am nächsten Kunst in höchster Vollendung, Effekte einer raffinierten, konsequent angewandten modernen Technik, und doch Anschluß an die Tradition, Weiterentwicklung von Leitlinien, die aus ungreifbarer Vergangenheit bis in ebenso unabsehbare Zukunft führen . . . Harmonie, Ebenmaß, Bewegung . . .

Nur acht oder zehn Minuten, dann wieder das normale, flirrende Licht des Freizeitraums, ein Augenblick der Stille, dann Applaus, bald wieder Gespräche, Menschen, die umherwandern, Männer und Frauen, alle jung, in den besten Jahren – nicht gerade gleich, aber doch ähnlich gekleidet: malachitgrüne, braunrote und schwarze Stoffe, grob geschnitten, in groben Stichen gefügt – Fortentwicklung der Jeans, praktisch und kleidsam, aber keine Uniform. Die Stimmung unbeschwert, wieder einige Paare auf der Tanzfläche.

»Wunderbar«, sagte Arvid. »Ich habe selbst auf der Erde noch nichts Vergleichbares gesehen . . .«

Das Mädchen unterbrach ihn. »Bist du von der Erde gekommen? – erst vor kurzem?« Sie sprach so eindringlich, daß Arvid sie forschend anblickte, doch schon war ihr Blick wieder harmlos, sie lächelte ihn an. »Ach, laß doch . . . wollen wir nicht tanzen?«

Arvid blickte das Mädchen an, das ihm gut gefiel, und er lächelte zurück. Vielleicht war es gut, für einige Minuten alle irritierenden Fragen zu vergessen. Warum nicht? Er stand auf, deutete eine Verneigung an. »Mein Name ist Arvid Siger. Von der Erde . . .«, fügte er hinzu.

Das Mädchen ging nicht darauf ein. »Ich heiße Jasmine«, antwortete sie.

Wollte sie ihren Nachnamen nicht sagen? Oder wollte sie, indem sie nur den Vornamen nannte, eine gewisse Vertraulichkeit andeuten, gegen die sie nicht abgeneigt wäre?

Arvid ertappte sich selbst beim Grübeln, stellte fest, daß es in dieser Situation unangemessen war – daß es schön war, eine junge Frau gefunden zu haben, mit der er sich verstand . . . Einige freundlich gewechselte Worte, ein nettes Gesicht – und schon fühlt man sich nicht mehr so allein. Überspannte Hoffnungen ohne Grundlage? – unerlaubte Extrapolationen? . . . An nichts mehr denken, sich der weichen Bewegung hingeben, den warmen Mädchenkörper an sich spüren . . .

Sie tanzten lange, und sie verstanden sich gut dabei. Ihre Wangen lagen aneinander, sie sprachen nicht. Sie tanzten eine Viertelstunde, zwanzig Minuten – so lange die Musik spielte, bis zur nächsten Vorführung. Dann gingen sie, ein wenig schwankend, ein wenig verwandelt, zu ihren Sitzen zurück. Die Hocker waren noch unbesetzt, sie standen an den angestammten Plätzen, etwa einen Meter voneinander entfernt, und plötzlich lag wieder etwas Trennendes zwischen ihnen. Sie blickten auf die Bühne – dort führte nun ein seltsames Wesen, einem riesigen, vierfüßigen Käfer gleich, einen Stepptanz auf. Durch irgendeinen Lichteffekt wurde dieses Bild gespiegelt, vervielfältigt, dabei ein wenig verzögert. Plötzlich war es eine ganze Reihe von tanzenden, mit den Füßen den Rhythmus schlagenden Figuren, die sich hintereinander entlang einer Schlangenlinie auffädelten, die letzten Exemplare nur noch blaß, durchsichtig. Zuletzt schienen die Gesetze der Schwerkraft nicht mehr zu gelten, die seltsamen Tänzer bewegten sich durch die Luft, schienen nun auf einer unsichtbaren Hohlkugel zu tanzen, schief im Raum stehend oder waagerecht, einige auch auf dem Kopf. Die Musik endete in einem Crescendo von schwingenden Dissonanzen, die Projektion wurde abgeschaltet – und nun stand wieder der Tierkörper auf der Bühne, auf vier Beinen, unbestimmt, ob es sich um einen Trick mit zwei zusammenwirkenden Tänzern oder um ein raffiniert abgerichtetes unbekanntes Lebewesen handelte.

Einige Minuten Pause, verstärktes Kommen und Gehen auf der Tanzfläche. Arvid überlegte, was er Jasmine sagen wollte – nichts von seinen Problemen, aber auch nicht das übliche Gewäsch . . . Da bemerkte er zwei Uniformierte, die suchend durch die Reihen gingen. Da und dort hielten sie an, sprachen mit einer oder der anderen Person, gaben Anweisungen. Einige der Angesprochenen verließen daraufhin den Saal.

Jetzt war es Jasmine, die ein belangloses Gespräch anfing, doch Arvid antwortete ihr nur zerstreut. Auch das Geschehen auf der Bühne interessierte ihn nicht, ein neuer Tanz, der begonnen hatte – er beobachtete die beiden Soldaten mit den weißen Schirmmützen, die hier als Fremdkörper wirkten, von den anderen aber offenbar als dazugehörig genommen wurden.

Arvid hatte auf eine Frage von Jasmine nicht geantwortet, nun machte er sie auf die Szene aufmerksam. »Diese Soldaten . . . Was hat das zu bedeuten?«

Jasmine wußte nicht, was Arvid meinte, folgte seiner Blickrichtung . . . Dann hob sie verstehend den Kopf. »Ach das . . . Es handelt sich um die Auswertung der letzten Schlacht. Alle unsere Aktionen werden automatisch aufgezeichnet – daraus sollen sich Anhaltspunkte ergeben, wie man die Effektivität des Abwehrsystems steigern kann.«

»Eine Auswertung der Reaktionen? Hier, in der Diskothek?«

»Sei doch froh«, meinte Jasmine, »daß man uns nicht in irgendeinen Warteraum gepfercht hat. Hier ist es doch viel angenehmer . . .«

Sie konnte nicht weiterreden, denn die beiden Soldaten waren neben ihnen stehengeblieben.

»Arvid Siger?« Der Sprecher hielt einen Taschenmonitor in der Hand, schien ein darauf gespeichertes Bild mit den Gesichtszügen Arvids zu vergleichen.

Arvid nickte. »Ja und?«

Einer der Soldaten drückte Arvid ein Magnetkärtchen in die Hand. »Das Ergebnis deiner Prüfung«, erklärte er. »Du bist jetzt dran – zum Test. Kabine fünf!«

Sie nickten kurz, gingen weiter.

Arvid drehte sich zu Jasmine. »Muß ich . . .?«

Jasmine lächelte bedauernd. »Ja – schade! Vielleicht sehen wir uns wieder!«

Arvid war mit seinen Gedanken woanders – die Anweisung hatte ihn jäh aus seinen Träumen, seiner Stimmung gerissen. Er zuckte die Schultern: »Ja – vielleicht.«

Er winkte ihr zu und verließ den Raum. Jasmine sah ihm nach, bis er im Rahmen der Tür verschwand.

*Testanlage* *Ortszeit: 2225–2255*

Ein großer, langgestreckter Saal, in kleine Kojen geteilt. Jede von ihnen mit elektronischen Anlagen überladen. Ein einzelner Sitz, fest im Boden verankert, doch drehbar. Mehrere Bildschirme, die meisten klein, für verschiedenste Anzeigen, nur einer groß, den Blick auf sich ziehend wie ein Auge. Ein Mikrofon, auf einem faltbaren Haltearm cardanisch befestigt.

Als Arvid den Raum betrat, streckte sich der Arm, das Mikrofon richtete sich auf ihn, obwohl er nichts sagte. Er folgte seiner Bewegung, wobei es eine Minimaldistanz von einem Meter einhielt.

Arvid setzte sich ohne Aufforderung, drehte den Sessel zum großen Monitor. Wie auf ein geheimes Zeichen blendete nun eine Testfigur auf, und darüber ein rotes Sternchen – Fixationspunkt seiner Augen. Es machte den Eindruck, als ginge es um eine Art Spiel, vielleicht einen Reaktions- oder Nüchternheitstest. Worauf kam es an? Auf die Schnelligkeit des Reflexes? Auf die Zahl der Treffer?

In der Mitte des Schirms glomm ein roter Kreis auf, nur wenige Zentimeter im Durchmesser. Er setzte sich in rotierende Bewegung, dazwischen spiralenartig gewundene Übergänge, Wechsel von einer Umlaufkurve zur andern.

Arvid, von dem roten Kreis magisch angezogen, versuchte ihn zu verfolgen, nicht aus den Augen zu verlieren. Immer schneller wurde die Bewegung, immer überraschender kamen die Wendungen und Kurven . . . Aus Arvids Brust löste sich ein keuchender Atemzug, erst jetzt bemerkte er die Anstrengung, die ihn diese Aufgabe kostete . . . Niemand hatte ihm eine Anweisung gegeben, und doch war völlig klar, was er zu tun hatte.

Noch ein krampfhafter Versuch, dem Wirbel des roten Kreises zu folgen – seine Position war nicht mehr feststellbar, nur noch auftauchende und wieder verlöschende Kurvenzüge, an den Enden verlaufend. Schließlich senkte Arvid den Blick, hielt die Hand vor die Augen . . . Hinter der Stirn schmerzte es.

Das Bild auf dem Schirm war verschwunden – an seiner Stelle ein Schriftzug:

REAKTIONSFÄHIGKEIT: MINUS 12 %
TREFFERQUOTE: 18 %
AUSDAUER: MINUS 23 %
BLICKPUNKTFREQUENZ: 0,125 SEKUNDEN

Arvid blickte wieder auf den Bildschirm, ein wenig von der Seite her, als widerten ihn die Meßwerte an.

»Deine Ergebnisse sind nicht besonders gut«, sagte eine Stimme, die von allen Seiten her zu kommen schien. »Sie liegen alle unter dem Durchschnitt, du mußt dich mehr konzentrieren. Hast du irgendwelche Beschwerden? Leidest du an Konzentrationsstörungen?«

Arvid blickte sich nach allen Seiten um, doch es stand von vornherein fest, daß es kein Mensch war, der zu ihm sprach, zumindest nicht ein Mensch in diesem Raum. »Hören Sie: Ich weiß nicht, was das alles zu bedeuten hat. Und ich bin auch überhaupt nicht scharf darauf, besonders gute Ergebnisse zu erzielen.«

Die Stimme zeigte keinerlei Reaktion auf seine Herausforderung – sie klang genauso ruhig wie vorhin, bestimmt, wohlwollend, mütterlich. »Du bist Soldat der internationalen Streitkräfte. Du wirkst an einer wichtigen Mission mit, du darfst stolz darauf sein. Denk immer daran: Du mußt dich zusammennehmen, mußt dich voll einsetzen. Gewiß, die Menschheit hat Jahrhunderte hindurch in Frieden verbracht. In dieser langen Zeit gab es keine einzige Lebensform, die unserer Kultur gefährlich werden konnte. Aber man darf sich nie in Sicherheit wiegen! Man muß stets darauf eingestellt sein, das, was man erworben hat, zu verteidigen. Es geht um das Erbe der Menschheit, um Recht und Gesetz. Die vielen Jahre freier Entfaltung entheben uns nicht von unseren Pflichten. Wenn wir angegriffen werden, dann müssen wir uns verteidigen. Und jeder, der vom Guten profitiert hat, das ihm reichlich zuteil wurde, hat auch die heilige Pflicht, sich ganz persönlich, mit all seinen Kräften, zur Verfügung zu stellen, um Unheil von der Gemeinschaft abzuwehren.«

»Ich habe nicht vor, mich meiner Aufgabe zu entziehen«, erklärte Arvid, »ganz im Gegenteil: Ich will alles dazu tun, um meine Pflicht zu erfüllen. Aber irgend etwas ist geschehen . . . Ein Mißverständnis, eine Störung . . . Vielleicht können Sie mir helfen. Ich bin Wissenschaftler, Neurologe, und hier völlig fehl am Platz. Ich habe eine ganz andere Weisung – helfen Sie mir doch, danach zu handeln. Ich muß mit Professor Berthé sprechen. Werden Sie mir helfen?«

»Man darf sich nie von seinen Pflichten abbringen lassen. Man darf nie aufgeben. Für jeden kommt ein Moment der Veränderung. Man weiß niemals zuvor, wann er eintritt. Man darf sich nie zufrieden geben – wenn es Not tut, ist jeder aufgerufen. Für jeden kommt die Zeit, da er alles vergessen muß, was bisher war, sich voll und ganz seiner vorgegebenen Bestimmung widmen. Dieser gegenüber ist alles unwichtig, was gewesen ist. Nur noch das, was vor einem liegt, gilt. Auch aus dir kann noch ein guter Soldat werden. Du mußt dich darum bemühen, unentwegt, ganz intensiv! Was hindert dich daran? Bist du irgendwelchen psychischen Pressionen ausgesetzt? Liegt es vielleicht an körperlichen Gebrechen? Sich selbst erkennen ist der erste Schritt zur Besserung.«

Arvid schüttelte verzweifelt den Kopf, preßte die Finger in der Faust. »Es geht nicht um mich, sondern um Dr. Jacobson. Er befindet sich in einem schlafähnlichen Zustand, doch der Metabolismus läuft, wenn auch verlangsamt, weiter. Wir dürfen keine Stunde mehr verlieren. Es ist höchste Zeit, daß er von Spezialisten untersucht wird. Ist es nicht grotesk, daß man ihn wie ein lästiges Gepäckstück in der Isolierstation ablegt?«

Die Stimme ging nicht auf Arvids Argumente ein, sie setzte mit mütterlicher Unerbittlichkeit fort: »Wir dürfen uns durch nichts von unseren Pflichten ablenken lassen. Du bist schwach, leidest an Tagträumen – versuche, aus eigener Kraft damit fertig zu werden! Versuche, deine Resultate zu verbessern! Es liegt an dir, deine Konzentration zu steigern. Versuche, dein Bestes zu geben!«

Die Stimme war verstummt, auf dem Bildschirm erschienen Schriftzüge:

WENN ROT UND GRÜN – DRÜCKEN SIE TASTE 1
WENN ROT UND BLAU – DRÜCKEN SIE TASTE 2
WENN GRÜN UND BLAU – DRÜCKEN SIE TASTE 3

Über den Zeilen, im Zentrum des Blickfelds, zwei weiß umrandete Kreise, der linke rot, der zweite blau ausgefüllt . . . Arvid brauchte die Tasten nicht lange zu suchen, sie ragten aus dem vor ihm liegenden Pult empor, leicht zu erreichen. Er brauchte nur die Hand auszustrecken, drückte die Taste zwei.

Auf dem Bildschirm der Schriftzug:

RESULTAT RICHTIG – WEITER SO.

Die Farben innerhalb der Kreise wechselten – nun rot und grün . . .

Wieder ertönte die Stimme, diesmal ein wenig leiser, als hätte sie sich entfernt, als entließe sie den Prüfling nun in seine eigene Verantwortung . . . eine letzte Anweisung, eine letzte Ermunterung: »Ein Versuch unter Irritation. Er erfordert volle Konzentration. Du wirst deine Prüfung bestehen, wenn du den Willen dazu hast. Versuche, ein Soldat zu sein, voll und ganz – ein guter Soldat!«

Die Farben auf der Sichtfläche wechselten nun rascher, zwischendurch tauchte auch gelb auf, anstelle der Kreise traten andere Formen, sie wechselten ihre Plätze, wurden größer, überdeckten sich . . . schrumpften wieder zusammen. Plötzlich auch Geräusche, Donner, Schlagfolgen, Tonspiralen. Zugleich ein Wechsel des Lichts, fahles Grün, grelles Hellblau, Serien von Blitzen, die wie elektrische Schläge zu spüren waren.

Eine Weile versuchte Arvid, die Aufgabe wie befohlen zu lösen:

WENN ROT UND GRÜN – DRÜCKEN SIE TASTE 1

WENN ROT UND BLAU – DRÜCKEN SIE TASTE 2 . . .

. . . doch immer wieder traten Kombinationen auf, für die es keine Vorschrift gab, die Farben wechselten so schnell, daß er nicht folgen konnte, das Licht blendete ihn, der Donner dröhnte lauter, überwältigend . . .

Arvid sank in sich zusammen, schloß die Augen, preßte die Handflächen an die Ohren. Die blendenden Lichtspiele und Geräusche dauerten noch eine Weile an, dann wurde es plötzlich still.

*Isolationskammer* *Ortszeit: 0010–0400*

Ein schwarzer Raum, nicht die geringste Spur von Licht. Schwerelosigkeit. Rundherum eine leicht federnde Wand. Körpertemperatur. Stille.

Arvid schwebte inmitten der schwarzen Hohlkugel. Zuvor hatte er versucht, Kontakt mit den Wänden zu halten, doch die elastische Kraft der Polsterung stieß ihn ins Leere zurück, die glatte Oberfläche ließ keinen Halt zu, nirgends Ecken oder Kanten, keine Vertiefungen, keine Vorsprünge, die Wände so weit voneinander entfernt, daß man sich nicht verstemmen konnte. Einige Male hatte er sich abgestoßen, war von der gegenüberliegenden Seite zurückgeprallt, weiche, kaum spürbare Stöße, trotzdem keine Möglichkeit, sich ihnen zu entziehen.

Dieses schwebende Gefühl . . . er war sich nicht im klaren darüber, ob es eine Qual war oder eine Lust. Einmal hatte er das Gefühl, in einem grenzenlosen, offenen Raum zu sein, weitab von allen Fragen, Pflichten, Spannungen – völlig frei, gewichtlos, an keine Gesetze gebunden . . . Ein Zustand, der der Inbegriff extrem ausgeweiteter Wünsche sein mochte. Das Nirwana, die vollkommene Leere, das absolute Nichts? Dann aber schlug sein Empfinden um, plötzlich erschien es ihm unerträglich, plötzlich schrie alles in ihm nach Boden unter den Füßen, nach einem Lufthauch, einem Geruch, nach einer Orientierungshilfe, nach einem Schema, innerhalb dessen man denken und handeln konnte. Der Mangel an alledem erschien nun unerträglich, er tastete rundherum, ruderte mit den Armen umher, zog die Beine an und streckte sie wieder . . . Nichts, nichts . . . er wußte nicht einmal, ob er sich in Ruhe befand, ob er sich bewegte. Waren die Wände verschwunden, befand er sich vielleicht in einem unaufhaltsamen Absturz? Gab es außer ihm noch irgend etwas in dieser Welt? Hatte es – außer ihm – je etwas gegeben, würde es je etwas geben?

Da war nichts anderes als sein eigener Körper, und alles, was er spürte, was er empfand, kam von innen her. Er selbst war das Maß aller Dinge. Er war die Zeit, war der Raum.

Aber ohne jeden Stützpunkt, ohne Vergleichsmaß verloren sich alle Schätzungen im Ungewissen. Er versuchte, sich über seine Position klar zu werden, dort waren seine Hände, dort seine Füße, hier der Kopf . . . Aber selbst diese simplen Beziehungen verwirrten sich, das Maßsystem kam durcheinander, plötzlich schienen seine Beine unendlich lang zu werden – hatten sie sich vom Körper getrennt? Unwillkürlich bewegte er sich, suchte die Berührung der Schenkel, der Fersen . . . Unwillkürlich tastete er an sich selbst herab, er spürte seine eigene Haut, er trug keine Kleidung, war nackt – bloß und ausgesetzt . . .

Von irgendwoher kam ein Dröhnen, dann stellte er fest, daß sein eigener Kopf die Quelle war – genaugenommen war das aber auch gleichgültig, wo lag der Unterschied zwischen innen und außen? Immer größere Schwierigkeiten kostete es ihn, sich seiner eigenen Integrität bewußt zu bleiben. Auf einmal hatte er das Gefühl, daß seine Zunge riesengroß angeschwollen in einer isoliert existierenden Mundhöhle schwebte, dann fühlte er plötzlich seinen Herzschlag, verfolgte das Blut, das durch die Adern gepumpt wurde, ein Netzwerk aus dünnen, nachgiebigen Gefäßen, sich vereinigend und wieder ausbreitend – auch dieses Geschehen ohne Zusammenhang mit dem übrigen Leib, getrennt von seinem Denken und Empfinden . . .

Er fühlte, daß er zum Spielball seiner eigenen, nicht mehr kontrollierbaren Gedankensprünge wurde. Seine Aufmerksamkeit schwankte da- und dorthin. Eine Lichterscheinung irgendwo im Raum, ein Trugbild seiner Augen, Sehpurpur, nicht mehr abgebaut, ständig regeneriert – so sagte er sich, nichts Wirkliches, keine Entsprechung mit der Umgebung – . . . Aber diese Sinnesempfindungen wurden immer deutlicher, Lichtmuster flackerten, aus einem diffus begrenzten Nebel heraus wuchsen Formen, nicht identifizierbar, farbige Kreise, durcheinanderwirbelnde Punkte . . . Schwindel erfaßte ihn, eine ununterdrückbare Übelkeit.

Nun narrten ihn auch seine anderen Sinne. Manchmal hier, manchmal dort fühlte er Berührungen, Siedehitze, Eiseskälte . . . eine Welle von Kitzel, von Erregung, ausgelöst durch winzige Regungen seiner Körperhaare, Muskeln zogen sich zusammen, entspannten sich wieder – es geschah ganz von selbst, er konnte es weder kontrollieren noch verhindern.

Und dann tauchten plötzlich Erinnerungen auf, ungeordnet, wie im Traum, doch er wußte, daß er völlig wach war, sogar überwach, ein Bündel gesteigerter Sensibilität, geringsten Einflüssen wehrlos ausgeliefert, völlig offen, verletzlich . . .

Lange Zeit versuchte er sich zu wehren, versuchte der Eindrücke Herr zu werden, die Gaukelbilder abzuwehren, die Gedanken zu lenken . . . vergeblich. Kein Anhaltspunkt, keine Relation, keine Norm, nicht einmal Raum und Zeit – kein Unterschied zwischen Gegenwart, Vergangenheit und Zukunft. Das Nichts! Zuletzt gab er es auf, ließ sich treiben . . .

Dann die Stimme der Mutter:

Hör auf, dich zu wehren!
Du bist frei und leicht, gib dich dem Schweben hin!
Geh weit zurück, bis an den Anfang! Du mußt
dich von allem befreien, was dich bedrückt.
Ein unbeschriebenes Blatt, ein leeres Gefäß . . .
Du mußt von Neuem anfangen, von unten.

Beginn deinen Weg, ohne zurückzuschauen!
Gib dich dem Lufthauch hin, der dich tragen will!
Du bist allein und doch nicht allein – ich bin bei dir.
Ich bin immer bei dir.

Kamen diese Laute auch aus seinem Inneren? War es sein eigenes Gehirn, das einen Sinn im Sinnlosen zu finden suchte? Gleichgültig! Diese Stimme beschwichtigte, beruhigte. Woher auch immer sie kam – sie bot den Halt, den er suchte, den Bezug, den er brauchte. Sich völlig öffnen . . ., völlig neu anfangen, von ganz unten . . . Ein Rat? Eine Order? Vielleicht blieb ihm keine Wahl – nachdem er seiner früheren Daseinsform entzogen war, sich in einem anderen Kosmos befand . . .

Er fühlte sich wie neu geboren. War er neu geboren worden? Schmecken, greifen, hören, sehen . . . einiges erfreulich, anderes bedrohlich. Süße Feuchtigkeit auf der Zunge, grelles Licht . . . die Fäuste ballen, den Kopf abwenden . . .

Hart oder weich, laut oder leise, dunkel oder hell . . . Zuerst ein sanftes Auf und Ab, unentwirrbares Spiel von Wellen, Vorhänge vom Wind geregt, plätschernde Regenschauer, zuerst beziehungslos, unabhängig, und dann legte sich plötzlich das Raster der Logik darüber: zugleich, nacheinander, manchmal oder immer, selten oder nie . . .

Invarianten, Kongruenzen, Koordination . . . Da war es wieder, das Raster, das alles und jedes miteinander verband, das sich wie ein Netz über die Welt legte, zuerst über die Außenwelt, bis man entdeckte, daß es auch die Innenwelt umspannte. Das leere Schema mit streng gezogenen Mustern gefüllt, die Ungebundenheit dahin, die Freiheit verloren – da war es wieder, das Gebäude mit den unzähligen Räumen und Gängen, alle miteinander verbunden, auf mehr oder weniger geraden oder gewinkelten Wegen. Das Gebäude, in das man sich hineingesetzt findet, Heimat und Gefängnis zugleich, Ort von Entscheidungen und Zwängen, die feste Basis, von der aus sich alles beurteilen ließ – zugleich die Barriere, die den Blick hinaus unterband . . .

Da klang die Stimme wieder auf:

Laß dich nicht von deinem Weg abbringen!
Laß dich nicht beirren von der Geometrie!
Sie liefert nur den Hintergrund.
Es ist deine Sache, was du daraus machst –
deine Entscheidung!
Nütze den Spielraum, der dir offensteht!
Fülle die hohlen Kreise mit Leben –
das leere Raster mit Schönheit!
Es gibt viele Wege, doch keiner ist der richtige.
Es gibt viele Möglichkeiten, aber keine Bestimmung.
Es ist deine Welt, und du gehörst dazu.
Auf dich kommt es an, was du daraus machst.
Du selbst bestimmst die Form, in die du dich fügst.
Du bist Hirte und Herde zugleich.
Setze das Zeichen zum Beginn.

Alles,was vorher chaotisch gewesen war, erschien nun klar. Die Hilflosigkeit wie weggewischt, die Zweifel beseitigt. Die Art und Weise, wie er hinausgeworfen worden war – in diese Welt der Ordnung und des Chaos –, war eine ungeheure Belastung gewesen, ein unbeschreiblicher Streß. Nun war er beruhigt, zufrieden, müde. Er schloß die Augen. Und obwohl es keinen Unterschied machte, in diesem undurchdringlichen Schwarz, so spürte er eine Veränderung irgendwo in den Tiefen seines Gehirns, bestimmte Regungen tauchten zurück, andere stiegen empor, irgend etwas in leichter Wellenbewegung, ein kaum merkliches Auf und Ab . . . Schaukeln einer Wiege?

Arvid schlief ein.

*Schulungsraum* *Ortszeit: 0800–1000*

Der Raum ähnelte eher einer Fabrikhalle als einem Lehrsaal. Das Auditorium nahm nur einen verhältnismäßig kleinen Platz in einer Ecke ein, der übrige Teil war mit Maschinen gefüllt. Auf den ersten Blick hätte man die Anlage als eine Einheit auffassen können, ein umfassendes Konstrukt des fortgeschrittenen Ingenieurwesens, doch bei näherer Betrachtung war leicht zu erkennen, daß es sich um rund 30 Einzelteile handelte, jeder von ihnen ein zwei bis drei Stockwerk hoher Komplex aus Getrieben, hydraulischen Systemen, Leitungen und Stützen, an jedem eine Einmannkabine eingebaut, manchmal unter den Verstrebungen, Röhren und Trägern verborgen. Sie alle waren verschieden und doch gleich – befanden sich nur in unterschiedlichen Zuständen. Das lag daran, daß die einzelnen Bausteine beweglich angeordnet waren, sie ließen sich heben und senken, seitwärts verschieben, drehen und kippen. Durch das Zusammenwirken der einzelnen – und sicher in den Varianten begrenzten – Bewegungsformen ergab sich eine unübersehbare Vielfalt an Aufbauten – offenbar für bestimmte, vorgegebene Zwecke gedacht.

Arvid saß in einer dieser Kabinen, einen Kopfhörer über das Ohr gestülpt. Eine Leitung verband die beiden Lautsprecher mit einer Antenne, die über das Kabinendach hinausragte.

»So fang schon an! Gewiß: eine Herausforderung, aber wie willst du sonst mit diesem Körper vertraut werden? Versuch es, zögere nicht! Es ist eine Lernmaschine, nichts kann schiefgehen.«

Druckknöpfe, Hebel, Führungsstifte . . . Gewiß nach einer strengen Ordnung verteilt, doch ein Buch mit sieben Siegeln für den, der ihre Funktion nicht kannte. Er hob die Hand, zögerte . . .

»Die Möglichkeiten erproben – Methode von Versuch, Irrtum, Erfolg. So hast du einst deinen eigenen Körper erforscht – nun bietet sich dir die Möglichkeit einer unglaublichen Ausweitung. Du wirst zusammenwachsen mit diesem Organismus der Maschine, wirst ein autonomes, verteidigungsfähiges System werden.«

Kurzentschlossen folgte Arvid der Aufforderung, er zwang sich selbst dazu, nicht weiter über die Art seines Eingriffs nachzudenken, die Dinge auf sich zukommen zu lassen. Er drückte einen Knopf – ein Ruck erfaßte seine Kabine, sie hob sich ein Stück, drehte sich – ein großer Greifarm schwenkte hoch, blieb in seinem Blickfeld stehen.

Er drückte einen anderen Knopf, ebenso wahllos herausgegriffen – die Anlage drehte sich um 90 Grad um eine vertikale Achse, schien dann in sich zusammenzuschrumpfen, indem sich einzelne Abschnitte näher aneinanderschlossen, freigebliebene Zwischenräume ausfüllend.

Es schien zu funktionieren – machte sogar Spaß! Methode von Versuch, Irrtum und Erfolg . . . Arvid entschloß sich zu einem frechen Spiel mit den Eingabegeräten. Er drückte da, drehte dort, stieß einen Hebel von sich fort, zog einen anderen beiseite. Das System reagierte prompt, er merkte, wie es allmählich unter seine Kontrolle geriet, wie er kausale Beziehungen herstellte. Zwei der grünen Tasten am linken Rand, ein Hebeldruck nach unten – drei säulenartige Stützen, bisher in Ruhestellung angezogen, kippten beiseite, zeigten ihre Kraft – der Maschinenkörper hob sich, auf den Bodenflächen von Kugelrädern, durch Kappen an den Enden der Stützen halb verborgen, fuhr die Konstruktion ein Stück vor, dann wieder zurück . . . Alles noch Erprobung, Ausloten der Möglichkeiten – noch kein Ernstfall. Genausowenig wie die nächste Phase . . .

Bisher hatte die aus Glas bestehende Umkleidung der Kabine den Blick nach allen Richtungen freigegeben, Arvid hatte die Konsequenzen seiner Steuergriffe aus eigener Anschauung beobachten können. Versuch, Irrtum und Erfolg! Die Erfolge waren unmittelbar beobachtbar gewesen, Aha-Erlebnisse, positive Verstärkung. Nun aber senkte sich von der Decke her ein spinnwebdünner grauschimmernder Zylinder, isolierte Arvid mit seinem Gerät von den andern, schuf einen geradezu intimen Raum, aus dem heraus die Umgebung nur noch unter einem seidigen Vorhang zurückgesetzt erschien. Dann aber verschwand auch dieser letzte Rest einer realen Sicht, statt dessen ein Szenenwechsel, vorgetäuscht und doch absolut wirklichkeitstreu: Arvid befand sich auf einer weiten mit Trümmern übersäten Fläche direkt vor den Mauern einer Stadt. Der Boden aus Sand, der Himmel tiefblau, die Konturen der Bauwerke exotisch: Kuppeln, Zwiebeltürme, flache Dächer, da und dort ein Rundbogen, ein Stück des Himmels halbkreisförmig herausgeschnitten, und über allem, wie ein Wald aus seltsamen Gewächsen, unzählige bizarr ausgespreizte Fernsehantennen. Kabul? Damaskus? Jerusalem?

Keine Zeit zum Überlegen – aus einem Graben, der die Mauer der Stadt umgab, reckten sich die Schnauzen von Panzern, drohend zeigten Geschützrohre auf den Angreifer, sie setzten sich auf ihn zu in Bewegung, die Mündungen spien Feuer.

»Vorwärts! Gegenmanöver! Welche Maßnahme ist angebracht? Angriff? Flucht?«

Arvid saß wie erstarrt. Wieder war er mitten in eine Welle von Aktivität geraten, wurde voll beansprucht . . . Was vor ihm geschehen war, blinkte nur noch schwach durch die Barriere, die vor den Erinnerungen steht – und die um so undurchdringlicher ist, je mehr die Gegenwart ihr Recht beansprucht.

Flammenstrahlen liefen dicht an ihm vorbei, der Lärm von Detonationen.

Arvid hielt die Augen geschlossen, preßte die Handflächen gegen die Ohren. Nicht schon wieder! Einige Zeit hatte er geglaubt, alles hätte sich zum Besten gewendet, die Zeit des Mißverstehens wäre vorbei. Nun aber . . . Nein, das konnte doch nicht wahr sein. Eine unglaubliche Täuschung, ein unbegreiflicher Irrtum!

»So tu doch etwas! Wehre dich, schieß! Oder, wenn es schon gar nicht anders geht, weich aus, zieh dich zurück!«

Inzwischen waren die Panzerfahrzeuge schon ganz nahe an ihn herangekommen, Arvid blickte in die glühenden Löcher der Mündungen, wie in erbarmungslose Augen . . . Ein weit ausladender Feuerstrahl, der sich mit tausend Armen um seine Kabine schlang . . .

Plötzlich wurde es ringsherum finster, als wäre es den Flammen gelungen, die Simulationsanlage, durch die sie selbst hervorgebracht worden waren, zu zerstören. Die Kanzel schwach beleuchtet, die Konturen der Maschinerie eine schwarze Tuschezeichnung, Details nur angedeutet.

»Du hast die Prüfungen nicht bestanden, bist als unfähig ausgewiesen. Untauglich als Soldat, untauglich als Mensch. Du hast deine Chance nicht ergriffen, die Möglichkeit, ganz von vorne anzufangen, vertan. Warum gibst du den elementaren Impulsen nicht nach, sträubst dich dagegen, deine Pflicht im Dienste des Überlebens zu tun? Aktion und Reaktion, Angriff und Abwehr. Wer nicht bereit ist, sich selbst zu schützen, ist seiner Existenz nicht wert.«

Die Stimme aus dem Kopfhörer klang unpersönlich, und trotz der kompromißlosen Ablehnung, dem vernichtenden Urteil seines Bescheids, wirkte sie unverbindlich, uninteressiert . . .

»Du hast ausgezeichnet reagiert, es könnte gar nicht besser sein! Du zeigst Kritikvermögen, Verantwortungsbereitschaft. Du hast die Eigenschaften eines Offiziers. Wir werden dir ein hohes Amt in unserer Hierarchie anvertrauen.«

Der Tonfall war ein anderer gewesen, der Sinn der Mitteilung stand in krassem Widerspruch zu dem, was er eben gehört hatte . . . Und trotzdem – was bedeutete es schon? Es konnte dieselbe Instanz sein, die Lob und Tadel verbreitete, ein Wechselbad von Verzweiflung und Begeisterung, die alte Methode psychologischer Tortur für jene, die für große Aufgaben gewonnen, für ungewöhnliche Leistungen rekrutiert, für Wahnsinnstaten aktiviert werden sollten.

Und wieder ein veränderter Tonfall der Kopfhörerstimme: »Wie schön, daß du gekommen bist! Laß dich nur nicht beeinflussen – du hast ja mit all dem nichts zu tun, hast deine eigene Aufgabe. Diese Bürokratie! – wir alle haben uns damit auseinanderzusetzen. Verhalt' dich normal, laß dich zu keinen unüberlegten Aktionen hinreißen! Was weißt du schon, was Wirklichkeit ist und was nur Probe! Man sagt dir, du hast falsch gehandelt – doch es war genau das Richtige: das, was man von dir erwartet hat. Und man lobt deine Entschlußkraft, deine Handlungsweise – vielleicht gerade deshalb, weil sie falsch war.

Alles oder nichts kann zur Prüfung gehören, die Grenzen sind verschiebbar, niemand weiß, wie sie gerade gezogen sind.«

Schlagartig erschien ringsherum das alte Bild, die holografischen Zylinder wurden hochgezogen, ein Klingelzeichen ertönte, so laut, daß es durch die Kopfstücke der Hörer hindurchdrang.

*Schulungsraum / Hörsaal* *Ortszeit: 1000–1015*

Kabinen senkten sich zu Boden, die Türen öffneten sich, die darin sitzenden Menschen stiegen aus. Ohne zu zögern gingen sie hinüber zum Auditorium, setzten sich auf die schmucklosen Bänke aus Kunststoff und Stahl, vor sich kleine Pulte – zwei Flachbildschirme, ein light pen. Auf dem Podium, unter der üblichen Reihe von Monitoren, stand nun der Offizier. »Soldaten, unsere letzte Schlacht hat empfindliche Verluste gebracht. Es braucht nicht verschwiegen zu werden, daß das nicht nur an der Tüchtigkeit unseres Feindes, sondern auch an der mangelnden Einsatzbereitschaft von uns selbst liegt. Wir brauchen eine strengere Ausbildung, ein intensiveres Training. Auch der Beste von uns weiß, daß er sich noch weiter verbessern kann. Man muß den inneren Schweinehund besiegen. In der nächsten Unterrichtsstunde werden wir uns mit strategischen Überlegungen beschäftigen, und zwar anhand einer statistischen Auswertung der letzten vier Wochen. Wir treffen uns hier pünktlich um 14.00 Uhr nach der Mittagspause.« Er schwieg kurz, als wollte er sich sammeln, dann rief er schrill: »Habt acht!«

Die Soldaten sprangen auf, standen stramm. Mit ruhigen, festen Schritten trat der Offizier unter den großen Monitor, drückte einen Knopf am zugehörigen Pult – auf dem Bildschirm, überlebensgroß, erschien das Gesicht des Generals . . . Schirmkappe, das dünne Barthaar gesträubt: »Zahlenmäßig sind wir in der Minderheit, doch in unserem Willen sind wir dem Feind überlegen. Wir sind verpflichtet, unser Bestes zu geben – für die Menschheit und für die Kultur. Machen Sie weiter!«

Das Bild ging in sein schwaches Negativ über, die Leute sanken in bequeme Haltung zusammen, als wären straffende Fäden gerissen, sie zerstreuten sich, sammelten sich zu kleinen Gruppen. Der Offizier stand immer noch unter dem Bildschirm, als wäre ihm das Signal entgangen, das ihn zur Entspannung rief. Arvid beobachtete ihn eine Weile, sah, wie er sich dann an die Stirn griff, seine Kappe zurechtschob und nun – sichtlich erschöpft – die zwei Stufen des Podestes hinunterging.

Unbemerkt war ein alter Mann in den Saal getreten, ein weißer, flatternder Laborkittel, bequeme, an Pantoffel erinnernde Schuhe. Er blickte sich um, trat dann auf Arvid zu. »Daß ich Sie endlich finde! Wir haben eben erst von Ihrem Eintreffen gehört. Warum haben Sie sich denn nicht gemeldet?«

Seine Haltung war gebückt, das lange Haar grau, mit weißen Strähnen durchsetzt.

Arvid erhob sich verblüfft von der Bank. »Ich wollte . . . ich habe immer wieder darauf hingewiesen . . .«

»Ich bin Professor Piccioni«, erklärte der Alte. »Sie müssen mich doch kennen. Nein, ich weiß nicht . . . Sie hätten sich wirklich melden sollen!«

»Ja, aber . . .«

Piccioni ließ ihn nicht ausreden. Er legte ihm den Arm um die Schulter, schob ihn einige Schritte gegen die Tür hin.

»Darf ich denn ohne weiteres mit Ihnen kommen? Man hat mich hier eingeteilt . . . Es scheint strenge Befehle zu geben . . .«

Der Professor lächelte. »Ach, die Militärs! Die machen sich immer wichtig. In Wirklichkeit haben sie gar nichts zu sagen. Gar nichts. Schließlich sind sie für uns da.«

Als sich Arvid unsicher umsah, bemerkte er erstaunt, daß der Offizier die Szene zwar ärgerlich beobachtet hatte, aber keinerlei Einwände zu machen schien. Piccioni hatte Arvids Zögern bemerkt, auch er blickte sich um, und als er den Offizier teilnahmslos dastehen sah – eine bewegungslose Musterung, hinter der keinerlei Emotion zu bemerken war: weder Protest noch Beifall –, machte er eine winkende Bewegung. Höchst erstaunt bemerkte Arvid, daß der Offizier gehorsam herantrat. »Sorgen Sie dafür«, beschied Piccioni, »daß der Behälter mit Dr. Jacobson möglichst rasch in die Klinik transportiert wird!«

Das Gesicht des Offiziers war ausdruckslos. »Jawohl – wird gemacht.«

»Na, kommen Sie schon!« sagte Piccioni und schob Arvid vor sich her, zur Tür.

## 2. Sektion Wissenschaft

*Gangsystem – Institut* *Ortszeit: 1020–1035*

Der Professor hatte Arvid ein Stück durch den Gang geführt, eine Treppe hinunter, dann wieder geradeaus, schließlich erreichten sie eine Art Theke, von einem Soldaten bewacht. Dahinter ein Fenster, durch das man in einen mit vielen Regalen und Kleiderständern versehenen Raum sehen konnte. Eine Garderobe? Ein Magazin? Piccioni reichte dem Wachthabenden ein Codeplättchen, der damit durch eine Tür im Hintergrund verschwand. Nach einer Weile kam er mit einer Reisetasche wieder, Arvid erkannte sein eigenes Gepäckstück, in dem er persönliche Gebrauchsgegenstände aufbewahrt hatte – sie mußten sie aus dem gestrandeten Schiff geholt haben.

Der Professor sprach in sein Grübeln hinein: »Sie haben hier nichts mehr zu tun – gehen wir!«

Wieder folgten sie einigen Gängen, Piccioni schien sich gut hier auszukennen. Schließlich erreichten sie eine Tür, genauso unscheinbar wie alle anderen, und doch eine besondere: Der Wissenschaftler steckte eine Magnetkarte in den Leseschlitz des Schlosses . . . sie warteten eine Weile.

»Wir müssen uns vielmals für die Unannehmlichkeiten entschuldigen«, sagte Piccioni, »die Ihnen hier widerfahren sind. Ich weiß gar nicht, wie man das wiedergutmachen kann.«

Arvid stellte die Reisetasche ab. »Ich habe alles versucht . . . immer wieder darauf hingewiesen . . . alles umsonst! Man hat mich nicht verstanden!«

Dem Professor schien es peinlich zu sein, er unterbrach Arvid mit neuen Entschuldigungen, berief sich auf die Bürokratie, auf eine Neuorganisation, auf eine besondere Situation. Arvid, den die letzten Tage stark mitgenommen hatten, war nicht in der Lage, seinen Ärger mit Nachdruck zu vertreten. »Sie können sich gar nicht vorstellen . . . meine Lage – nun kann man ja nichts mehr daran ändern.« Es erschien ihm unbillig, sich gerade bei jenem Mann zu beschweren, der ihn schließlich herausgeholt hatte. »Vielleicht läßt sich doch wieder alles ins rechte Lot bringen«, sagte er. »Sie wissen, warum ich da bin. Ich bin schon sehr darauf gespannt, wie weit man hier auf dem Gebiet der Neurologie gekommen ist. Doch wichtiger ist zweifellos die Behandlung von Dr. Jacobson. Sie sind ja informiert. Zuerst muß er aktiviert werden – eine heikle Phase, nach der langen Zeit; dafür habe ich spezielle Anweisungen bekommen. Von mir aus können wir gleich beginnen. Ich hoffe, daß nun keine Verzögerungen mehr eintreten.«

Piccioni schien ein wenig verlegen. »Nun ja . . . Ich verstehe Ihre Ungeduld. Da gibt es nur leider ein paar kleine Schwierigkeiten . . . Ja, wie soll ich mich ausdrücken . . .«

»Welche Schwierigkeiten?« Arvid versuchte, den Gesichtszügen des Professors eine Andeutung dessen zu entnehmen, was dieser nicht aussprach: »Wir befinden uns in einer Phase der Turbulenz, der Hektik . . .«

Es schien ihm zurechtzukommen, daß sich nun die Tür öffnete. Arvid blickte in einen langen Gang, weitaus geräumiger als jene der unterirdischen Kaserne, hell beleuchtet, der Boden mit einem blaugelb gemusterten Laufteppich ausgelegt, Smyrnamuster, in der Ferne einige große Fenster. Er atmete tief auf, dann bückte er sich rasch zu seiner Tasche, folgte dem Wink des Professors weiterzugehen – die Füße sanken in weicher Wolle ein. Die Türen waren mit sauber beschrifteten Schildern versehen:

REQUISITENRAUM

MIKROFILM-AUSGABE

PROJEKTIONSRAUM

KAFFEEKÜCHE

Die Aufschriften besagten wenig, und auch der Blick durch die Fenster war nicht weiter aufschlußreich. Scheinbar handelte es sich um reale Szenen, ein Marktplatz mit einem schmiedeeisern umkleideten Brunnen, ein Hafen – bunte Boote mit Lampions, eine Gruppe von Fahrradfahrern auf dem Weg durch herbstlichen Wald – naturgetreu, in Bewegung . . . doch es war klar –

es konnten keine Realszenen sein, so täuschend wirklichkeitsgetreu sie waren.

Hatte Arvid seine Enttäuschung so deutlich gezeigt? Der Professor versuchte zu erklären: »Sie müssen verstehen: Wir haben hier eine schwere Aufgabe zu erfüllen. Wir versorgen die Welt mit wissenschaftlicher Erkenntnis. Die ergiebigste Quelle an Innovation! Erfindungen – von der Krawattenklemme bis zu Raumstationen. Wir sorgen aber auch dafür, daß alle diese Neuerungen in sinnvoller Weise angewandt, ins soziale Gefüge eingebracht werden. Wir arbeiten die Strategien aus, die zur psychischen und gruppendynamischen Lenkung der Menschen zur Anwendung kommen. Die Systeme sind so komplex geworden – es bedarf komplizierter Pläne, die neuen Techniken so einzusetzen, daß sie das Überleben und den Wohlstand sichern. Auf diesem Planeten sind die fähigsten Wissenschaftler aller Zeiten zusammengezogen – und das bringt manche Unruhe mit sich, schließlich sind es alle Individualisten.«

Arvid blieb erstaunt vor einem Fenster stehen – er erinnerte sich an dieses Bild, hatte es selbst einige Male gesehen: die Skyline von Chicago, von der Mole aus.

Professor Piccioni konnte seine Genugtuung nicht verbergen. »Hübsch gemacht, nicht wahr? Holografische Aufnahmen, von der Realität nicht zu unterscheiden. Sie sollen uns ein wenig über unsere Abgeschlossenheit hinweghelfen. Das sehen Sie doch ein: Heimweh – selbst in unserer modernen Welt . . .« Er schwieg kurz, als müßte er über aufsteigende Rührung hinwegkommen. Dann wiederholte er, wie in Gedanken: »Es soll uns ein wenig über unsere Abgeschlossenheit hinweghelfen.«

Sie gingen weiter, und Arvid bemühte sich, mit der neuen Situation, mit den neuen Eindrücken fertig zu werden. »Was spricht nun eigentlich dagegen, Dr. Jacobson so rasch wie möglich zu behandeln?«

Piccioni sah geradeaus vor sich hin. »Ich will nicht lange darum herumreden«, sagte er mit ein wenig gepreßter Stimme, »Professor Berthé ist verschwunden.«

»Verschwunden?« fragte Arvid erstaunt zurück.

»Ja. Und es dürfte klar sein, daß wir ohne ihn nicht viel anfangen können. Aber machen Sie sich deshalb keine Sorgen – Jacobson ist gut bei uns aufgehoben.«

»Aber ich wollte doch gerade . . . Ich sollte bei Professor Berthé meine Studien fortsetzen . . .«

Piccioni schnitt ihm das Wort ab. »Das wird sich alles lösen. Nur ein wenig Geduld! Schließlich haben wir alle Zeit dieser Welt für uns.«

Er blieb vor einer Tür stehen, öffnete sie mit Hilfe eines Magnetplättchens, das er dann an Arvid weiterreichte. »Das ist Ihr Raum, ich hoffe, daß Sie sich hier wohl fühlen.«

Arvid zauderte. »Und was weiter?«

»Machen Sie es sich erst einmal bequem! Erholen Sie sich ein wenig von den Anstrengungen! Diese letzten Tage müssen Sie ganz schön durcheinandergebracht haben – nun, das ist vorbei.«

Es sah aus, als wollte Arvid das Zimmer, daß er eben betreten hatte, schon wieder verlassen. »Ich fühle mich wieder ganz gut, schließlich habe ich eine Aufgabe . . .«

»Sie werden von uns hören«, beschied Piccioni unerwartet energisch. »Ich wünsche einen angenehmen Aufenthalt! Auf Wiedersehen!«

»Auf Wiedersehen!« Arvid stand noch immer an der Tür, blickte ihm kopfschüttelnd nach. Dann erst trat er endgültig ein.

*Gastzimmer* *Ortszeit: 1035–1045*

Der Raum war mit gepflegtem Komfort eingerichtet, Polstermöbel, ein riesiges Bett, ein Schreibtisch mit einer schwarzen Obsidianplatte. Eine offene Tür zum beleuchteten Bad – violette Kacheln an der Wand.

Arvid trat an das Fenster heran, beziehungsweise an das, was den Blick durch ein Fenster simulierte. In unberührbarer

Majestät strahlte vor ihm das ewige Eis des Himalaja. Am Fuß des Mount Everest eine Einebnung, eine Gruppe bunt gekleideter Sherpas, gebückt unter schweren Lasten.

Arvid schlenderte unschlüssig durch das Zimmer, schlug die Bettdecke zurück, schaltete die Stehlampe ein und wieder aus, blätterte in einigen Büchern, die auf einem Regal bereitstanden. Alles schien getan, um einen längeren Aufenthalt erträglich zu machen. Auf dem Schreibtisch fand er ein handliches Steuergerät; er hob es auf, drückte einige Knöpfe. Die Szenerie im Fensterrahmen wechselte – nacheinander stellte Arvid verschiedene Ansichten ein, die meisten eher konventionell-kitschig: eine Ansicht von Alt-Heidelberg, die Themsebrücke in London, die ägyptischen Pyramiden mit den blicklosen Augen der Sphinx. Dann schien er unbeabsichtigt eine andere Art der Einstellung gewählt zu haben: Das hellbunte Bild verschwand, statt dessen der Blick in einen dunklen Raum, nur vorn schwacher Lichtschein, von ihm getroffen mehrere Androiden, die ihn durch eine Glasscheibe hindurch anzustarren schienen. Wieder eine Simulation? – ein Fernsehbild aus anderen Teilen des Systems? – oder Wirklichkeit?

Aus dem Hintergrund kamen immer weitere Androiden heran, drängten sich zu den andern, die ihren Platz vorne zu verteidigen suchten – Dutzende Paare dunkler Linsenaugen fixierten ihn, folgten jeder seiner Regungen. Vergeblich drückte Arvid verschiedene Knöpfe seines Fernwählers um dieses Schauspiel abzuschalten – vergeblich. Schließlich zog er den Vorhang zu – Zugeständnis an eine nostalgische Geschmacksrichtung – und verdeckte das unangenehm wirkende Gebaren, das er nicht verhindern konnte.

Ein leises Knattern von der Wand, aus einer Spalte oberhalb des Schreibtisches bauchte sich eine Papierrolle.

20, 30 Zentimeter wurden durch Rollen herausgeschoben, dann wieder Ruhe. Arvid riß das zutage getretene Blatt längs der Perforation ab. Darauf erkannte er einen Teilplan des Bauwerks, in dem er sich befand, darunter auch sein Zimmer mit der Anmerkung ARVID SIGER und einem rot angezeichneten

Weg, der von dort ausgehend zu einer mit RAUM 17 bezeichneten Stelle führte.

Als wäre er beobachtet worden, so tönte nun eine Stimme aus einem versteckten Lautsprecher: »Wir erwarten Sie im Labortrakt, Raum 17. Bitte, Arvid Siger, begeben Sie sich in den Labortrakt, Raum 17!«

Arvid zuckte die Achseln, zog seine vordem achtlos aufs Bett geworfene Uniformjacke wieder an und machte sich auf den Weg.

*Raum 17* *Ortszeit: 1050–1120*

Raum 17, als Labor bezeichnet, doch eher an ein Trickfilmstudio erinnernd. Ein Mann und eine Frau, beide relativ jung, durch ihre weißen Kittel als Wissenschaftler ausgewiesen, traten Arvid entgegen.

»Mein Name ist Gerthsen«, sagte der Mann, »– nett, daß Sie gekommen sind!« Er sah freundlich aus, ein wenig glatt und farblos, das Haar kurz, doch bis zu den Schläfen herunterreichend.

Arvid schüttelte ihm die Hand.

»Und das ist meine Kollegin Dr. Allison.«

Sie mochte 30 Jahre alt sein, schlank, dunkel – schwarzes Haar, die Haut gebräunt, vielleicht negroider Einschlag . . . oder UV-Bestrahlung?

Einige Floskeln, einige belanglose Worte. Stühle, um einen Labortisch gerückt, Zigaretten, Mineralwasser.

Arvid blickte sich verstohlen um, doch Gerthsen bemerkte es. »Wir waren der Meinung, man sollte Sie nicht allzu lange warten lassen. Ich könnte mir denken, daß Sie sich betätigen wollen.«

Arvid nickte.

Gerthsen deutete auf die Einrichtungen. »Wir würden uns über Ihre Mitarbeit freuen!« Und Dr. Allison fügte hinzu: »Sie werden sich sicher rasch zurechtfinden.«

Noch immer blickte Arvid im Raum umher, fast ein wenig

beunruhigt. »Ich weiß nicht . . . dieses Labor! Ich bin Neurologe – wußten Sie das? Womit sind Sie beschäftigt? Was ist Ihr Spezialgebiet?«

»Da liegen wir gar nicht so sehr auseinander«, antwortete Gerthsen. »Ich bin Psychologe – ebenso wie Dr. Allison.«

»Aber dieses Labor . . .«

»Ich will Ihnen alles erklären«, kündigte Gerthsen an. Er schüttete etwas Mineralwasser in Arvids Glas nach, als wollte er etwas Zeit gewinnen. »Nun ja, womit soll ich beginnen? Hier gibt es mehrere Abteilungen – für Physik, Chemie, Biologie . . . Aber diese Wissenschaften sind ja schon so gut wie abgeschlossen, eigentlich weiß niemand so recht, womit sich die Kollegen dort beschäftigen.«

Das schien Dr. Allison zu belustigen, denn sie kicherte leise in sich hinein.

»Die eigentlichen Aufgaben«, fuhr Gerthsen fort, »– ich hoffe, darüber sind wir uns einig – liegen doch sicher in den Bereichen der Psychologie und Soziologie.«

»Die Neurologie . . .«

Gerthsen schnitt Arvids Einwand ab. »Aber gewiß doch – hier gibt es noch ernsthafte Probleme, dagegen ist gar nichts zu sagen, ich bin ja völlig Ihrer Meinung . . .« Er schien den Faden verloren zu haben.

Dr. Allison sprang ein: »Neurologie und Psychologie – das sind doch nichts anderes als zwei verschiedene Seiten ein und derselben Erscheinung, nicht wahr?«

Arvid nickte, doch konnte er seine Skepsis nicht verbergen. »Na schön, aber wie kann ich hier meine Studien fortsetzen?«

Gerthsen hatte seine Sicherheit wiedergefunden. »Zunächst einmal sollten Sie unsere wichtigsten Projekte kennenlernen. Deshalb hat Professor Piccioni auch vorgeschlagen, daß Sie hier beginnen.«

»Und was tun Sie hier?«

Gerthsen erhob sich – »Sehen Sie sich das einmal an!«

Die andern folgten ihm, traten an einen Arbeitstisch, auf dem einige Mikroskope mit Bildschirmausgabe standen.

Gerthsen schaltete einen der flachen Monitore ein, darauf erschien eine Ansicht, auf die Arvid zunächst nur mit Verblüffung reagierte. Man erblickte eine »Gefechtsbasis«, Perspektive von vorn, von der Frontseite aus, deutlich die Reihen der Soldaten in ihren Raumanzügen zu erkennen. Die Aufnahme mußte während des Angriffs entstanden sein, denn man konnte deutlich die schreckhaft geweiteten Augen sehen, das verzweifelte Bemühen, auf Einflüsse zu reagieren, die vom Standpunkt des Beobachters her zu kommen schienen. Dann griff die Kamera ein Gesicht nach dem andern groß heraus – eine nahezu beschämende Entblößung extremer Gefühlsausbrüche: Angst, Wut, Trauer . . .

Auf einen Eingriff von Gerthsen hin ein anderes Bild: Pulks der angreifenden Raumschiffe – sie drehten ab, griffen von anderen Seiten her an, neue glitten von der Seite heran . . . Dazwischen dahinsurrende Geschosse, Torpedos, Schwebeminen, Leuchtspurmunition in breiten, flackernden Garben.

»Aber das kenne ich doch . . . da war ich doch selbst . . .« Eigentlich war es sinnlos, was Arvid sagte – er wußte es, vermochte sich aber nicht zu beherrschen.

Gerthsen ließ ihn nicht ausreden. »Ja – ich habe gehört, daß Sie durch ein Versehen in die Kampfhandlungen einbezogen wurden.«

Wieder kicherte Dr. Allison in sich hinein, und Arvid blickte sie leicht verärgert an.

Dr. Allison nickte ihm zu, als würde sie sich an etwas erinnern. »Natürlich, Sie haben es ja selbst erlebt! Haben wir nicht einige Szenen gespeichert . . .? – ah, da sind sie schon!«

Durch Knopfdruck an der Tastatur hatte sie auf einem Nebenmonitor eine Speicherliste aufgerufen und darauf eine Kennzahl gefunden, die sie nun eintippte. »Nur ein paar Sekunden – gleich werden wir es haben.«

Gerthsen schien diese Unterbrechung unangenehm zu sein. »Ich bitte Sie um Ihr Verständnis – wir konnten ja nicht wissen . . . Kurz und gut – *wir* sind es, die diese Versuche durchführen.«

»Welche Versuche?« fragte Arvid.

»Hier«, sagte Gerthsen, »und hier . . . damit können wir die Erscheinungen steuern.« Seine gewandten Finger glitten über die Druckknöpfe, es schien, als spielte er ein Instrument. Auf dem Bildschirm nun wieder die angreifenden Raumschiffe, das Chaos der Geschosse und Strahlen, der Explosionen und der auflodernden Flammen.

»Und jetzt . . . hier – . . .« Gerthsen blickte auf den Bildschirm, obwohl seine Finger noch immer die Druckknöpfe bedienten. »Ein Pulk von links, Angriff . . . damit gebe ich die Bahn vor. Hier stelle ich die Treffer ein . . . Wollen Sie es selbst versuchen?«

In seiner Stimme klang Begeisterung durch. Es war ein Spiel, das er bis zur Virtuosität beherrschte. Ein Spiel? – alles nur Spiel!

Durch ein Zeichen machte sich Dr. Allison bemerkbar. »Hier: die Szene – großartig! Ich wünschte mir, dabeisein zu können. Doch der Heisenberg-Effekt . . . Der Messende beeinflußt das Meßergebnis – Sie kennen das.«

Arvid hörte ihr nicht zu. Vom Bildschirm blickte ihm das eigene Gesicht entgegen, zwar hinter dem Glas des Schutzhelms, doch bildfüllend, groß, deutlich. Es waren Minuten gewesen, in denen das Gebot der ständigen Selbstbeherrschung sinnlos wird – in diesem Gesicht zeichnete sich alles, was irgendwo hinter der Stirn vor sich ging, ab. Da waren sie wieder, die uralten Gefühle: Angst, Schmerz, Verzweiflung, Ekel . . . Arvid beobachtete, wie er fassungslos vor sich hin starrte, wie er zusammenfuhr, sich seitwärts wandte . . . Und dann – es war nun schon das zweite Mal – den Einschlag konstatierte, durch den Jasmine »getötet« wurde. Er sah, wie sich der Helm löste, wie ihr Gesicht zum Vorschein kam – zuletzt eine Verlangsamung der Vorgänge, einzelne Phasenbilder, in Abständen von Sekunden.

»Und das alles . . .« Arvid deutete auf den Schirm, auf die Tastatur.

»Genau durchdacht«, erläuterte Gerthsen. »Reiz und Reaktion. Wir haben die Stimulatoren genau in der Hand – uralte Schlüsselreize . . . Feuer, der tiefe Abgrund, die Gegenstände, die auf das Gesicht zufahren . . . Die Kombination genau ausgewogen, die Intensität quantifizierbar.«

Arvid rang immer noch nach Fassung. »Aber warum . . . warum? Warum machen Sie das?«

»Die Psychologie des Menschen, Herr Kollege. Das Reiz-Reaktionsverhalten. Bedingte Reflexe und Intelligenz. Störfaktoren, Schwankungsbreiten. Wo sind die Grenzen des Erträglichen? Hier tappen wir noch im dunkeln. Wird das Verhalten durch Bedrohung stabilisiert? Wie wirkt sich der soziale Faktor aus? Rückkopplungen in der Sozietät, ja, hier tappen wir noch im dunkeln. Emotionen, Motivationen, Problemlösungsvorgänge, Innovation. Entschlußfreude, Kreativität, Gestaltbildungsprozesse. Wie kodieren sich semantische Inhalte? Ist der Reflexionsspeicher topologisch strukturiert?« Er redete sich geradezu in Begeisterung hinein. Und er reagierte mit Fassungslosigkeit, als ihn Arvid am Mantelkragen packte und schüttelte.

». . . ein niederträchtiges Spiel! Immerhin handelt es sich um Menschen!«

Gerthsen schwieg erschreckt, doch Dr. Allison sprang aufgebracht hinzu, versuchte Arvid zurückzustoßen. »Was wollen Sie? Wie benehmen Sie sich!« Ihre Stimme klang schrill. »Schließlich haben wir Sie herausgeholt! Dadurch sind wir ja überhaupt erst draufgekommen, daß Sie schon hier sind – Sie haben nicht den geringsten Grund, sich zu beschweren! Schon gar nicht über uns!«

»Und wie steht es mit den Menschen? Was Sie da mit Ihnen treiben – ist das nicht eine Verletzung ihrer Würde? Sind Sie sicher, daß Sie keine psychischen Schäden verursachen?« Jetzt endlich hatte er Gerthsen losgelassen, der sich den Kragen zurechtzog, beleidigt zurücktrat.

»Was macht das schon aus?« erwiderte Dr. Allison. »Es betrifft nur einzelne – und der einzelne ist unwichtig. Schließlich sind wir Wissenschaftler. Unsere Erkenntnisse . . . Wer fragt danach, auf welchen Experimenten sie beruhen? Experimente mit Tieren, mit Menschen – manchmal genügen eben Computersimulationen nicht. Dafür aber werden wir in die Lage versetzt, anderen zu helfen, vielen. Die psychischen Krankheiten nehmen überhand, niemand weiß noch, was normal ist. Die Wissenschaft vom Menschen – ist es Ihnen nicht klar? – wir wissen viel zu wenig von ihm. Er ist das größte Rätsel, das wir erforschen müssen. Dazu ist jedes Mittel recht.«

»Ist das hier so, auf Nathan 4?« fragte Arvid. »Kümmert man sich hier nicht mehr um Ethik, um Moral? Auf Erkenntnisse, die solchen Verletzungen der Menschenrechte entspringen, kann ich verzichten. Das sind nicht die Methoden, die ich lernen möchte. Ich will sehen, daß ich so rasch als möglich zur Erde zurückkomme.«

Dr. Allison wurde wieder von Lachen geschüttelt, konnte nicht antworten.

Aus dem Hintergrund meldete sich Gerthsen zu Wort. Er schien sich beruhigt zu haben, wirkte wieder wohlwollend. »Es ist eine glückliche Fügung, daß wir hier über genügend Testpersonen verfügen. Die Soldaten, verstehen Sie? Man hat sie hierherbeordert – zu unserem Schutz. Schließlich sind wir wichtige Leute, von unserem Wirken hängt das Wohl und Wehe der Welt ab. Aber die Soldaten haben nichts zu tun, müssen beschäftigt werden. Und das besorgen wir. Wir konstruieren Situationen, auf die sie reagieren müssen. Wir nehmen ihre Reaktionen auf – um sie statistisch auszuwerten. Bei uns haben sie es immer noch besser als im Krieg. Die Schocksituationen, denen wir sie aussetzen, schaden ihnen nicht – härten sie höchstens ab. Wissen Sie nicht, was Soldaten im ernsten Einsatz zu ertragen haben – dagegen ist das, was wir hier mit ihnen treiben, geradezu läppisch. Dafür aber haben wir schon eine Fülle an interessantem Material gewonnen – aber es genügt noch lange nicht. Der Mensch . . . daran haben wir noch eine Weile zu kauen. Haben Sie Lust, mit uns zu arbeiten, oder nicht? Es würde sicher interessant sein. Auch für Sie!«

Gedankenverloren blickte Arvid noch immer auf den Bildschirm, auf dem nun die letzte Bewegungsphase der Bildserie zur Leblosigkeit erstarrt hängengeblieben war: Jasmines Gesicht, die Augen nahezu geschlossen, der Mund geradezu entspannt . . . Nein – es sah nicht nach Schmerz, nicht nach Furcht aus . . . Sollte Dr. Allison recht gehabt haben? Konnte der Mensch alles ertragen? Sogar seinen eigenen Tod?

»Nun, wie haben Sie sich entschieden?« fragte Gerthsen noch einmal. »Wollen wir zusammenarbeiten?«

Arvid schüttelte entschieden den Kopf. »Nein, ganz gewiß nicht.«

Er sah sich noch einmal kurz im Labor um, das Gesicht von Gerthsen verständnislos, jenes von Dr. Allison höhnisch, auf dem Bildschirm Jasmine. Arvid drehte sich um und verließ grußlos den Raum.

*Gangsystem – Institut* *Ortszeit: 1430–1650*

Der erste Kontakt mit den Bewohnern des Wissenschaftlertrakts, mit Gerthsen und Dr. Allison, hatte Arvid vorsichtig und zurückhaltend gemacht. Zwar trieb es ihn dazu, sich mit den Menschen zu unterhalten, von ihnen zu erfahren, wie das Leben hier verlief, was es mit den von Piccioni genannten Umorganisationen und Turbulenzen auf sich hatte, was mit Professor Berthé geschehen war. Andererseits aber schreckte er zurück, wenn er auf Männer und Frauen in weißen Kitteln traf, die trotz ihrer Verschiedenheit eine frappierende Ähnlichkeit zeigten – schwer zu sagen, woran sie lag. Einige der Wissenschaftler waren jung, die meisten allerdings in gereiftem Alter, ein beachtlicher Teil auch schon vergreist . . . Wie alt? – keine Anhaltspunkte. Wandte man alle Mittel der Geriatrie an, so war es durchaus möglich, ein Lebensalter von 150 Jahren zu erreichen. Allerdings war es noch nicht gelungen, alle Körperfunktionen im gleichen Maß aufrechtzuerhalten – die meisten dieser Methusalems waren auf Pflege angewiesen, wurden in Wägelchen herumgeschoben, ständig von Androiden betreut.

Aber diese hier? Offenbar verfügten sie noch über ihre volle Arbeitskraft – kaum einer, der eines Rollwagens bedurfte, und wenn dies doch der Fall war, dann bediente er ihn selbst.

So begnügte sich Arvid zunächst damit, eine gewisse Übersicht über die Örtlichkeit zu gewinnen. Er wanderte durch die Gänge, wobei er die lebensechten Bilder kaum noch beachtete, versuchte eher herauszufinden, welchen Zweck die Räume hatten – Wohnbereich, Versorgung, Labor usf.

Besonders interessierte ihn die Forschungssektion. Um sie zu erkennen, bedurfte es keiner Wegweiser und Beschriftungen – die meisten Laboratorien waren durch Glaswände von den Gängen getrennt, der Einblick unbehindert: öffentliche Wissenschaft, man beobachtete die Gelehrten an den Rechenanlagen, an den Mikroskopen, den Meßgeräten – im Grunde genommen sah alles gleich aus, dieselben computerisierten Systeme, dieselben Eingabe- und Ausgabegeräte. Das Spiel der Fragen und Antworten, Meßwerte, Fehlergrenzen, statistische Auswertung, Intra- und Extrapolation, Gewichtungen, Wahrscheinlichkeiten, Formeln, Regeln, Modelle . . . War das noch die Realität, mit der sich diese Männer und Frauen beschäftigten? Simulationen, mathematische Modellierung, Mikrowelten, vereinfachte Prinzipanordnungen . . . Waren das wirklich Abbilder der Wirklichkeit? Oder hatten sie sich vielleicht längst von der bestehenden Existenzform entfernt, drangen in eine künstliche Welt von Annahmen und Thesen ein, die keinen Bezug mehr zu dem hatten, was irgendwo, nahe oder fern, tatsächlich bestand?

Eingabe über Tastaturen, joy sticks, light pens, Tableaus, Rollkugeln, Mikrofone, hin und wieder aber auch schon die neuesten Mittel der direkten Kommunikation mit den Rechensystemen, die am Schädeldach befestigten Elektroden, die ins Gehirn eingeführten Sonden, die die winzigen Regungen des Programmierers auffingen und im Weben und Wallen der logischen Verarbeitungen wirksam werden ließen – viel schneller, als das auf dem umständlichen Weg über die Muskelarbeit möglich war.

Ebensowenig Unterschiede der Ausgabemittel in den vielen Disziplinen: Batterien von Monitoren in allen Größenordnungen, alles und jedes in Zahlen gefaßt, in Diagramme, in Schemadarstellungen . . . Keine Augen mehr, die sich an Okulare legen, keine Meßapparaturen, die man mühsam justieren muß, kein Hantieren mit Waagen und Zentrifugen, Schaltelementen und Lichtleitfasern, Batterien oder Generatoren. Keine Glasgefäße mehr, Bechergläser und Kolben, Pipetten und Röhren, Heizanlagen und Rührwerke. Keine Präparationsbestecke, Seziertische, Mikrotome, Narkosegeräte, keine Käfige mit weißen Mäusen oder Ratten, Meerschweinchen oder Affen. Versuchsobjekte, Gegenstände der Analyse, Zusammenhänge, die es zu enträtseln galt – sie alle befanden sich in einer immateriellen Form in den Speichern der Rechensysteme, in Form von magnetisiertem Kristallstaub, Blasen in zwischenmolekularen Kraftfeldern, Orientierungen von chemischen Radikalen, Diskontinuitäten, aufgezwungene Ordnung und Unordnung, synthetische Störungen des natürlichen Verlaufs – Bedeutungen, die nichts mit den Trägern zu tun hatten, fremdartige Identitäten, die Schwingungen nicht existierender Atomkerne, die Wechselwirkungen zwischen hypothetischen Molekülbruchstücken, Steuerfunktion emotionaler Reaktionen, das Verhalten von Menschengruppen unter Streß . . . Auf dieselbe Weise erfaßt, codiert, manipulierbar. Irgendwo, hinter diesen Mauern, die zentrale Kontrolle, Zugriff zu sämtlichen Vorgängen, Übersicht über alle Probleme, time sharing, Sprung von einer Speichereinheit zur andern, von einer Wissenschaft zur andern, von einem Modell zum andern. Die Ergebnisse erschienen auf den Monitoren, flach oder dreidimensional, grün auf schwarz oder bunt, statisch oder bewegt: Anschauungsbilder, wirklichkeitsecht oder transformiert, falsche Größenordnungen, falsche Farben, seltsame Verzerrungen bis zur Unkenntlichkeit. Und wenn das, das durch diese Bilder erfaßt wurde, noch so entstellt erschien, so lag es doch auf eine erschreckende Weise dem Zugriff offen, gewissermaßen auf einem elektronischen Seziertisch ausgebreitet, von den Linienrastern der darübergeblendeten Maßstäbe zerschnitten. Und vor diesen Bildschirmen – Fenster in eine Vielfalt fremdartiger oder entfremdeter Welten – standen die Wissenschaftler versammelt, scheinbar untätig, vage gestikulierend wie in einer belanglosen Unterhaltung . . . hin und wieder eine geringfügige Umgruppierung, eine Hand, die sich auf Eingabetasten legt, ein Flackern auf den Bildschirmen, dieselben Bilder in leicht veränderten Ansichten, dieselben Netze der Meßkoordinaten . . . Auswertung durch den Computer, der Mensch nur noch ohnmächtig im unaufhörlich wiederholten Versuch des Verstehens, Begreifens.

Je weiter Arvid auf seinen Wanderungen durch das unterirdische Institut kam, je mehr er zu verstehen begann, auf welch unabdingbare Art hier die uralten Wünsche des Menschen, seine Welt zu erforschen, zu einem Ende gefunden hatten, um so fremder fühlte er sich hier: fehl am Platz, ein Außenseiter, ein Fremdkörper, noch ehe er einen Versuch unternommen hatte, sich in die Gemeinschaft der Gelehrten einzugliedern.

Seine Hoffnung, sich weiterbilden zu können, zu lernen, zu erfahren – über all die Grenzen hinweg, die ihm auf der Erde unüberwindlich vorgekommen waren . . . damals eine nur irrational begründete Hoffnung – daß es doch irgendeinen Weg geben könne, über den eng umschriebenen Raum menschlicher Vorstellungskraft hinauszukommen. Hatte man diesen Weg hier gefunden? Plötzlich dachte er ganz anders darüber – nicht nur über die Möglichkeiten, die den Menschen gegeben und verwehrt sind, sondern – viel allgemeiner – über den Sinn eines immer weitergehenden Begreifens, was ja doch nichts anderes bedeutete, als ein Zurechtbiegen in eine den eigenen Werkzeugen gemäße Form, was vielleicht – in letzter Konsequenz – nichts anderes bedeutete, als eine Deformierung, eine Zerstörung, eine Elimination des Wesentlichen, so daß schließlich nichts mehr übrigblieb als eine sinnlose Bewegung im Kreis, Zurückziehen auf eine Insel . . . das Glasperlenspiel, der Elfenbeinturm . . .

Arvid war in Gedanken weitergegangen, hatte nicht mehr

auf seine Umgebung geachtet. Er hatte den Bereich der Laboratorien verlassen, war ein Stück mit einer Rolltreppe hinaufgefahren . . . auf irgendeinen nicht weiter feststellbaren äußeren Anlaß hin erwachte er aus seiner Versunkenheit. Er stand vor einer Tür, auf dem Schild die Aufschrift VERWALTUNG. Kurzentschlossen steckte Arvid sein magnetisiertes Identifikationsplättchen in den Schlitz am Schloß. Kurz darauf öffnete sich die Tür.

### *Verwaltung* — *Ortszeit: 1650–1710*

Arvid trat ein – das erste, was er sah, war sein eigenes Bild, groß auf einen Bildschirm projiziert. Darunter waren der Name ARVID SIGER sowie einige weitere Angaben zur Person eingeblendet. Davor, ihm den Rücken zuwendend, saß ein Mann mit langem, dunklem, gerade heruntergekämmten Haar, das ihm weit über den Kragen reichte. Auch er trug einen weißen Kittel. Jetzt drehte er sich um, indem er den Sitz des Stuhls herumdrehte, blickte noch einmal auf das Bild, dann auf Arvid, als wolle er sich vergewissern, daß es sich um dieselbe Person handelte.

Der Mann wandte sich an Arvid: »Womit kann ich dienen? Haben Sie ein Problem?«

Arvid deutete auf den Bildschirm. »Sie wissen bereits, wer ich bin. Ich kam durch Zufall hier vorbei . . . Sind Sie der Verwalter?«

»Ja.« Der Beamte schien etwa vierzig Jahre alt zu sein, er hatte ein Durchschnittsgesicht, einen schmalen Schnurrbart, seine Hände befanden sich in stetiger, fahriger Bewegung.

»Vielleicht wissen Sie auch schon, daß ich vor einigen Tagen von der Erde gekommen bin.«

Es sah aus, als müßte sich der Verwalter besinnen. »Doch . . . jetzt erinnere ich mich . . . War es mir doch so, als hätte ich Ihren Namen schon gehört! Sie kamen mit einem Schiff . . . Sie materialisierten viel zu nahe am Lunoidengürtel . . . Wir hatten Mühe, Sie heil herunterzulotsen.«

»Sehr groß scheint Ihr Interesse an mir nicht gewesen zu sein – offenbar haben Sie sich nicht darum gekümmert, wo ich verblieben bin.«

»Na hören Sie!« Der Verwalter verzog peinlich berührt das Gesicht. »Was glauben Sie, worum ich mich noch kümmern soll! Wo waren Sie denn?«

»Ich bin den Militärs in die Hände gefallen, wurde gezwungen, an der Ausbildung teilzunehmen, besser gesagt an dem, was man hier als Ausbildung bezeichnet.«

Der Verwalter schien verwirrt. Er antwortete nicht, beugte sich über einen großen kreisrunden Tisch, an dem er offenbar gearbeitet hatte. Mit einem light pen zog er einige Linien darüber.

Arvid trat näher – er sah, daß auch der Tisch nichts anderes als ein flacher, holografischer Bildschirm war. Er zeigte einen Ausschnitt des Himmels – Bruchstücke des geborstenen Mondes, auf ihren Kreisbahnen laufend, zwei der gelb getönten Satelliten, dahinter die in vielen Farben glänzenden Sterne. Der Anblick war so wirklichkeitsgetreu, daß Arvid einen Augenblick lang meinte, durch ein Fenster ins Freie zu sehen.

Der Verwalter saß eine Weile unbewegt, als wäre er von diesem unerhörten Bild gefesselt. Dann zuckte er zusammen, ließ seine Sitzfläche wieder zu Arvid hinüberrotieren. »Nun sagen Sie doch schon – was wollen Sie? Entschuldigen Sie, daß ich so geradeheraus frage, aber, Sie sehen, ich bin beschäftigt.«

»Wo sollte ich mich sonst erkundigen als bei Ihnen? Ich habe einen wichtigen Auftrag, schlimm genug, daß ich so viel Zeit beim Militär verloren habe! Ich soll mich mit Professor Berthé in Verbindung setzen.«

»Dann tun Sie es doch!«

Einen Moment lang war Arvid erstaunt. »Man hat mir gesagt, er sei verschwunden.«

»Und was habe ich damit zu tun?« Der Verwalter legte die Spitze seines Griffels an einige am Rand des Bildschirms eingeblendete Kreise . . . beobachtete das Resultat: Der Ausschnitt des Himmels verschob sich nun rasch, der Reihe nach kamen mehrere Monde ins Blickfeld, einige davon ganz nahe. Dann endete die Fahrt – bildfüllend ein Schwarm von kantig gebrochenen Trümmern, in langsamer Rotation um einen gemeinsamen Schwerpunkt. Wieder ein Impuls, durch den light pen ausgelöst, und die kreisende Bewegung wurde schlagartig schneller.

»Sie sehen doch, daß ich keine Zeit habe«, sagte der Verwalter zum Bildschirm hinunter. »Die ganze Arbeit – es gibt niemanden, der mir hilft. Alles muß ich selbst machen, selbst die langweiligste Routine. Schließlich kann ich mich doch nicht um alles kümmern!«

»Ich dachte, hier ist die Verwaltung! Wohin soll ich mich sonst wenden? Ich will ja gewiß nicht stören – aber es geht um ein Menschenleben. Dr. Jacobson . . . er ist krank, ich habe ihn mitgebracht . . .« Arvid merkte, daß ihm der Beamte nicht zuhörte und verzichtete auf weitere Erklärungen. Dann sagte er energisch: »Ich fürchte, Sie werden Ihre Arbeit eine Weile unterbrechen müssen. Ich habe eine Aufgabe, einen wichtigen Auftrag der Regierung. Ich bestehe darauf, daß Sie mir helfen.«

Der Verwalter ließ plötzlich beide Arme sinken, als hätte ihn jede Kraft verlassen. Seine Stimme klang anklagend – und gekränkt. »Diese ewigen Störungen . . . wie kann man da noch mit seinen Problemen fertig werden? Und dabei läßt man mir keine Ruhe! Immer wieder neue Aufgaben, schwierige! Und keinerlei Unterstützung, nicht einmal Verständnis . . .« Seine Klagen gingen in ein Gemurmel über.

Arvid trat an ihn heran, ergriff die Stuhllehne und drehte den zusammengesunkenen Mann vom Bildschirm weg. »Wo befindet sich denn nun die Personalabteilung, wo die Registratur? Es muß doch eine Möglichkeit geben, etwas über Kompetenzen zu erfahren.« Allmählich wurde er lauter, er ging in die Knie, um dem noch immer nach unten blickenden Beamten ins Gesicht sehen zu können. »Wo ist das Sekretariat, wo das Büro der Institutsleitung? Wo kann ich Auskunft bekommen, von wem erfahre ich, was ich tun muß, um meine Aufgaben zu lösen? Na los, sagen Sie es mir! – dann lasse ich Sie in Ruh.«

Jetzt hob der Mann verzweifelt die Hände. »Nein, ist denn so etwas möglich! Sie halten mich offenbar für einen Hausmeister, für einen Pförtner! Begreifen Sie denn nicht, daß es um Dinge höherer Art geht? Ich bin Fachmann, bin Wissenschaftler, bin Künstler! Sie sehen doch«, er deutete auf das Bild der kreisenden Himmelskörper, »worum es geht! Dieser Planet . . . die Monde . . . die Sterne . . . Galaxien . . .«

»An der Tür die Aufschrift . . . VERWALTUNG!«

»Aber ja – das ist meine Aufgabe! Ich bin der Verwalter. Ich versuche zu klassifizieren, zu bewerten, eine vernünftige Einteilung zu finden. Ich verwalte diesen Teil des Kosmos. Nathan 4, das komplizierte System der Monde, der Gürtel aus durcheinandergeratenen Trümmern . . . das alles zu überblicken, die Übersicht zu behalten . . . Was glauben Sie, wie schwer das ist. Wie sollte ich mich da mit weltlichen Dingen abgeben können! Diese Himmelskörper . . . ich lasse sie entstehen, lasse sie verschwinden. Ich weise ihnen ihre Plätze zu. Meine Aufgabe ist eine göttliche – was bin ich anderes als der Schöpfer . . .«

Arvid ließ seinen Arm sinken, der noch immer auf der Sessellehne des Verwalters gelegen war. Er spürte keinen Ärger mehr, eher Mitleid. »Dann entschuldigen Sie die Störung!«

Der Verwalter hatte sich schon wieder über den Tisch gebeugt, in die schwierigen Probleme vertieft, die sich da für ihn ergaben, merkte er nicht, was sonst um ihn herum geschah. Arvid wartete noch einige Sekunden, dann drehte er sich um, verließ den Raum.

*Gastzimmer / Gangsystem – Institut* *Ortszeit: 1800–1940*

Noch vor wenigen Tagen, während seines Aufenthalts im militärischen Trakt, hatte Arvid geglaubt, die Grenze des Unerträglichen erreicht zu haben. Die Beschäftigung mit sinnlosen Aufgaben, ständige Prüfungen und Tests, dazwischen Stunden echter oder vermeintlicher Todesgefahr – niemals während seines ganzen Lebens auf der Erde, nicht einmal in bösen Träumen, hatte er etwas Vergleichbares erlebt. Und nun?

Vielleicht war es die unerwartete Befreiung gewesen, der unmittelbare Übergang vom Dasein in einer unterirdischen Kaserne in eine freundliche Umgebung, die ihn euphorisch gestimmt hatte – und alle Zweifel, die ihm in diesen Tagen an der Durchführbarkeit seiner Aufgabe gekommen waren, beseitigt hatte. Er war am Ziel seiner Wünsche angekommen, hier fand er jenes Reservat der hohen und reinen Wissenschaft, von dessen Existenz die Menschen auf der Erde nichts ahnten, von der er selbst erst kurz vor seiner Abreise – an strengste Geheimhaltung gebunden – erfahren hatte. Was für eine Vorstellung für einen jungen, seinem Fachgebiet mit Begeisterung anhängenden Wissenschaftler: eine Institution für fortgeschrittene Studien, ausgesuchte Fachleute aus aller Welt zusammengeholt, kreative Kräfte, Koryphäen, den Mißhelligkeiten des täglichen Lebens entrückt, befreit von Routine und Tagessorgen, die sich nun, mit allen Mitteln, die sie sich nur wünschen konnten, bestens versehen, ihren Aufgaben widmeten. Dazu noch ein ganzer Planet, nichts anderem als diesem großen Gedanken verschrieben: Erweiterung des Wissen, Vertiefung der Einsicht, Tausende von einmaligen Individuen voll von fortschrittlichen Ideen, kühnen Vorstellungen, sie alle in einer Gemeinschaft miteinander, beste Gelegenheit, das isolierte Wissen zu verflechten – und wenn alles das auch das Fassungsvermögen eines einzigen Gehirns überfordern mochte, so waren nun alle diese Gehirne gewissermaßen zu einer höheren Einheit verschmolzen, und so verfügten sie – in eben dieser Gemeinschaft – über Erkenntnisse, die über alles herausreichten, was sich bisher menschliche Vorstellungskraft erarbeitet hatte: War es nicht eine Art imaginäres Supergehirn, das sich wie eine Art Geistwesen über eine solche Gelehrtenrepublik spannte, eine überragende Intelligenz, die alles Vergleichbare in den Schatten stellte?

In welch abenteuerliche Illusionen er sich verstiegen hatte – während seines kurzen Aufenthalts in dieser unterirdischen Erkenntnismaschinerie war es ihm klargeworden. Dieses Resultat stundenlangen Grübelns bewegte und bedrückte ihn, und es war schwer genug, sich damit abzufinden. Noch mehr quälte ihn seine unbegreifliche Isolation, die Unmöglichkeit, Ansatzpunkte für eine Verständigung zu finden, die Erkenntnis, daß die Lösung seiner Aufgabe keineswegs leichter geworden war, im Gegenteil: schwerer als zuvor! Hatte er noch in seiner Zeit als Rekrut gemeint, es bedürfe lediglich der Aufklärung eines Mißverständnisses, um alles in die richtigen Bahnen zu lenken, so mußte er nun damit rechnen, unwiderruflich auf ein Abstellgleis zu geraten, in eine Sackgasse, aus der es keinen Ausweg gab, daß alles umsonst gewesen war, die Vorbereitung auf seine Mission, der lange Flug durch den Hyperraum, die Gefahren der Landung, die Abenteuer beim Militär, und daß er nun auf Dauer so weitermachen würde, von einem riesigen Automaten versorgt, in einem Gastzimmer, in dem er ein Fremder blieb, zwischen Leuten, mit denen man nicht sprechen konnte, auf eine Wendung wartend, die nie kam. Es war nur wenige Stunden, seit er hier angekommen war, von einem Gang in einen anderen getreten und doch Wechsel von zwei Welten! – und vielleicht war es gerade dieser neuerliche Umschwung der Gefühle, der ihn nun zur Depression trieb. Er war durchaus in der Lage, diese eigene Situation nüchtern zu betrachten und sich Erklärungen zu liefern, an denen er sich schließlich wiederaufrichten können mochte. Obwohl sich immer wieder Momente ergaben, in denen er die Hoffnung verlor, zwang er sich dazu, systematisch vorzugehen. Noch hatte er nur einen kleinen Teil dieser unterirdischen Welt kennengelernt, wer weiß, was für Überraschungen ihn noch erwarteten! Wenn er es auch längst nicht mehr als erstrebenswert ansah, in diesem Institut tätig zu sein, so fühlte er sich immer noch für den Mann verantwortlich, dessen Leben man ihm anvertraut hatte – für Dr. Jacobson, der der Menschheit noch so viel geben konnte und dessen Tod ein unwiederbringlicher Verlust für die Erde und für die gesamte Menschheit gewesen wäre. Ob es aber nur ein kranker Durchschnittsmensch war oder ein berühmter Gelehrter – es gab einen Imperativ, der jeden Arzt, Psychologen, Neurologen oder wie immer jene Berufsstände hießen, denen man Menschen anvertraute . . . es ging einfach darum, Leben zu retten, wo es zu retten war. Von dieser Aufgabe würde er sich nicht abbringen lassen.

Arvid hielt sich nur kurz in seinem Zimmer auf, er genoß die Annehmlichkeit eines heißen Bades, dann ruhte er sich ein wenig erschöpft aus – auf diesem Bett, in das man weich einsank und sich beliebig kreuz oder quer legen konnte. Doch es hielt ihn nicht lange ruhig, er verließ den Raum, setzte seine Wanderungen fort. Er dehnte sie weiter aus, verließ den Bereich der Wohnräume und Laboratorien, geriet in einen Teil des Gangsystems, der menschenleer war – keine freundlich-illusionsvermittelnden Fenster mehr, nur noch wenige Türen, und diese ohne Aufschriften. Es fiel ihm auf, daß an den Decken die Augen von Videokameras blinkten, gebauchte Peripherielinsen, denen kein Winkel des Raums rundum entging. Er mußte also damit rechnen, beobachtet zu werden – von wem? –, doch warum sollte er darauf Rücksicht nehmen? Seine Schritte klangen hohl, der blaugelb gemusterte Läufer war irgendwo hinter ihm zurückgeblieben, an einer Biegung oder einer Stufe abgeschnitten. Es war ihm, als käme aus der Ferne ein gedämpftes, dumpfes Dröhnen, aber es konnte auch das Echo seiner eigenen Schritte sein, das die Wände entlanglief, sich immer wieder an den harten Metallflächen der Wände brach, sich an einem Knoten sammelte und schließlich aufgrund irgendeiner nicht weiter ersichtlichen Besonderheit der akustischen Situation zu ihm zurückbewegte.

Eine Verzweigung des Gangs, eine weitere . . . dort schien ein abgezweigter Gangteil wieder zurückzulaufen, nun war er im Kreis gegangen . . . er hatte Schwierigkeiten, die Orientierung zu behalten.

Von der Decke her knarrte eine Stimme: »Ende des öffentlich zugänglichen Teils. Kein Durchgang.« Offensichtlich hatte man darauf verzichtet, ihr die freundliche Modulation eines menschlichen Sprechers zu geben – ein Automat, vielleicht lag das ganze Geheimnis dieser ins Abseits geratenen Institution einfach daran, daß man es einer übergreifenden automatischen Kontrolle überantwortet hatte. Genausogut konnte es natürlich auch ganz anders sein. Ob er es herausbekam? Er würde alles dazu tun.

Ein blindes Gangstück, eine geschlossene Tür. Er steckte sein Magnetplättchen ein, doch wieder ertönte die Stimme: »Ende des öffentlich zugänglichen Teils. Kein Durchgang.«

Arvid drehte sich um, ging weiter, in diese oder jene Abzweigung hinein, traf auf eine ganze Reihe weiterer Türen, von denen er ein paar zu öffnen versuchte – doch die Reaktion war überall gleich.

Plötzlich hatte Arvid das Gefühl, nicht allein zu sein. Es hing nicht mit den Stimmen zusammen, die von der Decke kamen, fast hörte es sich an, als ob sie von den Fischaugen kämen, die zwar unbeweglich am Plafond saßen, ihn aber unablässig zu verfolgen schienen – Reflexe, in denen sich sein Bild spiegelte. Obwohl auf diese Weise so etwas wie eine Kommunikation zustande kam – seine Reaktion, und eine darauf erfolgende Mitteilung –, so war dieser Eindruck, der sich nun eingestellt hatte, ganz anders, fast elementar, nicht weiter beschreiblich – als hätte der Mensch aus uralten Zeiten noch den Rest einer Fähigkeit erhalten, andere, Mensch oder Tier, in verborgener Nähe zu erahnen.

Dann – nun unverkennbar – das Geräusch von Schritten. Unwillkürlich trat Arvid hinter eine Ecke zurück, spähte vorsichtig darum hervor. Er sah einen Mann, der zögernd voranschritt, sich mehrfach umsah, als erwartete er, jemand zu treffen. Arvid hatte den Kopf zurückgezogen, bückte sich ganz tief in Bodennähe, wo es am dunkelsten war – wieder blickte er vorsichtig, nur mit einem Auge, in den Gang hinein. Der Mann war mit dem weißen Kittel der Wissenschaftler bekleidet, er war groß und hager, das Kleidungsstück wehte hinter ihm her. Er trug eine Brille, doch der unverdeckte Teil seines Gesichtes war ganz gut erkennbar: eingefallene Wangen, eine schmale, ein wenig zu groß geratene Nase, ein schmaler Mund.

Der Mann hielt vor einer Tür, nestelte mit der Hand in der Brusttasche seines Kittels, holte eine Magnetkarte heraus – trotz der Entfernung, aus der er beobachtete, hatte Arvid den Eindruck, es handelte sich um eine solche anderer Art, als man sie ihm zur Identifizierung gegeben hatte – ein wenig größer, mit einem roten Streifen an der Schmalseite. Der Mann schien eine Weile zu brauchen, ehe er sie in die richtige Position gebracht hatte, dann steckte er sie in den Schlitz . . . die Tür schob sich auseinander, er trat ein, und die Tür schloß sich wieder.

Arvid wartete eine Weile, dann trat er bemüht leise an die Tür heran und prägte sich den Zahlencode ein, der neben dem Schloß auf einer Metallplatte eingeprägt war.

Sekunden später befand er sich auf dem Weg zurück. Er kümmerte sich nicht um die Türen, an denen er vorbeikam, nicht um die Linsen an der Decke. Überraschend schnell erreichte er den belebten Teil, schlenderte ein wenig langsamer hindurch – manchmal kamen ihm Leute entgegen, die ihn weiter nicht beachteten. Sollte er jemand ansprechen? Seine Situation beschreiben, Fragen stellen? Irgend etwas hielt ihn davor zurück – vielleicht waren es die schlechten Erfahrungen, die er bisher bei allen Kontaktversuchen erlebt hatte. Im Moment hatte er sich etwas anderes vorgenommen, dann konnte er weitersehen.

Er suchte sein Zimmer auf, setzte sich in einen der Lehnsessel, versuchte in einem Roman, den er auf dem Bücherbord gefunden hatte, zu lesen. Es war die Neufassung einer uralten Sage – die klassischen Helden durch moderne Menschen ersetzt, auch die Zeit in die Gegenwart verschoben, doch die Namen waren beibehalten: Odysseus, Penelope, Kalypso, Teiresias . . . Trotz den aktuellen Problemen, mit denen er sich auseinandersetzen mußte, war er bald von den abenteuerlichen

Geschehnissen gepackt, las eine Stunde lang, bis ihn eine freundliche Stimme zum Essen rief.

*Garderobe* *Ortszeit: 1940–1955*

Der Einnahme der Speisen waren mehrere Räume gewidmet – ein großer Saal als Restaurant, Essen und Trinken auf ähnliche Weise ausgegeben wie im Kasernenbereich, und doch erheblich mehr Komfort: die Möglichkeit, aus einer geradezu unübersehbaren Fülle von Angeboten auszuwählen, alle möglichen Kombinationen, verschiedenste Getränke, auch Bier, Wein und andere Alkoholika ohne Beschränkung. Die Teller nicht aus Papier, sondern Keramik, wie es schien – technisch mochte es keinen grundlegenden Unterschied bedeuten, welches Produkt man ins Recycling-System schickte. Auch die Möbel bequem, die Wände mit bunten Bildern verziert, eine weite Front mit der holografischen Ansicht eines Eichenhains – Schäfchen, ein Hirte, ein Hund, im Hintergrund ein Tempel, gerillte Säulen, Kapitäle, ein dreieckiger Dachaufbau. Weiter gab es mehrfach untergliederte Vorräume, in denen man zu jeder Tages- und Nachtzeit Kaffee und Tee bekommen konnte, dazu fein verpackte Schokoladeplätzchen, Ingwer, in Zucker gewälzt, Kokosschnitten, Nougat usf.

Die Speisen und Getränke interessierten Arvid nicht. Trotzdem legte er sein Buch hastig beiseite und lief zu einer hallenartigen Erweiterung des Ganges vor dem Restaurant, in dem eine Art Garderobe eingerichtet war; offenbar war es üblich, sich vor den offiziellen Mahlzeiten der Laborkittel zu entledigen und sich beim Essen in gepflegter Zivilkleidung einzufinden. Die Herren trugen Anzüge und bunte Halstücher, die Damen die üblichen Hosenanzüge, einige waren auch mit Kleidern vertreten. Es war ein harmloses Bild, nicht anders als auf der Erde vor dem Speisesaal der Direktorenetage, wo Rücksicht auf eventuell anwesende vornehme Gäste genommen wird.

Arvid stand untätig neben den Garderobegestellen, musterte unauffällig die Menschen, die herankamen, sich der Kittel entledigten und wieder gingen.

Als der Großteil der Belegschaft im Saal verschwunden war und nur noch wenige Leute eilig herankamen, wurde Arvid ein wenig unruhig, dann aber drehte er sich rasch um, tat so, als hätte er noch eine Kleinigkeit am Hemdkragen in Ordnung zu bringen . . . Von der anderen Seite her war der große hagere Mann gekommen, den Arvid beobachtet hatte, als er durch eine der gesperrten Türen verschwunden war. Er ging geradewegs auf den nächststehenden Garderobeständer heran, zog schon während des Gehens seinen Labormantel aus und hing ihn, ohne sich weiter umzusehen, auf einen Haken. Dann folgte er einigen Nachzüglern, die in den Speiseraum eilten. Arvid wartete ein paar Sekunden, sah sich unauffällig um – niemand mehr im Vorraum –, dann lief er rasch an den Mantel heran, griff in die Brusttasche und spürte auch schon die Magnetkarte. Er zog sie rasch heraus und steckte sie ein. Plötzlich spürte er einen gesunden Hunger. Nun – der Tisch war gedeckt.

*Zimmer von Prof. Piccioni* *Ortszeit: 1410–1440*

Für diesen Nachmittag hatte sich Arvid nichts Besonderes vorgenommen, er wollte sich ein wenig ausruhen, um in der Nacht frisch zu sein. Doch kaum hatte er sich aufs Bett gelegt und unwillkürlich wieder zu seinem Buch gegriffen, da wurde er über den Lautsprecher zu Professor Piccioni gerufen. Wieder gab man ihm eine hardcopy als Wegweiser mit. Arvid zögerte nicht, der Einladung zu folgen. Er hatte schon versucht, den Raum des Professors zu finden, doch war dessen Name auf keinem Schild aufgetaucht. So machte er sich mit einiger Spannung auf den Weg – hatte ihn Piccioni auch im Stich gelassen, seine Fragen mit beschwichtigenden Floskeln beantwortet, so schien er doch irgendeine von jener der anderen unterschiedliche Funktion zu haben; schließlich war er es ja gewesen, der ihn aus seiner peinlichen Situation bei den Militärs befreit hatte. Mit einiger Skepsis stellte Arvid allerdings fest, daß ihn der Weg schließlich wieder zum Laboratorium der Psychologen Gerthsen und Allison führte. Das erklärte zwar, wieso er bei seiner Suche nach Piccioni kein Glück gehabt hatte, andererseits war es ihm alles andere als angenehm, wieder mit den Psychologen zusammenzutreffen. Glücklicherweise war der Raum leer, dafür stand eine Tür in der Hinterfront offen, die er das letzte Mal nicht weiter beachtet hatte. Er trat ein.

Der Raum ähnelte eher einem Archiv als einem Arbeitszimmer, noch dazu dem eines Herrn in gehobener Funktion. An den Wänden standen Regale, zwei weitere liefen quer durch das Zimmer, ließen nur einen engen Zwischenraum frei, durch den man den abgetrennten Teil des Raums betreten konnte. Die Regale waren mit kleinen Fächern unterteilt, darauf unzählige handtellergroße Kassetten. In der rechten hinteren Ecke des Raums, quergestellt, der Schreibtisch von Professor Piccioni, daneben der übliche Aufbau der Computerausgabe. Auf dem Hauptschirm ein Testbild.

Piccioni deutete Arvid an, sich zu setzen. »Nun, wie fühlen Sie sich? Haben Sie sich schon eingelebt?«

»Ich bin gut versorgt, wenn Sie das meinen. Aber mit meiner eigentlichen Aufgabe bin ich keinen Schritt weitergekommen.«

Piccioni wiegte den Kopf: »Ich habe gehört, daß Sie die Zusammenarbeit mit Diplompsychologen Gerthsen und Dr. Allison abgelehnt haben. Das tut mir leid – denn ich habe mir Mühe gemacht, eine Beschäftigung für Sie zu finden.«

»Sehr freundlich von Ihnen! Doch für diese Tätigkeit bringe ich nicht die richtigen Voraussetzungen mit. Wie Sie wissen, bin ich hierhergekommen, um meine Studien fortzusetzen. Noch wichtiger ist es, daß Dr. Jacobson behandelt wird – eine weitere Verzögerung . . .«

Piccioni schüttelte überlegen den Kopf. »Dr. Jacobson ist in besten Händen – es geschieht alles, um ihm zu helfen. Sie werden doch nicht glauben, daß wir unsere ärztliche Pflicht verletzen!«

»Wo befindet er sich? Besteht Aussicht, ihn zu heilen?«

»Aber ja, die beste Aussicht!«

»Und wo . . .«

». . . – es wäre zu umständlich, Ihnen jetzt Details zu geben. Im Moment können Sie die Zusammenhänge noch nicht überblicken. Aber, Sie können es mir glauben: Wir tun unser Möglichstes.«

Immer dieselben Ausreden, die eher einer Verschleierung als einer Offenlegung gleichkamen. Arvid versuchte es dem Professor zu erklären. Dann fügte er hinzu: »Im übrigen aber möchte ich Sie bitten, mir nun endlich die notwendigen Informationen zu geben. Was geht hier vor? Sie haben selbst angedeutet, daß gewisse Schwierigkeiten aufgetreten sind. Was meinen Sie mit gewissen Schwierigkeiten? Worum handelt es sich? Hat es etwas mit dem Verschwinden von Professor Berthé zu tun?«

Piccioni antwortete nicht gleich, er schien sich erst zu einem Entschluß durchringen zu müssen. »Nun gut, die Wahrheit! Es ist schwierig, die Wahrheit zu sagen, wenn einem selbst noch so viel unklar ist . . . Wissen Sie, dieses System ist sehr kompliziert. Wenn es dann eine Störung gibt . . . manche Konsequenzen sind nicht vorhersehbar, nicht erklärlich. Es hat hier einige Unruhe gegeben – eigentlich unverständlich, denn niemand hat über etwas zu klagen. Die Wissenschaftler können genau das tun, was sie sich alle gewünscht haben: von allen Sorgen entlastet ihrer Arbeit nachzugehen. Und auch den Soldaten geht es gut. Vielleicht haben Sie Anstoß daran genommen, daß wir Tests mit ihnen durchführen. Bedenken Sie aber, daß jeder Mensch eine Aufgabe haben muß – er muß gefordert werden, muß sich bewähren. Erst so gewinnt das Leben ein Ziel.«

»Was verstehen Sie unter Unruhe? Was für Störung? – und welche Konsequenzen?«

»Stellen Sie sich vor«, sagte Professor Piccioni, »sie wollen zur Erde zurück! Einfach absurd! Jeder von ihnen wußte, daß gerade das nicht möglich ist, und jeder hat seinen Vertrag unterschrieben, freiwillig, wie ich betonen muß. Und nun plötzlich ändern sie ihre Meinung. Es gab fast so etwas wie eine kleine Palastrevolution. Wir mußten Androiden einsetzen, um die Rädelsführer zu überwältigen. Sie wurden psychisch behandelt – jetzt sind sie ruhig. Wir haben die Situation nahezu wieder in der Hand.«

Arvid horchte auf, als der Professor die Rückkehr zur Erde erwähnte – sie als unmöglich bezeichnete. »Warum lassen Sie denn die Leute nicht zur Erde zurückkehren, wenn sie das unbedingt wollen?«

»Niemand, der einmal hier gewesen ist, darf zur Erde zurück. Hat man Ihnen nicht gesagt, daß dieses Projekt stärkster Geheimhaltung unterliegt? Seine Funktion ist für den Bestand der Menschheit ungemein wichtig. Die Bevölkerungszahl ist immer noch im Steigen begriffen, immer stärker der Zwang, auf andere Planeten auszuweichen, immer größer die Probleme, die wir mit der Anpassung haben. Andererseits – wir benötigen die reine Wissenschaft, den weit in die Zukunft weisenden Gedanken, unbelastet von Alltagsproblemen. Kreativität unter Streß – glauben Sie, daß man damit die eigentlichen Fragen löst? Daher diese Institution. Nathan 4 – ein Planet, weit von der Erde entfernt. Keine Kommunikation – keine Reibeflächen. Volle Entlastung von allen Sorgen. Nicht einmal jener Zwang, der von der Erwartung der Umwelt ausgeht. Und da halten Sie einen Pendelverkehr zwischen Erde und Nathan 4 für möglich? Es würden keine zwei Monate vergehen, und schon wäre das Projekt in aller Munde. Fernsehen, Illustrierte – können Sie sich ausdenken, was es bedeuten würde . . . Reporter, hier, in dieser friedlichen Gemeinschaft? Unter diesen Umständen kann man schon einmal eine kleine Einschränkung auf sich nehmen.«

Arvids Stimme war ein wenig heiser. »Heißt das . . . heißt das, daß auch ich nicht zur Erde zurückkehren darf?«

Professor Piccioni nickte. »Aber sicher – genau das! Wußten Sie es nicht?«

Arvid saß wie erstarrt, schüttelte fassungslos den Kopf. Die

Erde . . . nun ja, er war immer voll für die Wissenschaft da gewesen, nur lose menschliche Verbindungen, flüchtige Bekanntschaften, immer bereit, von einer Lehrstätte zur andern zu ziehen, die Institute zu wechseln, wie es sich eben gerade ergab, zu Nutzen seiner Ausbildung, seiner Vorbereitung auf eine verheißungsvolle Laufbahn. Doch der Wechsel von der Erde zu einem Planeten, der so fern war, daß man ihn nur durch den Sprung über den Hyperraum erreichen konnte? Er versuchte, die neue Situation nüchtern zu durchdenken, doch es gelang ihm nicht.

Piccioni stand auf, legte ihm die Hand auf die Schulter. »Mit Ihnen muß es ein unglaubliches Mißverständnis gegeben haben. Ich kann es mir nicht erklären . . . daß man Sie hierher geschickt hat! Ich habe erst viel zu spät von Ihrer Ankunft erfahren.«

»Ich sollte hier einige Zeit arbeiten . . . Man hat es mir angeboten – eine große Ehre, wie man sagte. Keine Rede davon, daß ich nicht zurückkehren sollte.« Er schwieg wieder.

Piccioni setzte sich vor ihm auf die Schreibtischkante. »Betrachten Sie die Situation doch einmal von der anderen Seite. Sie sind Neurologe, Ihnen wird Gelegenheit geboten, mit dem berühmtesten Spezialisten dieser Wissenschaft zusammenzuarbeiten. So verstehen Sie doch: Sie gehören jetzt dazu! Sie werden einer der jüngsten hier sein, doch Sie gehören zu den Auserwählten.«

». . . zu den Auserwählten«, wiederholte Arvid.

»Wir sind hier schon viel weiter gekommen, als Sie sich träumen lassen. Sie werden an unglaublichen Erkenntnissen teilhaben, die überraschendsten Ergebnisse kennenlernen. Sie werden an der Lösung brennender Probleme mitarbeiten – und sicher werden es auch Ideen von Ihnen sein, die zur Lösung beitragen. Sie müssen sehr tüchtig sein, zu den Besten gehören – es ist schon lange her, seit man einen Wissenschaftler hierhergeschickt hat.«

»Ein Mißgeschick . . . diese Erklärung ist mir zu einfach.« Nachdenklich fügte er hinzu: »Da muß irgend etwas dahinterstecken, irgend etwas, was ich noch nicht weiß. Vielleicht wissen auch Sie es nicht – aber ich komme noch drauf.«

»Jetzt sind Sie überrascht, erregt, verärgert – und ich kann Sie verstehen. Aber Sie werden sehen, daß alles seine Richtigkeit hat. Ich werde es Ihnen beweisen.«

Piccioni erhob sich von der Schreibtischkante, trat an den großen Monitor. Er drückte einen Knopf – der Bildschirm wurde hell, das Gesicht eines Mannes erschien: markante Züge, langes, ein wenig wirres Haar, auch der Vollbart dünn und ein wenig verschlissen.

Leise flüsterte Piccioni Arvid zu: »Unser Chef!« Lauter fügte er hinzu: »Das ist Arvid Siger, ein Neurologe – eben von der Erde gekommen. Er wird bei uns mitarbeiten.«

Das Gesicht auf dem Bildschirm blieb still, dann bewegten sich plötzlich, fast isoliert vom übrigen Gesicht, die Lippen: »Seien Sie willkommen, Arvid Siger! Ich wünsche Ihnen viel Erfolg bei Ihrer Arbeit. Wir sind hier im Dienste der Menschheit tätig – dieses Bewußtsein mag der größte Lohn für Sie sein. Alles Gute für Sie! Machen Sie weiter!«

Der Bildschirm wurde dunkel, wieder ein kurzes Nachbild, das rasch verblaßt . . . Unwillkürlich war Arvid aufgestanden, neben den Professor getreten.

Abrupt drehte sich Piccioni um, reichte Arvid impulsiv die Hand. »Jetzt denken Sie einmal in Ruhe darüber nach – Sie werden sehen: Morgen sieht alles wieder anders aus. Und dann können wir uns darüber unterhalten, wie es mit Ihnen weitergehen soll.«

Arvid konnte nicht antworten, plötzlich schnürte ihm etwas die Kehle zu. Er nickte kurz und ging hinaus.

*Gastzimmer* *Ortszeit: 1445–0800*

Als Arvid in sein Zimmer kam, war das Licht abgedunkelt, nur eine schwache Lampe am Bett brannte. Dagegen war der Vorhang vom holografischen Bild zurückgezogen – man sah eine Meeresbrandung in mächtigen Anläufen an den Strand, eine weite, hellweiße Sandfläche, weiter hinten einzelne ausgewaschene Felsgruppen, die Kerben von Wasserstandsmarken, Erosionslöcher. Darüber, nur knapp über dem Wasser, eine dunkelrote Sonne, unnatürlich groß, von der aus sich eine Flut dunkelrot glühender Farbe in das Spiel der Wellen zu ergießen schien.

Unwillkürlich war Arvid stehengeblieben, wieder von der Natürlichkeit dieser Darstellung verblüfft . . . Dann nahm er eine Bewegung wahr, drehte sich herum – er erkannte, daß jemand am Bett lag, locker dahingestreckt: Jasmine.

»Oh – du bist es, Jasmine? Wie bist du hierher gekommen?« Er trat näher ans Bett heran, Jasmine hatte sich auf die Ellbogen gestützt, ihr Gesicht war jetzt von der Nachttischlampe beleuchtet. Sie sah noch mädchenhafter aus, als sie Arvid in Erinnerung gehabt hatte.

»Es ist uns nicht verboten, diesen Trakt zu betreten«, antwortete sie. Sie stand auf – sie hatte sich hübsch zurechtgemacht: das Haar locker frisiert, die Wimpern getuscht, ein Anflug von Rouge, die Lippen nachgezogen. Dazu ein Sommerkleid, eine Halskette und ein breiter Ring am Arm.

Arvid ließ sich neben dem Mädchen am Bett nieder. Als sie ihn aus der Nähe sah, stutzte sie. »Was ist geschehen? Du siehst mitgenommen aus.«

»Eben habe ich es erfahren: Von hier aus gibt es keine Rückkehr zur Erde.« Jetzt, da er es ausgesprochen hatte – wodurch es auf irgendeine Weise besiegelt war –, kam ein Zug von Verzweiflung in sein Gesicht.

Jasmine rückte näher an ihn heran, strich ihm übers Haar. »Du hast es nicht gewußt? Das tut mir leid – es muß schlimm für dich sein.« Sie schwieg einen Moment, ihre Hand lag auf seinem Arm, und plötzlich war ihm, als hätte sich der Druck ihrer Finger verstärkt – eine Gefühlsaufwallung? – ein Zeichen? Doch jetzt sprach sie schon wieder weiter, unbeschwert, leichthin: »Aber, du wirst sehen – das geht vorbei. Du wirst dich an den Gedanken gewöhnen. Auch hier kann es sehr schön sein!« Sie beugte sich zu ihm, küßte ihn auf die Wange. Unwillkürlich legte Arvid den Arm um das Mädchen, fest – als wollte er sich anklammern. »Man hat mir nichts gesagt.« Er sprach leise. »Man hat mich einfach hierher geschickt – und ich darf nie wieder zurück . . .« Je öfter er es aussprach, um so schrecklicher erschien ihm der Gedanke. Wie schön, daß er jetzt wenigstens nicht allein war. Er streichelte ihr Haar.

»Ich weiß, ich weiß . . . Bleib ruhig, nimm es nicht so schwer.« Sie sprach ganz nahe an seinem Gesicht. »Mir ist auch erst hier klargeworden, was es bedeutet: nicht mehr zur Erde zurück. Was ist es nur, was einem so sehr an diesen Planeten bindet! Die Erde! – das klingt nach Bergen und Meer, nach Wiesen und Wald. Geschichten aus einem Bilderbuch.« Sie sprach eindringlich, als hätten die einfachen Worte einen zweiten, verborgenen Sinn. »Aber diese Erde gibt es doch gar nicht mehr – es sind alte Geschichten, nahezu vergessen. Das unberührte Land, der Wind, der darüberstreicht, die Sonne, die ihre Wärme ausgießt . . . Einige begrenzte Areale unter Naturschutz. Und sie werden immer kleiner – bald ist nichts mehr davon übriggeblieben. Weißt du«, war es ein Geheimnis, das sie ihm anvertraute? – »diese Erde, die wir uns vorstellen, ist nicht mehr als ein Traum. In Wirklichkeit sind wir heimatlos. Und daher kommt es nicht darauf an, wo wir unser Leben verbringen. Warum nicht hier? Es hat lange gedauert, ehe ich mich damit abgefunden habe, aber jetzt bin ich darüber hinweg, es geht mir gut . . . wo gibt es das noch? – daß man keine Sorgen mehr hat, einfach in den Tag hineinleben kann . . . Essen, Kleidung, angenehme Wohnräume, Musik, Tanz . . . Alles ist so, wie man es uns versprochen hat, genau so. Damals hab' ich nicht gezögert, ich war glücklich darüber, daß ich dabeisein durfte.«

»Du hast dich freiwillig gemeldet? Doch nicht wegen der Kleidung, der Wohnräume . . .«

Jasmine schüttelte den Kopf. »Es hat nichts mehr zu bedeuten – eine Enttäuschung, ein spontaner Entschluß . . . Es ist vorbei. Und es ist nichts daran zu ändern.«

»Und trotzdem«, sagte Arvid, »wie kann man sich damit abfinden? Ich habe gehört, daß es einen Aufstand gegeben hat. Daß auch andere zur Erde zurückwollen. Weißt du etwas davon?«

Wieder fühlte Arvid den Druck der Finger auf seinem Handgelenk, dann richtete sich Jasmine auf, entzog sich seinem Arm, der noch immer über ihren Schultern lag. Sie stand auf. »Ja, es hat Unruhen gegeben. Einige Wissenschaftler und einige Soldaten haben sich zusammengetan, meist jüngere Leute. Wahrscheinlich wußten sie selbst nicht genau, was sie wollten. Wahrscheinlich gibt es sie überall – die unruhigen Geister, die mit nichts zufrieden sind.« Jasmine stand nun vor dem hellen, dreidimensionalen Bild – es sah aus, als gehörte sie dazu, als befände sie sich weit von Arvid entfernt, als spräche sie zu ihm über unbestimmte Entfernungen hinweg. »Es war unverantwortlich: Sie hatten keine Vorstellung davon, was sie aufs Spiel setzten. Vielleicht haben sie gar nicht gewußt, daß sie uns alle in Gefahr brachten. Wir sind ja darauf angewiesen, daß alles reibungslos funktioniert – wir haben keine Chance, wenn die Organisation versagt, wenn die Maschinen stillstehen.«

Arvid saß noch immer auf dem Bett, blickte von unten her auf Jasmine, deren dunkler Schatten sich vor dem Hintergrund der schwankenden Wellen zu bewegen schien. »Was hatten sie vor?« fragte er.

»Ich weiß es nicht«, antwortete Jasmine. »Aber es gibt Gerüchte, daß sie ihr Ziel fast erreicht hätten. Erst im letzten Moment wurden sie überwältigt. Offenbar hat niemand damit gerechnet, daß so etwas passieren könnte.«

Unwillkürlich stand Arvid auf. »Dann gibt es also doch eine Chance«, sagte er mit gepreßter Stimme, »dann ist die Lage doch nicht hoffnungslos!«

»Es ist schön hier, es fehlt uns nichts. Für alles, was wir brauchen, ist gesorgt. Wir müssen zufrieden sein.« Sie sprach tonlos, aber bestimmt. Es hörte sich an, als sagte sie eine Lektion auf, die sie auswendig gelernt hatte. Auf einmal drehte sie sich um, zog den Vorhang vor die holografische Ansicht der

Erde. Als wäre die Sonne hinter Wolken verschwunden, wurde es dunkler. Jasmine trat zum Bett, zog Arvid mit sich. Sie legten sich nebeneinander, ihre Hand tastete nach dem Schalter der Nachttischlampe – sie schaltete sie aus, nun war es völlig dunkel. Nur die beiden Körper, die näher aneinanderrückten, ganz nahe.

»Die Lage ist nie hoffnungslos«, flüsterte Jasmine. »Warte nur ab, es wird sich schon eine Lösung finden. Aber denk jetzt nicht darüber nach . . . nicht jetzt . . .« Sie begannen sich zu streicheln, zu küssen, streiften die Kleider ab. Erst war es Jasmine, die stürmischer mit ihren Zärtlichkeiten war, als wolle sie Arvid darin ersticken. Dieser war zuerst ein wenig überwältigt von diesem Ansturm, erstaunt und glücklich zugleich, dann aber tastete auch er nach ihr, bereit, die Antwort zu geben, die sie forderte.

Gegenüber der Glückseligkeit, die er empfand, eingehüllt in Dunkelheit und Wärme, erschien alles andere unwichtig, sein Auftrag: nur noch eine blasse, verwischte Erinnerung an etwas Störendes, das ihn geplagt hatte wie eine fixe Idee; die Verbannung auf eine einsame Insel in der Weite des Weltraums: die vage, sich kaum noch über die Oberfläche des Unbewußten erhebende Erinnerung an einen quälenden, schreckhaften Traum. Nur noch das eine war wichtig, das Hier und Jetzt, das Gefühl, nicht mehr allein zu sein, und dieses Miteinander, dieses wortlose Verstehen brachte ihn – auf ganz andere Weise, als er es sich je vorgestellt hatte – seiner Erfüllung näher: der Wunschlosigkeit, der Lösung und Auflösung, Frieden.

*Gastzimmer / Raum 17* *Ortszeit: 0900–1035*

Ein neuer Tag – hier nicht mehr als ein Klingelzeichen zum Wecken, eine Einladung zum Frühstück, Musik aus den Lautsprechern, die sich nicht abschalten ließ, die einen bis ins Badezimmer hinein verfolgte und weiter noch auf dem Gang in den Speisesaal, und weiter bis zum Ende der Stunde, die hier –

völlig willkürlich – als 9.00 Uhr Ortszeit bezeichnet wurde.

In dieser Nacht hatte Arvid nur wenige Stunden geschlafen – Jasmine war bis kurz vor dem Wecken bei ihm geblieben –, trotzdem fühlte er sich frisch und unternehmungslustig. Mit Genuß trank er den heißen Kaffee, knabberte an knusprigem Gebäck. Warum sollte er nicht nehmen, was ihm geboten wurde? Mit einer älteren Frau in einem altmodischen dunkelblauen Kleid wechselte er einige belanglose Worte – es war ihm so recht, er hatte keine Lust, heikle Themen zu berühren. Mit einem leichten Kopfnicken verabschiedete er sich, ging geradewegs ins psychologische Laboratorium.

Gerthsen und Dr. Allison hatten ihre Arbeit bereits aufgenommen, sie saßen, einander zugewandt, in Versuchsanordnungen – die helmartigen Aufsätze zur Aufnahme der Gehirnströme über den Köpfen, brillenartige Gestelle vor den Augen zur Registrierung der Abtastbewegungen und Fixationen.

»Guten Morgen, Kollege Siger«, sagte Gerthsen. »Haben Sie es sich überlegt?«

»Warum sollte ich das?« fragte Arvid zurück.

Gerthsen setzte die Brille ab, schlüpfte unter dem Aufbau über seinem Kopf hinaus, streckte sich.

»Lassen Sie sich nicht stören«, sagte Arvid, »ich möchte zu Professor Piccioni.«

»Piccioni? Der ist sehr beschäftigt. Ich glaube nicht, daß er . . .«

»Ich denke doch«, unterbrach ihn Arvid. »Ich lasse mich nicht so einfach beiseite schieben. Er wird mir noch ein wenig von seiner wertvollen Zeit schenken müssen.«

Gerthsen schüttelte mißbilligend den Kopf. »Sie sollten nicht so schroff reagieren, Herr Kollege. Sie benehmen sich ja geradezu, als müßte sich alles nach Ihren Wünschen richten. So ist das – mit Verlaub gesagt – keineswegs. Nehmen Sie es mir übel, wenn ich Ihnen sage, daß Ihre vermeintlichen Aufgaben und Pflichten völlig unwichtig sind? Hier ist die Perspektive eben völlig anders als von der Erde aus.«

»Ich weiß nicht, ob Sie das beurteilen können. Warum

kümmern Sie sich nicht um Ihre Wissenschaft – dazu sind Sie schließlich hier. Ich werde schon selbst sehen, daß ich zurechtkomme.«

Dr. Allison war in ihrem Testaufbau sitzen geblieben, doch sie hatte den Kopf herumgedreht, verfolgte die Szene durch die unförmige Brille. Jetzt schien sie wieder irgend etwas zu erheitern, denn sie kicherte unterdrückt.

»Sie scheinen sich der Sonderstellung der Psychologie nicht bewußt zu sein«, erklärte Gerthsen. »Halten Sie uns vielleicht für einfache Wissenschaftler, nur durch ihr besonderes Fachgebiet von den andern unterschieden? Da befinden Sie sich in einem eklatanten Irrtum, Herr Kollege. Sehen Sie, was die andern machen, das erschöpft sich schließlich in der Aufnahme von Meßwerten, daraus werden Formeln zurechtgebastelt, die man für den Ausdruck von Naturgesetzen hält. Und diese Welle der Schematisierung ist inzwischen längst in Bereiche hineingeschwappt, wo sie sinnlos ist. Neurologie! – daß ich nicht lache. Sie, Herr Siger, gehören doch auch dazu: zu jenen, die meinen, daß die letzten Fragen unserer Welt in der Mathematik stecken. Afferenz- und Reafferenzprinzip, logarithmische Reizverarbeitung, Ionenkonzentrationen und Synapsenpotentiale . . . – und damit wollen Sie etwas so Komplexes, wie es der Mensch ist, erfassen?«

Arvid wies auf die Meßanlagen. »Sie scheinen sich aber derselben Mittel zu bedienen.«

»Der Eindruck täuscht, werter Herr Kollege«, sagte Gerthsen voller Spott. »Sie wissen ja nicht, worum es geht. Wir Psychologen befinden uns an der Nahtstelle zwischen dem Mechanischen und Spirituellen. Genau das ist unser Forschungsbereich! Nehmen Sie doch das Beispiel der Blickbewegungen! Fixationen, ein regelloses Punktmuster . . . Appetenz: Suche nach dem unbekannten Ziel, und doch aufs feinste auf das abgestimmt, was noch gar nicht im Bewußtsein sein kann. Haben Sie sich das nie überlegt, Herr Kollege? Das sind die eigentlichen, die wesentlichen Fragen, die der Wissenschaftler noch zu stellen hat – alles andere ist Mumpitz!«

»Hören Sie«, warf Arvid ein, »das sind doch alte Hüte! Suchaktionen nach einem Zufallsprinzip – optimale Strategie bei der Konfrontation mit unbekannten Konstellationen. Das alles läßt sich in ein Rückkopplungsschema fassen, Problemlösung auf höheren Ebenen. Die Natur hat schon längst, ehe die Wissenschaft entstanden ist, die optimale Methode gefunden.«

»Und daran glauben Sie!« Diesmal war Gerthsen ebenso belustigt wie Dr. Allison. »Und gerade Sie hat man uns hierher geschickt – Sie haben uns gerade noch gefehlt! Und da setzt man sich ein, um zu unterstützen, um zu helfen!«

»Warum sind Sie so scharf darauf, mir zu helfen?« fragte Arvid. »Niemand hat Sie darum gebeten.«

»Wieder diese unglaubliche Ignoranz! Ich erwähnte es doch: die Sonderstellung der Psychologen. Wer, glauben Sie, als wir hat die Verantwortung für diesen Betrieb? Das ist es ja eben: Alle anderen können nichts dazu beitragen. Sie sind mit ihren Pseudoproblemen beschäftigt, lassen sich riesige Zahlenreihen ausgeben – das Resultat: . . .? Neue Möglichkeiten der Energiegewinnung, chemische Umwandlungen, durch Licht oder Schall induziert . . . das ist die Art der Probleme, mit denen sie sich herumschlagen. Neue Maschinen, Umstellung der Industrie, des Verkehrs, der Kommunikation . . . geradesogut könnte man alles beim Alten lassen. Die Eroberung des Weltraums, Anpassung an die lebensfeindliche Umgebung? Die Probleme, die dazu zwingen, gäbe es gar nicht, wenn man einfachste psychologische Regeln beachten würde. Nichts anderes als verschwendete Arbeitskraft, fehlgeleitete Intelligenz! Schon aus der Konzeption heraus eine Absurdität! Und wir, die wir die Grenzen des Begreifens sprengen könnten – wir sind dazu gezwungen, diesen Haufen von Kurzsichtigen und Blinden in Funktion zu erhalten. Eine Kapazität wie Professor Piccioni . . . statt sich den wirklich bedeutsamen Problemen widmen zu können, ist er mit Aufgaben der Organisation und Koordination beschäftigt. Eine Koryphäe wie er! Ist Ihnen nun wenigstens klar, welche Unverfrorenheit es bedeutet, ihn aufsuchen zu wollen wie einen Schalterbeamten – ihn zu stören!«

»Und was soll ich Ihrer Meinung nach tun? Wenn Ihnen meine Probleme auch unwichtig erscheinen, so werden Sie doch wenigstens verstehen, daß ich mich auf meine eigene Weise bemühe, damit fertig zu werden.«

Gerthsen, der sich in Erregung hereingesprochen hatte, schien sich ein wenig zu beruhigen. Er setzte sich, noch immer die Testbrille auf der Nase, an den Rand der Computerarmatur. »Aber gewiß – wir haben ja Verständnis, wir sind ja keine Unmenschen. Psychologie . . . das bedeutet, auf die tieferen Bewußtseinsinhalte zurückzugreifen, das oft merkwürdige Verhalten der Testpersonen aus ihren oft durcheinandergeratenen Motivationen heraus zu erklären. Und wir wollen uns ja unserer Aufgabe gar nicht entziehen! Natürlich sind wir auch für Sie da – da brauchen Sie Professor Piccioni nicht zu stören – wir haben schließlich schon versucht, Ihnen zu helfen, und wir werden es auch weiterhin tun.«

»Sie meinen das Angebot zur Zusammenarbeit . . .«

». . . Sie sollten es annehmen!« meinte Gerthsen. »Nun, unsere Funktion reicht schon ein wenig über einen Vorschlag zur Beschäftigungstherapie hinaus. Da haben wir bessere Mittel.«

»Bessere Mittel . . .« wiederholte Arvid. »Was meinen Sie?«

Gerthsen lächelte süffisant. »Oft genügt schon ein bißchen – wie soll ich es nennen – menschliche Ansprache.«

Arvids Gesichtsausdruck deutete die Frage an: ». . . menschliche Ansprache?«

Gerthsen stand auf. »Warum sollte ich es verschweigen? Als leitendem Psychologen unterstehen mir die Testpersonen . . .« Er wandte sich dem Eingabepult zu, ließ die Finger über die Druckknöpfe spielen. Einige flackernde Bilder auf dem großen Monitor – offenbar suchte er eine bestimmte Szene. Dann fing sich der Bildfluß: auf dem Bildschirm, groß, Arvid und Jasmine, auf dem Bett liegend, einander umklammernd, nackt.

»Infrarot«, erklärte Gerthsen.

Arvid sprang heran, ließ die Faust auf einige beliebige Knöpfe fallen – das Bild verschwand, eine vibrierende, abstrakte Figur erschien.

»Eine unglaubliche Gemeinheit!« Es sah aus, als würde Arvid auf Gerthsen losgehen. Dieser schien erstaunt, erschrokken . . . Er hielt die Hände abwehrend ausgestreckt, zog sich hinter den Versuchsaufbau von Dr. Allison zurück. »Aber hören Sie doch, da ist doch nichts dabei . . . Das haben Sie falsch verstanden . . . Ich wollte doch nur . . .«

Seine Augen waren immer noch von der Brille verborgen, und auch Dr. Allison, die die Szene von ihrem Stuhl aus aufmerksam verfolgt hatte, blickte Arvid durch die entstellende Brille hindurch an – Masken eines Alptraums . . .

Arvid aber trat an die Tür an der Hinterwand, schlug mit den Fäusten darauf.

*Zimmer von Prof. Piccioni* *Ortszeit: 1035–1050*

Es dauerte einige Sekunden, ehe die Tür aufglitt. Noch immer wütend trat Arvid ein – Piccioni stand vor einer Maschine, deren Hauptteil ein großer, horizontal liegender, gläserner Zylinder bildete. Darin kollerten tausende kleiner mit Zahlen versehener Kugeln durcheinander.

Professor Piccioni hielt einen Taschenmonitor in der Hand, den er nun sinken ließ. »Was gibt es? Ich bin mitten in der Arbeit . . . Muß das sein?«

»Hören Sie«, sagte Arvid in drohendem Ton. »Ich lasse mich nicht länger abweisen. Ich will jetzt endlich wissen, woran ich bin.«

Piccioni wandte sich wieder seiner Apparatur zu. Er verstellte einen Hebel, der Zylinder kam zum Halten. Im Innern hob sich ein Bügel, eine halbe Drehung zurück – in einer aus zwei Metallbögen gebildeten Rinne hatten sich rund zwei Dutzend Kugeln gefangen. »Später«, sagte Piccioni zerstreut. »Unterhalten wir uns später!«

Nun glitten die Kugeln durch ein kleines Fenster heraus,

sprangen über ein schief stehendes Rasterfeld, blieben in halbkugelförmigen Vertiefungen liegen. »Sie sehen doch, ich bin bei wichtigen Koordinationsarbeiten. Es geht um die Verteilung lebenswichtiger Aufgaben. Wenn Sie schon auf mich keine Rücksicht nehmen, so bringen Sie doch ein wenig Verständnis für das Wohl der Gemeinschaft auf!«

Unwillkürlich trat Arvid näher, betrachtete verblüfft die Zufallsmaschine. »Einteilung der Arbeiten . . . auf diese Weise?«

Professor Piccioni war dabei gewesen, die Anordnung des Zahlenfelds in eine Matrix auf seinem Monitor zu übertragen. Nun blickte er irritiert auf, sichtlich verärgert. »Wollen Sie sich vielleicht auch noch in Regierungsangelegenheiten einmischen? Zweifeln Sie meine Methoden an? Meine Kompetenz?«

Plötzlich war Arvids Ärger verflogen – er wußte selbst nicht, was es war, das ihn unerwartet beruhigt hatte. Nicht, daß er etwas verstanden hätte, daß er etwas billigte . . . – vielleicht war es eine Art Einsicht, daß es einfach keinen Weg der Verständigung gab. Hatten sich seine Erwartungen geändert, die Basis einer nicht weiter haltbaren, hypothetischen Relation? Vielleicht war es falsch gewesen, daß er versucht hatte, sich eingliedern zu wollen. Jetzt wußte er, daß dieser Versuch zum Scheitern verurteilt war. Lag es daran, daß er einfach zu simpel dachte, daß er einer primitiven Kategorie von Menschen angehörte, über die man sich hier längst erhoben hatte? Oder war er der einzige Normale unter Kranken, unter Verrückten? Er fühlte sich ein wenig schwach, setzte sich auf einen neben der Tür stehenden Schemel. »Schenken Sie mir fünf Minuten? – dann will ich Sie nicht weiter belästigen.«

Piccioni sah nun traurig aus. »Sie scheinen nicht zu ahnen, welche Scherereien Sie uns bereiten. Aber gut – bringen wir es hinter uns! Da Sie es offenbar selbst noch nicht begriffen haben: Sie sind von Ihrer Aufgabe entbunden. Ja: Wir haben alle Probleme für Sie gelöst – Sie wären dazu nicht fähig gewesen. Und nun sind Sie frei – es wird vor allem auf Sie selbst ankommen, was Sie mit dieser Freiheit anfangen. Jedenfalls bleibt Ihnen nichts anderes übrig, als sich mit den Tatsachen abzufinden.«

»Tatsachen?« fragte Arvid. »Was sind Tatsachen, was sind Halluzinationen? Für mich steht keineswegs fest, daß es keinen Ausweg aus dieser verfahrenen Situation gibt. Den Rest meines Lebens hier verbringen . . .? Resignieren? Dazu bin ich nicht bereit. Was würden Sie tun, wenn ich mich weigere? – wenn ich auf einer Rückkehr bestehe? Würden Sie mich mit Gewalt hier festhalten?«

Auf einmal sah Piccioni verschlossen aus. »Nun –« begann er vorsichtig, »haben Sie nie die Möglichkeit in Erwägung gezogen, daß die Schleuse durch den Hyperraum nur in einer Richtung durchlässig ist?«

»Ist denn das so?«

»Ich bin Psychologe, kein Physiker. Die Topologie des vierdimensionalen Raums unterliegt eigenen Gesetzen. Der Stand unserer Technik versetzt uns längst noch nicht in die Lage, alles zu tun, was wir wollen. Besteht aber überhaupt ein Bedarf, jemand zur Erde zurückzuschicken? Jedenfalls haben wir das noch niemals getan.«

»Aber es besteht doch Nachrichtenverbindung. Sie selbst haben erwähnt, daß die Ergebnisse an die Erde weitergegeben werden. Wenn sich Nachrichten befördern lassen, von Nathan 4 zur Erde, dann gibt es doch kein prinzipielles Hindernis, es auch mit Menschen zu tun. Auch die Nachrichtenverbindung führt über den Hyperraum.«

»Aber es ist ein Unterschied, ob man Nachrichten oder Menschen befördert – vergessen Sie das nicht!«

»Zugegeben, das ist die Frage. Wenn Sie dafür nicht zuständig sind, dann werde ich sie eben mit der Institutsleitung klären. Nun sagen Sie mir doch endlich, wo ich jemand finden kann, der die Befugnis hat, auch einmal eine aus der Norm ausbrechende Entscheidung zu treffen.«

»Sie denken in altmodischen Kategorien. Institutsleitung? Über das Zeitalter autoritärer Hierarchien sind wir doch längst hinaus. Der größte Teil von dem, was früher von Regierungen veranlaßt wurde, ist nichts anderes als Routine. Wozu haben wir unsere Rechenmaschinen? Es wäre Zeitverschwendung, wollten wir Menschen dafür einsetzen.«

»Es gibt Probleme, die sich nicht mit Routine lösen lassen.«

»Wenn nicht mit Routine, dann eben überhaupt nicht – das hätte man noch vor einigen Jahren gesagt. Inzwischen aber sind unsere Einsichten tiefer geworden. Wir wissen, daß die üblichen Formen von Aggregation und Evolution niemals zur Entwicklung eines Wesens geführt hätten, das seine eigene Existenz begreifen kann. Es muß Prozesse geben, die auf höhere Ordnungen hin gerichtet sind. Wir wissen noch nicht genau, welcher Natur sie sind, doch wir sind Ihnen auf der Spur.« Er deutete auf die Zufallsmaschine. »Gewiß ist das noch eine recht einfache Form, um die schwierigsten Probleme, die es überhaupt gibt, zu lösen. Aber vorderhand ist es die einzige Möglichkeit für uns – und ich zögere nicht, mich ihrer zu bedienen.«

»Es ist mir gleich«, sagte Arvid, »welche Methoden Sie benutzen. Wenn es hier nichts mehr Vernünftiges für mich zu tun gibt, dann möchte ich auf schnellstem Weg zur Erde zurück.«

Professor Piccioni sah ihn fast mitleidig an. »Ich fürchte, da wird nicht viel zu machen sein. Selbst wenn es möglich wäre, physikalisch, meine ich, da muß ich doch an Ihre Einsicht appellieren. Es muß Ihnen klar sein, daß wir keine Ausnahmen machen können, schon des Prinzips halber. Die Wichtigkeit dieses Projekts steht außer Zweifel. Wir sind dabei, Barrieren zu überwinden, die für unüberwindlich galten. Vielleicht werden unsere Erkenntnisse ein Hinweis dafür sein, auf welche Art sich der Mensch über seine materielle Existenz hinausheben kann. Mir persönlich erscheint das noch weitaus wichtiger als alles das, was wir im Moment für die Erde tun können – wir sind eben etwas ganz anderes als eine bloße Ideenproduktion. Können Sie die Bedeutung dieses Projekts ermessen? Ja: Seine Wichtigkeit steht außer Zweifel. Nicht auszudenken, was geschähe, wenn etwas davon an die Öffentlichkeit käme! Verstehen Sie denn nicht – oder wollen Sie es nicht verstehen –, daß dadurch nicht nur die Fortsetzung einer vernünftigen Weltpolitik, sondern der gesamte menschliche Fortschritt gefährdet wäre?«

»Glauben Sie im Ernst, daß Sie überhaupt noch ermessen können, was die Menschheit braucht und was nicht? Meinen Sie, auf die Wünsche der Bevölkerung überhaupt keine Rücksicht mehr nehmen zu müssen? Vielleicht sind es ganz andere Dinge, die sich die Menschen wünschen – Sicherheit, Liebe, Geborgenheit – ein Leben in Frieden?«

»Sie glauben also daran, daß man der breiten Masse die Entscheidung darüber überlassen soll, ob die Evolution fortgesetzt oder aufgehalten wird. Hätte man nach solchen Prämissen handeln können, dann säßen wir immer noch in den Höhlen, die Hand um den Faustkeil gekrampft, vor dem Gewitter zitternd. Geborgenheit und Sicherheit! Ist das Leben dadurch sicherer geworden, daß man das Feuer zu beherrschen lernte? –, durch die Erfindung des Schießpulvers? –, durch die Wasserstoffbombe? Ober halten Sie ein Leben in Unwissenheit für sicherer, durch kleinste Verletzungen lebensgefährlich bedroht, wilden Tieren und den Unbilden der Natur wehrlos ausgesetzt? Sehen Sie es doch ein! Nichts hat sich geändert! In diesen Belangen liegt kein Fortschritt, er hat einfach nichts damit zu tun.«

Wieder waren sie in eine Diskussion über philosophische Grundfragen geraten, wo es doch Arvid darum ging, die unmittelbar anstehenden Fragen seines Aufenthalts zu klären. Und trotzdem – konnte man diese unglaubliche Überheblichkeit unwidersprochen lassen? »Meinen Sie nicht, daß es ethische Prinzipien gibt, über die sich niemand, und schon gar nicht der Fachgelehrte, hinwegsetzen darf? Kommt es Ihnen nicht selbst komisch vor, daß Sie hier, Lichtjahre von der Erde entfernt, die menschliche Evolution vorantreiben wollen? Dabei haben Sie den Kontakt mit den Menschen längst verloren – das Verständnis für menschliche Wünsche und Bedürfnisse. Ich denke ganz anders als Sie: Ich glaube, es ist meine Pflicht, die Menschen über dieses Projekt zu informieren . . .«

Piccioni sprang erschrocken auf, und Arvid fühlte sich einen Moment lang sogar herausgefordert, ihn zu beruhigen. »Aber darum geht es mir heute nicht. Es geht mir um aktuelle Fragen . . . Zunächst einmal möchte ich wissen, was geschieht, um Professor Berthé wiederzufinden. Ich glaube immer noch, daß *er* es ist, der mir helfen kann. Es ist doch nicht möglich, sich einfach damit abzufinden, daß er verschwunden ist. Verstehen Sie: Ich *muß* mit ihm sprechen – alles andere wird sich dann entscheiden.«

»Immer wieder dieselben Fragen . . .« sagte Piccioni wegwerfend. »Aber gewiß – es geschieht ja alles, was möglich ist. Soll ich selbst vielleicht in den Gängen herumstöbern, um ihn zu finden? Da gibt es doch andere Mittel . . . automatische Kameras, Mikrofone . . . Wir sind mitten in den Recherchen, das kann ich versichern – aber berücksichtigen Sie doch bitte die Schwierigkeiten! Wir befinden uns hier in einem riesigen Labyrinth, nur ein kleiner Teil davon ist öffentlich zugänglich. Große Bereiche sind von Maschinen und Automaten erfüllt – den Anlagen, die uns mit Energie und Nahrung versorgen; – die Automatik, die alle technischen Fehler selbsttätig behebt; – die medizinische Überwachung, die jede Abweichung vom Normalen überwacht. Und dann die großen Versuchsanlagen, in denen gefährliche Experimente vor sich gehen – keine Frage, daß sie versperrt sein müssen. Es sind Experimente mit hohen Energien, mit den Urkräften der Physik, mit virulenten chemischen Substanzen, mit synthetischen Bakterien und Viren, mit Genen und Gedächtnismolekülen, mit biochemischer und psychischer Beeinflussung . . . Vielleicht ist alles überflüssig, vielleicht bringt es keine Erkenntnisse mehr . . . Doch immer noch gilt hier die Freiheit der Forschung, das Prinzip, der reinen Wissenschaft alle Mittel zu geben, alle Möglichkeiten einzuräumen – und Gott sei Dank gibt es hier ja keinen Grund mehr, irgendein Forschungsprojekt zu behindern. Erinnern Sie sich an die lächerlichen Beschränkungen, denen wir auf der Erde ausgesetzt waren – keine Möglichkeit mehr für die ungestörte Arbeit? . . . – Die ewigen Einsprüche und Kontrollen, die

Diskussionen mit Aufsichtsorganen und Bürgerinitiativen, der stete Zwang, Leuten Rechenschaft abzugeben, die nichts von der Materie verstehen, die keine Ahnung haben. Das ist das Geringste, was wir hier bieten können – die uneingeschränkte Forschung, die Freiheit von materiellen Zwängen, die Besinnung auf die Eigenverantwortlichkeit des kreativen Geistes, der nicht gebunden sein soll und darf. Wir brauchen selbst vor den gefährlichsten Experimenten nicht zurückzuschrecken – denn wir gefährden niemand als uns selbst.«

»Immer wieder kommen Sie mir mit der Philosophie!« sagte Arvid. »Alles schön und gut – es wäre mir ein Vergnügen, mich später einmal über alle diese Fragen mit Ihnen zu unterhalten. Im Moment interessiert mich nur eins – ich muß wieder darauf zurückkommen: Professor Berthé. Ich stelle fest, daß Sie nicht bereit sind, mir zu helfen. Na schön. Ich werde selbst nach ihm suchen.«

Piccioni sah wieder beunruhigt aus. Er stammelte einige Worte, erwähnte Newton und Einstein, Rußmoller und Corbel, berief sich auf die Ungebundenheit des Geistes und die Befreiung von materiellen Zwängen, doch Arvid entzog sich seinen Beteuerungen. »Ich werde nach ihm suchen – davon wird mich nichts abhalten.« Er winkte grüßend, nun fast vergnügt, und ließ einen verwirrten Professor Piccioni zurück.

*Gangsystem / Lift* *Ortszeit: 0010–0025*

Mit Ungeduld hatte Arvid die Nacht erwartet. Mit einem gewissen Unbehagen rechnete er damit, daß ihn Jasmine wieder besuchen könnte, doch er sah und hörte nichts von ihr.

Was geschah in diesen Nächten, Zeiten der Ruhe, genauso wie auf der Erde – ebenso aber Zeiten heimlicher Aktionen, Verschwörungen, Revolutionen?

Als er sein Zimmer verließ, fand er die Gänge leer vor, sogar die vorgetäuschten Fenster mit ihren bunt bewegten Ansichten waren abgedunkelt. Wurde er überwacht oder nicht? Es hatte wohl keinen Sinn, sich darum zu kümmern – sich davon beirren zu lassen. Er sah sich mehrere Male um, ob ihm jemand folgte – es schien nicht der Fall zu sein.

Geradewegs ging er auf den gesperrten Teil zu, blieb vor jener Tür stehen, deren Nummer er sich gemerkt hatte, steckte das Magnetplättchen ein, das er zwei Tage zuvor aus der Manteltasche des Wissenschaftlers entwendet hatte. Mit leisem Quietschen rollte die Tür auf. Arvid blickte sich noch einmal um . . . Matt blinkende Linsenaugen an den Decken, keine Anzeichen von Menschen. Entschieden trat er durch die Tür.

Sie glitt unmittelbar hinter ihm zu. Er befand sich in einer fensterlosen Kabine. In der Mitte stand eine hüfthohe Säule mit Haltegriffen, darüber eine Fluoreszenzkugel. Ringsherum, kreisrund, ein Geländer. Arvid fand einen einzigen Steuerknopf an der Mittelsäule, und er zögerte nicht, darauf zu drücken.

Der Boden ruckte leicht, dann sank er rasch abwärts. Arvid erkannte, daß sich nur der korbartige Teil bewegte, der aus Boden, Säule und Geländer gebildet war – die Wand gehörte zu einem festen, zylindrischen Schacht. Die Bewegung nach unten erkannte man nur an kleinen Unebenheiten, die sich von unten nach oben bewegten. Wieder ein kurzer Ruck – das Gefährt hatte sich schief gestellt, Arvid mußte sich ans Geländer klammern, um nicht zu fallen. Noch immer ging es abwärts. Dann wieder ein Ruck, ein Stück vertikalen Gleitens, eine Drehung, ein viertel Kreis, vor ihm glitt eine Tür auf. Gab es nur diese beiden Türen, eine oben, eine unten? Sinnlos, darüber nachzudenken.

*Gangsystem – Sperrgebiet* *Ortszeit: 0425–0505*

Der Gang, in den Arvid nun hinaustrat, war offenbar nicht für den ständigen Aufenthalt von Menschen gedacht. Teilweise war er ungewöhnlich eng, so daß er sich seitlich zwischen Wänden hindurchschieben oder auf den Knien hindurchkriechen mußte. Manchmal machte ihm ein dickes Bündel farbiger Rohre und Leitungen den Platz streitig; als er ohne Absicht die Hand darauf legte, spürte er eine leichte Vibration, eine mäßige Wärme. Wasserleitung, Hohlleiter, Glasfasern, Rohrpostsystem . . . Es war nicht auszumachen.

Von einer der Leitungen ging ein bläuliches, in der Helligkeit leicht schwankendes Licht aus . . . Waren es Stoßentladungen in einem Gas, eine Art langgezogener Leuchtröhre? – waren es fluoreszierende Flüssigkeiten, die hier den Dienst der Beleuchtung übernahmen? Arvid versuchte, so gut er konnte, die Berührung zu vermeiden.

War es ein leichter Luftzug, den er nun spürte, ein leises Hauchen, das an sein Ohr drang? Der Gang machte einige Knicke, kurze senkrecht zur Hauptrichtung führende Zwischenteile, im großen und ganzen aber schien es in derselben Richtung weiterzugehen. Dann erreichte er eine langgezogene Halle, an den Seitenwänden, einige Etagen hoch, Aufbauten, durch Leitern miteinander verbunden. Es waren komplizierte Konstruktionen aus Metallteilen, Röhren, die sich hin und wieder zu Zylindern und Kugeln erweiterten, ganze Bündel von Leitungen, die zwischen da und dort eingebauten Schränken verliefen. Da und dort Lichterscheinungen, manchmal Funken, manchmal ein rot oder weiß glühendes Leuchten, gelegentlich auch Räder, in stetigem Umlauf begriffen, Keilriemen, ineinandergreifende Zähne, einige glasartig durchsichtige Anlagen, darin schäumende Flüssigkeiten, durch hektisch hechelnde Pumpen ruckartig bewegt.

Eine weitere Halle, kreisrund, plötzlich befand er sich auf einer Brücke, der Raum setzte sich unabsehbar weit in die Tiefe wie auch in die Höhe fort. Arvid beugte sich über das Geländer, versuchte etwas zu erkennen – tief unten, scheinbar schwebend, ein riesiger Ring, in das von der Seite zu, schief angesetzt, ein durchsichtiges Rohr stach. Darin ein Pulsen, wandernde Verdichtungen von Licht – Schwärme elementarer Teilchen, durch elektrische Hochspannung in das Ringgefäß gezogen.

Arvid wanderte weiter, der Gang war jetzt erdrückend

niedrig, doch nach den Seiten hin geräumig. Dort befanden sich Nischen, einige leer und dunkel, andere erhellt, mit technischem Gerät gefüllt. Arvid erschrak, als er aus den Hälsen großer Kessel einige Köpfe herausragen sah – er kannte diese Form von Leben nicht, wußte nicht, ob es Ergebnisse genetischer Versuche oder auf anderen Planeten heimische Lebewesen waren, jedenfalls hielten sie die Augen offen, sahen intelligent aus – und angstvoll.

In anderen Nischen standen Manipulatoren, deren Greifwerkzeuge in flüssigkeitsgefüllte Glasbehälter ragten. An treibenden Organgen führten sie Operationen aus, von Fernsehkameras, die ihren Bewegungen folgten, beobachtet. Da und dort waren daraus kompliziert zusammengesetzte Aggregate geworden, die zu primitiven Lebensäußerungen fähig waren – die Manipulatoren befanden sich, gewissermaßen in Bereitschaft, über den Gefäßen, die Fernsehkameras in steter Schwenkbewegung, manchmal ein Atmen, das den blutroten oder dunkelvioletten Innereien eine Art Eigenleben verlieh. Sie blähten sich auf, sanken ineinander zusammen, manchmal eine unvermutete Wendung, an Reaktionen von Medusen erinnernd, wie man sie in den großen Meeresaquarien beobachten konnte. Da und dort blieb Arvid stehen, doch diese Exzesse der Wissenschaft waren es nicht, die ihn interessierten, zumindest jetzt noch nicht – er hoffte noch immer, hier dem eigentlich aktiven Teil des Systems näherzukommen, einer Instanz, die es doch in jeder Gemeinschaft geben mußte, und erst recht in einer, die aus absolut lebensfremden, ihren versponnenen Ideen restlos hingegebenen Sonderlingen bestand.

Er ging weiter, hatte die Möglichkeit, sich zwischen einigen Richtungen zu entscheiden. Aufs Geratewohl schritt er geradeaus und geriet offensichtlich wieder in den Bereich einer anderen Disziplin . . . beschäftigte man sich hier auch mit den schönen Künsten? Nun schien er sich hinter einer Bühne zu befinden, ganze Reihen von Projektoren, Bühnenlaser, holografische Vorhänge, Faseroptiken, Scheinwerfer. Anstelle des Zuschauerraums befand sich eine Wand, aus der ganze Gruppen von beweglich montierten Fernsehkameras herausragten.

Einige Schritte weiter glaubte er einen farbig beleuchteten Springbrunnen zu sehen, doch dann merkte er, daß es sich um eine weitaus variantenreichere Darstellungsform handelte, um holografisch erzeugte Lichtfontänen, die im Rhythmus einer unhörbaren Musik ihre Gestalt wechselten, ihre Richtung änderten, bald senkrecht aufwärts, so daß sie einen bunt schillernden Lichtturm bildeten, dann wieder in einem Punkt zusammenlaufend, so daß eine Art immaterielle Kuppel entstand. Auch hier kein Zuschauer, kein Akteur, kein Regisseur . . . Die einzigen Beobachter rundum aufgestellte Fernsehkameras in ihrer aufmerksam tastenden Haltung – nur der Applaus fehlte.

So faszinierend dieses abstrakte Farbenspiel war – Arvid konnte sich jetzt nicht länger damit beschäftigen. Der Gang verengte sich wieder, vor ihm ein mystisch-bläuliches Licht.

Er trat in einen großen Raum hinaus, zumindest erschien es im ersten Moment so, dann – in einem jähen Zusammenschrekken, merkte er, daß er sich unter Wasser befand, in der Mitte zwischen ihn elegant umgleitenden Fischen . . . – natürlich wieder eine Illusion. Doch der Eindruck war so realitätsnah, daß es Arvid Überwindung kostete, zu atmen, da er fürchtete, Wasser in die Lungen zu pumpen.

Plötzlich stieß er unsanft an einer Wand an – von nun an tastete er sich vorsichtig weiter und geriet so unversehens, wie er in diese Szenerie hineingeraten war, auch wieder hinaus. Das Dunkel des Ganges bedrückend nach diesem lichtdurchwirkten Platz, schon wieder eine neue Sicht, Brauntöne, Gold, dazu ein leiser, feierlicher Gesang. Nun stand Arvid in einer Kirche. Unglaublich hoch die sich oben schließenden gotischen Bögen, seitwärts, vom langen Kirchschiff abzweigend, eine lange Reihe von Nischen mit dunklen Eichenbänken, geschnitzten Säulen, vorne metallene Gitter mit Blüten und Blättern aus Porzellan, dahinter auf samtausgelegten Podesten Altäre, Kerzenleuchter, Heiligenbilder.

Erstaunlich, wie stark die Stimmung war, die von dieser

holografisch wiedergegebenen Szene ausging, Arvid bemühte sich, unbeeinflußt und kühl zu bleiben – dazu half ihm das kühlrauhe Gefühl der Wand, der er sich entlangtastete.

Auf einmal hatte er das Gefühl, daß ihm jemand folgte. Er blieb kurz stehen . . . leise Schritte, die sich noch sekundenlang fortsetzten, dann Stille. Er blickte sich um, sah nichts . . .

Abrupt beschleunigte er sein Tempo, wollte hinter eine Säule treten – wenn es sich auch nur um eine optische Illusion handelte, so konnte er sich doch dahinter verbergen. Er hielt die Hände vor sich ausgestreckt, tastend wie ein Blinder . . . hier sollte die Wand sein, doch da war nichts . . . Auf einmal kam er aus dem vom Illusionsspiel erfaßten Raum hinaus, befand sich wieder in einem Gang – nein . . . es war kein Gang, sondern ein enger Durchgang zwischen hohen Mauern . . . dann eine Lichtflut, die ihn blendete, er hielt die Hand vor die Augen, noch einige Schritte . . . dann prallte er zurück: Er befand sich auf dem flachen Dach eines Wolkenkratzers, kaum einen Meter vom Abbruch entfernt . . . vor sich ein Abgrund, auf der gegenüberliegenden Seite die Wand eines anderen Gebäudes, dreißig, vierzig Stockwerke hoch, ganz klein, in einem schmalen Einschnitt zwischen den Mauern, den er einsehen konnte, ein Gewimmel von Fahrzeugen, Menschen . . .

Es ist eine Illusion, sagte sich Arvid, doch dann mußte er sich auf den Boden hocken, sich mit den Händen abstützen, da ihn unbezwingbarer Schwindel erfaßte. – Eine Illusion . . . er richtete sich auf, zwang sich weiterzugehen, doch er hielt einen beruhigenden Abstand von der Dachkante ein.

Da! – wieder hastige Schritte, diesmal von mehreren Personen . . . nein, es waren Androiden. Sie tauchten hinter ihm auf, kamen direkt aus der Mauer heraus. Arvid lief über das Dach . . . Eine Ecke, direkt vor ihm wieder der Abgrund. Illusion! – rief er sich ins Gedächtnis, Illusion! Er schloß die Augen – und rannte auf den Abgrund zu.

Eine Illusion – es konnte gar nicht anders sein – und es war nicht anders. Er spürte festen Boden unter den Füßen: dort, wo die bodenlose Tiefe sein sollte, schlitterte über eine unsichtbare, doch feste Unterlage. Sie war völlig eben, kein Hindernis, nicht die geringste Fuge, und trotzdem stolperte er, fiel ... weil es ihm einfach nicht gelang, sich im leeren Raum schwebend normal zu verhalten.

Er stand auf, lief weiter ... erreichte das gegenüberliegende flache Dach, den Vorsprung einer Mauer. Als er versuchte, sich dagegenzulehnen, taumelte er wieder ins Leere, und doch war die scheinbar feste Materie um ihn herum beruhigend, Anhaltspunkte für die Orientierung, wenn auch vorgetäuscht, so doch wirksam.

Dann ging Arvid eine Weile mitten durch die Mauer hindurch, ein seltsames Gefühl, hautnah von festgefügtem Stoff umgeben zu sein, direkt vor den Augen Mörtel oder Beton, dann war er hindurch, befand sich in einer Halle, seitwärts, hinter einer Glasscheibe der Diplompsychologe Gerthsen und seine Kollegin Dr. Allison. Sie blickten geradeaus in das Gangstück, das vor ihm lag, ihre Arme waren in Bewegung, doch konnte Arvid nicht erkennen, was sie taten – vielleicht bedienten sie eine Schalttafel. Die Stelle, an der sich Arvid befand, war nur matt beleuchtet, es konnte kaum möglich sein, aus der Helle der glasumkleideten Plattform etwas von außen zu erkennen. Und doch schien Gerthsen aufmerksam geworden zu sein, er trat nahe an die Glasfläche heran, preßte das Gesicht darauf. Dann hob er die Hand, deutete nach vorn. Für Sekunden verschwanden die beiden Psychologen, kamen dann von der Seite auf ihn zu. In diesem Moment wurde ein Scheinwerfer angeschaltet, erfaßte den Eindringling in einer Flut von Licht. Reflexartig versuchte er sich zu entziehen, lief weiter in die Tiefe des Raums. Hinter sich hörte er die laufenden Schritte von Gerthsen und Dr. Allison, dazwischen auch leises, rasches Getrappel wie von weichen Pfoten. Ein Blick nach hinten – die beiden Wissenschaftler waren ein wenig zurückgeblieben, vor ihnen aber lief ein Trupp von Androiden, bedrohlich rasch. Arvid kam an eine Gangkreuzung, wieder lief er geradeaus weiter, ohne zu überlegen. Hatte er eine falsche Entscheidung getroffen? Jetzt auch das Geräusch trappelnder

Füße von vorn, und da kam schon eine andere Truppe von Androiden auf ihn zu. Unwillkürlich fuhr er zurück . . . Auch hinten die Geräusche der Verfolger . . . Atemlos blieb er stehen, wollte sich zur Wand drehen, um sich zu verteidigen . . . da hatten ihn die Androiden erreicht, liefen durch ihn durch, durchsetzten sich gegenseitig, lösten sich in Luft auf.

Der Gang war leer, doch schon wieder Schritte, diesmal real: Gerthsen und Dr. Allison, und hinter ihnen noch einige Gestalten in weißen Kitteln.

Gehetzt blickte sich Arvid um, einige rasche Schritte, wieder ein Gangknick . . . Er lief hinein – eine Sackgasse!

Die Schritte jetzt lauter, es konnte sich nur noch um Sekunden handeln . . . da öffnete sich direkt hinter ihm eine Tür, eine Hand streckte sich heraus, packte ihn an der Schulter und zog ihn nach hinten. Arvid taumelte ein wenig, die Tür fiel zu. Gedämpft hörte er Geräusche von laufenden Füßen . . . Sie wurden leiser . . . dann Stille.

*Abstellraum* *Ortszeit: 0505–0530*

Arvid blickte umher – um ihn herum einige Männer und Frauen, die meisten jung, in unterschiedlicher Kleidung – blaue Jeanshosen und -jacken, zwei oder drei Laborkittel, auch einige Anzüge und Kleider. Auch jemand, den er kannte, war darunter: Jasmine. Und noch jemand – es fiel ihm erst ein wenig später auf: jener Mann, dem er das Magnetplättchen entwendet hatte. Als Arvids Blick auf ihn fiel, zwinkerte der ihm zu.

»Da bist du ja endlich – wir mußten lange warten«, sagte Jasmine.

Arvid konnte noch nicht antworten – sein Atem ging heftig, Schweiß rann über seine Stirn; er mußte ihn mit dem Taschentuch abwischen.

Wieder blickte er umher, unsicher . . . Der Raum, in dem er sich befand, war eine schmucklose Halle, im Hintergrund standen einige elektronische Anlagen, die allerdings den Eindruck machten, man hätte sie nur provisorisch hierhergebracht. Im Hintergrund hoch aufeinandergeschichtete Rollen von elastischem Glas.

»Ihr habt mich erwartet?« Noch immer kostete es ihn Mühe, zu sprechen.

»Komm mit!« forderte Jasmine.

Sie führte ihn in den Hintergrund des Raums, zu den Anlagen; sie wurden von einer Leuchtstoffröhre beleuchtet, die man mit Klebeband an der Decke befestigt hatte. Hinter den Schalteinheiten war ein Stück der Mauer freigelegt, darin eine Öffnung, offenbar mit einem Laser gebrannt; am Boden lagen noch Reste zusammengeschmolzener Massen. Aus der Öffnung, hinter der es dunkel war, führte ein Kabelstrang heraus, zu einem isoliert aufgestellten grauen Kasten, von dem einige weitere Kabel zu den Terminals führten.

Jasmine wies auf einen Monitor – Arvid erkannte Gerthsen, durch einen Gang laufend . . . das Bild wechselte mehrmals: Ansicht von vorn, von oben, von hinten . . . nächstes Bild . . . Nur gelegentlich war es einwandfrei gezeichnet, meist aber stark verzerrt.

»Wir haben das Beobachtungssystem angezapft«, erklärte ein junger, weißgekleideter Mann, der das Schaltsystem zu betreuen schien.

»Das ist Rick«, erklärte Jasmine.

Am Bildschirm: Gerthsen hatte eine Gangkreuzung erreicht, von der anderen Seite her kam ihm Dr. Allison entgegen. Sie sahen sich unschlüssig um, schienen nach Arvid zu suchen . . .

»Wollt ihr hören, was sie sagen?« fragte Rick und ließ die Hand auf einen Potentiometerknopf sinken.

»Nicht nötig«, sagte Jasmine.

»Ihr habt mich beobachtet«, stellte Arvid fest.

»Wir haben dafür gesorgt, daß du uns findest«, sagte Jasmine. Sie beugte sich zum Startknopf eines Videorecorders – anstelle von Gerthsen und Dr. Allison war nur Arvid zu sehen, wie er in der Garderobe stand, wartend, sichernd . . . Dann der Wissenschaftler, der seinen Mantel an den Haken hängte, wegging . . . Dann wieder Arvid, der rasch hinzutrat, sich das Magnetkärtchen herausholte.

Arvid nickte. »Ihr habt mich die ganze Zeit beobachtet.« Er stellte es einfach fest.

»Mehr noch«, sagte Jasmine. »Wir wollten, daß du dir das Kärtchen holst. Conners«, sie deutete auf den älteren Wissenschaftler, der die Szene lächelnd beobachtet hatte, »hat sich schließlich auffällig genug benommen.«

»Ihr habt vorausgesehen, wie ich handeln würde.«

»Das war nicht schwer«, antwortete Jasmine.

Er trat ein wenig vom Monitor zurück, zeigte auf die Gruppe von Menschen, von denen einige herumstanden, andere auf den Glasrollen Platz genommen hatten.

»Gehört ihr zu den Aufständischen?« fragte Arvid.

»Ja.« Jasmine gab es ohne jede Gefühlsregung zu.

»Ihr wollt zur Erde zurück«, sagte Arvid.

»Ja«, antwortete Jasmine.

»Warum hast du es mir nicht gesagt«, und er fügte ein wenig leiser hinzu: »gestern?«

Jasmine wiegte den Kopf – darin deutete sich eine Spur von Mitleid, aber auch eine Spur von Überlegenheit an. »Hast du nicht daran gedacht, daß auch in deinem Zimmer Videokameras sind? Man hätte uns beobachten können. Ach, was sage ich da: Man hat uns beobachtet – daran besteht überhaupt kein Zweifel.«

»Du bist eine gute Schauspielerin«, sagte Arvid.

Jasmine antwortete nicht gleich. Dann sagte sie: »Das klingt bitter. Ich kann es dir nachfühlen, daß du so empfindest.«

Arvid sah sie eine Weile forschend an – in einem Widerstreit von Gefühlen –, dann bemühte er sich, wieder sachlich zu werden. »Und was nun? Warum habt ihr eingegriffen? Warum habt ihr mir geholfen?«

»Wir haben gehofft, daß *du* uns helfen könntest. Schon seit langem ist niemand mehr von der Erde gekommen – du bist der erste seit Jahren.«

»Und was könnte ich für euch tun?«

»Jetzt bin ich nicht mehr so sicher, ob du es tun kannst . . . Wir dachten, mit deiner Hilfe könnte es möglich sein, Verbindung mit der Erde aufzunehmen. Aber so, wie sich die Situation hier entwickelt hat . . . Zumindest aber könntest du uns raten, mit welcher Stelle wir Verbindung aufnehmen sollen. Hat es Sinn, sich an eine offizielle Institution zu wenden? – Oder an die Presse?«

»Und wie wolltet ihr mit der Erde in Kontakt treten? Ihr habt doch nicht angenommen, man würde euch die Erlaubnis dazu geben!«

Rick mischte sich ins Gespräch. »Natürlich nicht auf einem offiziellen Weg. Wir dachten an die Funkverbindung über den Hyperraum – jene, über die auch die Resultate der Wissenschaftler übermittelt werden. Vielleicht gelingt es, heimlich einen Funkspruch abzusenden, wir würden aber auch nicht davor zurückschrecken, die Funkzentrale zu besetzen.«

». . . nur wissen wir bis heute nicht, wo sie ist«, warf Jasmine ein. »Seit vierzehn Tagen haben wir danach gesucht – ohne Ergebnis. Nicht einmal dieses einfache Problem konnten wir lösen – es ist zum Verzweifeln!«

»Man darf nicht so rasch aufgeben«, meinte Rick. »Längst haben wir noch keinen vollständigen Überblick über dieses System, immer wieder finden sich Teile, von denen wir keine Ahnung gehabt haben. Wir werden schon noch draufkommen!«

»Aktionen im Untergrund, Palastrevolution . . .«, sagte Arvid. Er blickte sich um, musterte die herumstehenden Verschwörer, den kahlen Lagerraum. »Soldaten, Wissenschaftler – Psychologen! Das also ist Nathan 4, das fortschrittlichste Forschungsinstitut der ganzen Welt. Ich habe es mir anders vorgestellt.«

»Und du willst zur Erde zurück«, sagte Jasmine. »Dann mußt du dich uns anschließen.«

»Bist du so sicher?« fragte Arvid.

»Es bleibt dir gar nichts anderes übrig, wenn du dein Leben nicht hier verbringen willst.«

»Vielleicht verspreche ich mir von euren Aktionen keinen Erfolg? Vielleicht will ich meinen eigenen Weg suchen, um zurückzukehren? Nächtliche Versammlungen, verwegene Pläne . . . Habt ihr nicht selbst den Eindruck, daß das alles ein wenig überzogen anmutet?«

Sie alle hatten zugehört, und er spürte ihren Widerstand, obwohl sie nichts sagten. Arvid wurde wieder schwankend . . . Sie sahen entschlossen aus – und intelligent . . . Vielleicht blieb ihnen wirklich nichts anderes übrig, als auf diese Weise vorzugehen. Aber er . . . »Ich bin mir noch nicht über alles im klaren«, erklärte er. »Gewiß, ich will zur Erde zurück, und ich werde alles daransetzen, dieses Ziel zu erreichen. Es gibt aber auch noch etwas anderes für mich zu tun. Ihr wißt, daß ich einen Kranken mitgebracht habe, der behandelt werden muß. Auch das hat Bedeutung für mich. Zwar hat man mir mitgeteilt, daß alles in Ordnung sei, aber darauf möchte ich mich nicht verlassen. Ich muß der Sache nachgehen, ich kann einfach nicht anders.« Er zögerte kurz, dann fügte er hinzu: »Aber ich werde euch nicht verraten.«

»Das würde uns nichts ausmachen, jetzt nicht mehr. Wir haben uns nämlich entschlossen, aktiv zu werden – endlich. Wir kehren nicht mehr an unsere Arbeitsplätze zurück. Es gibt so viele Winkel hier, in diesem Labyrinth . . . Wir wissen, wo die Vorräte sind, wo man sich verstecken kann. Nichts kann uns mehr aufhalten.«

»Und wieso nimmst du an, daß man euch nicht beobachtet – daß man nicht längst schon über euch Bescheid weiß?«

»Wir haben einen Fachmann bei uns: Connors. Er ist Elektroniker. Er war noch dabei, als die Anlagen installiert wurden.«

»Wir wissen genau«, bestätigte Connors, »was man tun muß, um den Fernsehkameras und Mikrofonen zu entgehen.«

»Aber«, wandte Arvid ein, »wie kommt es, daß *ich* nicht beobachtet wurde?«

Connors blickte Jasmine an, und diese zögerte, als müsse sie einen Fehler eingestehen. »Das ist es ja eben – man hätte dich beobachten müssen! Irgend etwas ist hier nicht mehr in Ordnung. Irgend etwas funktioniert nicht mehr. Es muß an der zentralen Steuerung liegen. Das ist der Grund dafür, daß wir uns hier versammelt haben – die Zentrale liegt ganz in der Nähe. Zunächst haben wir angenommen, wir könnten mit dem Institutschef Verbindung aufnehmen – wir hielten ihn für den einzigen, der uns den Rückweg zur Erde ermöglichen könnte. In den letzten Tagen aber . . .« Wieder zögerte sie, verstummte.

»Was war in den letzten Tagen?« erkundigte sich Arvid.

Jasmine sprach nun entschlossen: »Ich habe das Gefühl, die Störungen liegen beim Chef selbst. Die Art und Weise, wie er seine Anweisungen gibt . . . Soll ich es dir zeigen?«

Arvid nickte.

Jasmine nickte Rick zu – dieser wandte sich an die Tastatur und gab eine Folge von Ziffern und Buchstaben ein.

»Paß auf! Aber sag nichts, bleib still!« flüsterte Jasmine.

Alle hatten sich dem großen Monitor zugedreht, der nun hell wurde, eine Wellenbewegung in Weiß und Grau, dann erschien das Gesicht des Institutsleiters, von weißem Haar umrahmt, milde und müde, wie ihn Arvid schon bei der Übertragung im Zimmer von Piccioni gesehen hatte.

Jasmine stand dem Monitor zugewandt, sprach in ein daneben aufragendes Mikrofon. »Die erste Phase unseres Spezialauftrags ist erfolgreich abgeschlossen. Nun wollen wir mit dem zweiten Teil der Aktion beginnen. Haben Sie irgendwelche Anweisungen?«

Der Mann auf dem Bildschirm schien ins Leere zu blicken. Nach einer Weile sagte er: »Alles geht seinen Weg. Wir müssen unsere Pflicht tun – macht weiter so!«

Rick drehte den Hauptschalter kurz aus, schaltete dann wieder ein – wieder erschien das Gesicht des alten Mannes.

Und wieder sagte Jasmine: »Wir versuchen das Richtige zu tun – werden Sie unsere Pläne auch weiterhin unterstützen?«

Und der Greis auf dem Bildschirm antwortete: »Man muß immer nach seinem Gewissen handeln. Wir alle haben eine große Aufgabe zu erfüllen. Geht weiter auf eurem Weg!«

Rick schaltete ab, das Bild verblaßte, eine kurze Zeit noch schienen die Augen durch einen Nebel herauszublicken ... Jasmine drehte sich zu Arvid um, blickte ihn fragend an. Verblüffung malte sich auf seinem Gesicht. »Der Leiter des Instituts ...? Ist das nicht ein Risiko? – er könnte ... Oder weiß er etwas von allen Plänen? – ist er eingeweiht?«

»Ich will dir ein Geheimnis anvertrauen«, sagte Jasmine. »Er war es selbst, der uns zu unseren Aktivitäten ermunterte. Er war es, der von der Erde zu sprechen begann, von dem, was wir für immer verloren hatten. Vielleicht wußten einige von uns noch gar nicht genau, was sie unzufrieden machte, was sie störte. Er hat uns die Augen geöffnet.«

»Hat er euch Anweisungen gegeben?« fragte Arvid.

»... keine Anweisungen – die Pläne für die Aktion stammen von uns selbst. Aber wir sollten ihn stets auf dem laufenden halten ...« Sie stockte, und Arvid blickte sie fragend an. »Das haben wir auch getan ... zunächst. Er war stets interessiert, gab uns manchen Ratschlag, manche Information. Aber seit einigen Tagen ...« Wieder verstummte sie.

»Ich hatte nicht den Eindruck«, sagte Arvid, »daß er sich für eure Aktion besonders interessierte. Eher war mir so, als hätte er geredet, ohne etwas zu verstehen – ohne Anteilnahme.«

»Das ist auch mein Eindruck«, bekräftigte Rick. »Ich habe es euch ja schon gesagt: So etwas kann man aus alten Videobändern zusammenschneiden, in Kombination mit einem Sprachsynthesizer. Ja – das wäre eine Erklärung ...«

Connors unterbrach ihn: »Dann müßte aber jener informiert sein, der die Anlage bedient!«

»Weswegen ein solches Täuschungsmanöver?« warf Arvid ein. »Da müßte doch irgend etwas mit dem alten Mann passiert sein. Vielleicht ist er krank, vielleicht gestorben ... Auf mich machte er den Eindruck unendlicher Müdigkeit. Ja: Vielleicht ist er gestorben – und man will seinen Tod verheimlichen.«

Nun blickten ihn die andern ein wenig verwundert an – so, als wären sie besser informiert, ohne etwas darüber sagen zu wollen. Jasmine überlegte kurz, dann entschloß sie sich offenbar, über dieses Thema nicht weiter zu sprechen. Sie sagte nur: »Er ist sicher nicht tot – das ist unmöglich.«

Plötzlich war die Kommunikation unterbrochen – sie schwiegen, wußten nicht, was sie sagen, was sie tun sollten.

»Ich werde in mein Zimmer zurückgehen«, sagte Arvid. »Ihr habt doch nichts dagegen?«

Jasmine sah Arvid ein wenig enttäuscht an. »Du bleibst also nicht bei uns?«

»Es ist noch zu früh«, sagte Arvid. »Später vielleicht . . . Es gibt da noch einige Dinge, denen ich nachgehen will.«

»Na schön«, sagte Jasmine, »ich zeige dir den Weg.«

Zuerst vergewisserten sie sich über den Monitor, daß der Gang draußen leer war, dann öffneten sie die Tür, Jasmine begleitete Arvid ein Stück des Wegs. Es war nicht nötig, den Trakt der Theatereffekte oder den Bereich der Laboratorien zu berühren; Jasmine kannte eine andere Verbindung, schon nach einigen Minuten standen sie am Lift.

»Leb wohl!« sagte Jasmine. Einen Moment lang sah es aus, als wollte sie Arvid küssen, doch dann wandte sie sich rasch um und ging fort.

Die Lifttür schloß sich – wieder war Arvid in der Kabine. Er trat an den Säulenaufsatz in der Mitte, drückte den roten Knopf.

*Lift / Demonstrationsanlage* *Ortszeit: 0530–0830*

Über den Boden des Lifts ging ein leises Rucken, doch er setzte sich nicht in Bewegung. Von draußen waren nun Stimmen zu hören, Geräusch von Schritten.

Die Tür glitt wieder auf. Unwillkürlich wich Arvid zurück, stand mit dem Rücken zur Wand an der dem Eingang gegenüberliegenden Seite. Seine Verfolger? – die Androiden? – die Psychologen? Hatte es Sinn, sich zur Wehr zu setzen – in dieser ausweglosen Situation, in der Auseinandersetzung mit einer Übermacht?

Doch es waren keine Verfolger – eine Truppe von Wissenschaftlern, die meisten relativ jung, alle in saubere weiße Kittel gekleidet . . . Es war über ein Dutzend, das sich in die Kabine drängte, kaum Platz freiließ, um Atem zu holen. Niemand beachtete Arvid.

Einer, der eine Art Anführer zu sein schien, drückte den roten Knopf, wieder ruckte der Lift, und nun setzte er sich auch in Bewegung. Es ging aufwärts, zuerst vertikal, dann in einer geradlinigen aber geneigten Bahn . . . Sie alle hatten mit dem Gleichgewicht zu kämpfen, fielen aufeinander – es wurde mit Heiterkeit quittiert.

Ging es aufwärts ober abwärts? Die Wand war dunkel und glatt, keine rauhen Stellen mehr, keine Verfärbungen, denen sich die Bewegungsrichtung hätte entnehmen lassen. Einer der Männer streckte den Arm hinaus, über das Geländer . . . Er stieß einen erschreckt-belustigten Schrei aus – und die andern machten es ihm nach – es gab keine Wand mehr, der Aufzug war zu einer Gondel geworden, die in dunkler Leere zu schweben schien.

Dann ein Lichtschimmer, tief unter ihnen – alle drängten sich zum Geländer, im Wettstreit um den besten Ausblick. Arvid wurde mitgeschoben, mitgezerrt . . . und dann fing auch ihn der Anblick der unten liegenden Landschaft. Wohin waren sie geraten? Waren diese ineinandergeschachtelten Rechtecke, einige etwas vertieft, andere erhöht, Felder, bebautes Ackerland? Da und dort die Ränder trogartig aufgewölbt . . . Vielleicht Trocken- oder Kläranlagen?

Wahrscheinlich weder das eine noch das andere – als sie sich nun näherten, langsam tiefer gingen, zeigte sich nichts, was auf menschliche Betätigung hinwies. Zwischen manchen Arealen kamen schmale Streifen zum Vorschein, die man als Wege deuten konnte, doch auch hier fehlten nähere Anhaltspunkte.

Die Stimmung der Farben war bisher eher eintönig, langweilig gewesen – Grau- und Brauntöne vorherrschend –, doch auf einmal lief es wie eine Welle über das Land: Es sah aus, als wären plötzlich Farben darübergestreut. Bravorufe, Applaus!

Der Anblick war wirklich bemerkenswert: Zwar wirkten die Farben etwas stumpf, als beständen sie aus einem pulvrigen Belag, der über diese nun rauh und porig scheinenden Flächen darübergestreut worden war, es waren nicht die Farben des Regenbogens, eher leicht mit Grau gemischte Mineraltöne, gerade dadurch aber ergaben sich wundersam zarte Farbeffekte, eine fein ausgewogene Abstimmung in den Tönen benachbarter Felder. Sie waren nun ziemlich tief gesunken, aber es ließ sich schwer abschätzen, wie weit sie noch von der Oberfläche entfernt waren. Manchmal schwankte die Gondel ein wenig, und dann wurden die sowieso schon gedrängt stehenden Zuschauer nach dieser oder jener Seite gedrückt, aber das schien der guten Laune keinen Abbruch zu tun. »Seht doch!« rief einer. »Dort hinten: der Meridian!« Alle blickten in die angegebene Richtung – dort war am Horizont ein silberner Streifen aufgetreten, der ein wenig erhöht über dem Boden zu schweben schien. Als sie sich näherten, war zu erkennen, daß er aus einer Reihe querliegender kürzerer und einzelner längerer Striche bestand.

»Darf ich jetzt um Ruhe bitten . . . Ruhe bitte!« – Einer der Männer war zurückgetreten, lehnte sich an die Mittelsäule. »Der heitere Teil ist beendet – wir wollen uns unseren Aufgaben zuwenden! He! – das gilt auch für Sie!« Er wies auf zwei Männer, die sich angeregt unterhielten. »Sehen Sie: dort unten, die Skala? Die Abstände der größeren Striche zeigen jeweils ein Mikron an. Ein zumindest bemerkenswerter Größenvergleich!«

Die Gondel hing jetzt ziemlich schief, denn alle drängten sich nach einer Seite. Trotzdem schien niemand Angst zu haben, daß sie kippen könnte.

»Zuerst einige Erklärungen zur Topografie«, setzte der Mann an der Säule fort, der so etwas wie ein Lehrer oder Führer zu sein schien. »Sie werden schon bemerkt haben, daß es die Höhen sind, die durch Farben markiert erscheinen. Im

Moment ist der tiefsten Lage Rot zugeordnet, der mittleren Grün und der höchsten Blau. Das läßt sich aber leicht ändern.« Er hielt nun ein Steuergerät in der Hand, daran eine Fächerantenne. »Jetzt ändere ich den Farbcode . . .« Und tatsächlich wechselte das Grün in Gelb, das Rot in Violett, das Blau in Rot . . . Dieselbe Landschaft, und doch ein anderer Eindruck. Hatten vorhin noch die grünlichen Töne vorgeherrscht – was den Eindruck von Buschwerk, Gras oder Algen angedeutet hatte –, so lag nun der Schwerpunkt auf Blau und Gelb – es sah nicht sehr naturhaft aus, sondern künstlich – ein Bild von Paul Klee . . . eine Kreidezeichnung, eine Gouache . . .?

»Und diese silbernen Kuppeln?« fragte einer aus der Menge.

»Silber – eine leitende Verbindung zwischen zwei isolierten Bereichen. Achten Sie darauf, wie das Metall an den Kontaktstellen verflacht!«

Sie schwebten tief darüber hinweg, in der gebauchten Silberoberfläche spiegelte sich stark verzerrt die Umgebung: ein farbig zusammengesetzter Ring, der eine schwarze Fläche einschloß. Darüber bewegte sich ein schwacher Lichtpunkt. Das Schwarz: die Spiegelung des Himmels, der absolut leer war. Der Lichtpunkt, wahrscheinlich, ein Reflex der Gondel; möglicherweise trug sie an der Unterseite eine Navigationslampe.

Sie fuhren rasch darüber hinweg – und da jeder noch einen letzten Blick erhaschen wollte, verlagerte sich der Schwerpunkt plötzlich nach der anderen Seite, so daß die Gondel in kreiselndes Schwanken kam. Einige Zeit hatte jeder damit zu tun, einigermaßen das Gleichgewicht zu halten.

». . . Auflicht-Interferenz, die Farben dünner Plättchen«, führte der Leiter weiter aus. »Ein optischer Effekt, keine Körperfarben. Ein gutes Mittel zur Differenzierung! Aber beachten Sie jetzt bitte lieber den Verlauf der Strombahnen. So chaotisch diese Anordnung aussieht, so steckt doch ein funktionales Prinzip dahinter – es hat lange gedauert, bis wir draufgekommen sind. Aber diese Dimensionen entzogen sich eben lange dem direkten Zugriff der Wissenschaft. Was man sehen, hören, greifen kann . . . nun ja, darüber sind wir längst hinaus.

Und doch: Visualisierung, unmittelbare Anschauung!« Er schwieg kurze Zeit, offenbar ergriffen. »Jetzt aber steigen wir etwas höher – damit Sie eine bessere Übersicht haben.«

Verstärkte sich der Andruck unter den Füßen ein wenig? Es war schwer zu beurteilen. Der Eindruck des Höhersteigens kam vor allem durch das Zusammenschrumpfen des Musters zustande, es schien, als würden von den Rändern her neue Bereiche gegen das Zentrum rücken. Wieder änderte sich die Farbzuordnung, aber jetzt war es schon ein gewohnter Vorgang, niemand schenkte ihm besondere Beachtung.

»Was nun rot eingefärbt erscheint, entspricht den Strombahnen. Die blauen Bereiche kennzeichnen Isolationsstrecken. Am interessantesten aber sind jene kurzen, meist quadratischen Areale in verschiedenen anderen Farben. Es sind Halbleiter, mit verschiedenen Fremdelementen dotiert. Wenn Sie genau hinschauen, dann bemerken Sie, daß sich in ihnen oft Verzweigungen der Stromwege andeuten . . . dort vorn beispielsweise . . . eine Schaltstelle mit fünf Ausläufern . . . Hier dürfte es zu Umsetzungen kommen, wahrscheinlich eine Art Stellwerk für die Weiterleitung der informationstragenden Impulse.«

Arvid hatte zuerst kein Wort verstanden, nun allerdings dämmerte es ihm, daß es sich um ein vielfach vergrößertes Abbild irgendeines elektronischen Systems handeln könnte. War es ein echtes Bild oder ein Schema? Zeigte es etwas Lebendiges, oder künstlich Erzeugtes? Natürlich kannte er die Diagramme, mit denen versucht wurde, die durch die Nervenfasern laufenden elektrischen Impulse zu überblicken, er versuchte aber vergeblich, Entsprechungen mit dieser Anordnung zu finden, die sich dort unten ausbreitete. Andere Bereiche der Wissenschaft? Robotronik? Vielleicht ein androidisches Schaltnetz? – oder Zeugnis einer fremdartigen Lebensform, die irgendwo im Weltraum entdeckt worden war? Er wandte sich an einen neben ihm stehenden Mann, der ihm schon mehrfach auf die Zehen getreten war, doch in seiner Hingebung an die Demonstration nichts davon bemerkt hatte. »Worum handelt es sich?« fragte Arvid, und er deutete mit dem Kinn hinunter, da er die Arme nicht bewegen konnte.

Der andere blickte ihn erstaunt an. »Was meinen Sie?« fragte er. »Es geht um die Erforschung dieser Strukturen – wir sind ja erst am Anfang . . . Sie wissen ja: Die Automaten haben sich weiter und weiter entwickelt – erst allmählich beginnen wir zu begreifen, welcher Methoden sie sich bedienen. Hören Sie doch zu!«

Inzwischen hatte der Führer seine Erklärungen fortgesetzt . . . »Ja, hören Sie zu!« sagte der Mann neben Arvid noch einmal nachdrücklich.

». . . wie diese Aggregate entstanden sind? Sicher nicht auf mechanischem Weg. Es ist nicht sicher, ob unsere Vorstellungskraft, unser Wortschatz zur Beschreibung reicht. Jedenfalls stellen wir uns so etwas vor wie einen Druckvorgang, mehrere Schichten übereinander aufgetragen, aber auch dasselbe, ins Negative verkehrt: Da und dort wird auch wieder etwas weggenommen, chemisch abgetragen, optisch abgeschmolzen . . . Wir müssen der Sache erst auf den Grund kommen.«

Wieder wies er auf eine Besonderheit der Landschaft hin. Sie schwebten nun über einer Senke, an eine geologische Bruchlinie erinnernd, in der Mitte ein eingeebnetes, von Horizont zu Horizont laufendes Feld, die Grenzen durch Tafelgebirge gebildet, die Zeitfolge der Bodenschichten an der Einbruchstelle freigelegt: ein horizontales Zebramuster verschiedener Farbtöne, dazwischen auch Gold und Silber, Weiß und Schwarz.

»Was wir nun noch benötigen, ist der Eingriff in diese Massen«, verkündete der Leiter. »Wir müßten nachsehen, ob sich der Schichtenaufbau ungestört nach allen Richtungen fortsetzt – ob der ganze Block aus einheitlichen Anfangsbedingungen heraus entstanden ist. Daraus wieder ließen sich Schlüsse ziehen auf das evolutionäre Prinzip. Wie aber die Topografie mit der Funktion zusammenhängt . . .? Jedenfalls gibt es noch genügend Aufgaben für die Zukunft, meine Herren!«

Es handelte sich also um technische Produkte, offenbar um solche aus Mikrobereichen. Arvid war nicht gut genug in Elektronik, Automatik und Robotronik bewandert, um die dort gebräuchlichen Forschungsmethoden zu kennen. Er hätte eher angenommen, in diesen technisch orientierten Bereichen ginge es um die Weiterentwicklung von Konzeptionen, um die Erzeugung komplizierter technischer Geräte, um die Anpassung an die Bedingungen fremder Lebensbereiche – um die stete Anforderung an menschliche Phantasie und Erzeugungskraft. Offenbar aber gab es dort ganz andere Probleme. Vielleicht ging es um die Erforschung von Produkten, die von sich selbst organisierenden Automaten stammten, vielleicht hatten diese neue Produktionsverfahren entwickelt, die sich dem Verständnis des Menschen entzogen – vielleicht hatte sich auch niemand dafür interessiert –, und nun war es zu einer neuen Aufgabe der wissenschaftlichen Forschung geworden, diesen Formenschatz zu analysieren, der ein wirksamer Bestandteil der Welt war und weder der Natur noch der klassischen menschlichen Technik entstammte. Vielleicht war diese Aufgabe gar nicht so absurd, wie es auf den ersten Blick schien – Arvid erinnerte sich an einige Kurse an der Universität, die zu seinen Nebenfächern gehört hatten. War nicht die Rede davon gewesen, daß sich elektronische und robotronische Schaltungen längst nicht mehr reparieren ließen, daß sich darin auftretende Fehler der Analyse und der Lokalisierung entzogen? Die Technik, der man sich anvertraut hatte, war immer unverständlicher geworden, so daß zuletzt niemand mehr begriff, wie sie funktionierte. War das vielleicht einer der Gründe dafür, daß ein solches Institut gegründet wurde – und daß es schließlich zum Versagen verurteilt war, weil die lebenswichtigen Abläufe in dieser Welt das menschliche Verständnis überforderten?

Der Leiter hatte geschwiegen, als wolle er seine Worte wirken lassen. Das ihm anvertraute Auditorium allerdings schien nicht das richtige Verständnis für den Ernst seiner Erklärungen aufzubringen, denn – nachdem auch das Interesse an der schönen Aussicht erlahmt war – hatten die Leute mit einigen munteren Spielen begonnen: Sie brachten die Gondel zum Schaukeln, freuten sich daran, daß sie mehr und mehr kippte und sich niemand mehr aufrechthalten konnte. Dabei hatten sie sich in zwei Gruppen geteilt, die gegeneinander zu arbeiten schienen. Anfeuernde Rufe erschollen, erhitztes Gelächter, Triumphgeschrei, wenn die Gegner übereinanderfielen.

»Ruhe, meine Herren! So nehmen Sie sich doch zusammen!« Der Leiter versuchte, den Lärm zu übertönen – doch ohne Erfolg. Noch einmal versuchte er es: »Schluß jetzt mit den Kindereien – sonst muß ich die Exkursion abbrechen!«

Gelächter übertönte sein Geschrei. Da tastete er eine Anweisung in sein Steuergerät ein – die Kuppel stieg empor, das bunte Farbmuster sank immer tiefer, bildete inmitten eines umkreisenden Schwarz eine flache Scheibe, die plötzlich verschwand. Stoß . . . leises Schaukeln der Gondel – Richtungswechsel: abwärts. Jetzt wieder ein leises Rucken und Schleifen, und da waren auch wieder jene kleinen Anzeichen dafür, daß sie von Wänden umgeben waren. Noch immer war dann und wann ein unterdrücktes Lachen zu hören, da stieß einer den anderen an, und dieser gab den Stoß weiter . . . dazwischen ein paar Rufe, die zur Besinnung mahnten, andere, die spotteten. Nur langsam beruhigte sich der Trubel.

Und dann waren sie plötzlich in einem großen, hallenartigen Raum, fuhren aus einem kreisrunden Loch an der Decke heraus . . . sekundenlang lag der schwarze Schacht über ihren Köpfen noch wie eine schwere Last, dann waren sie plötzlich in ein geschäftiges Treiben einbezogen, das man in der Station einer Untergrundlinie oder in einem Raumfährenbahnhof eher erwarten mochte als in einem Institut für fortschrittliche Studien. Noch befanden sie sich hoch in der Luft, hatten einen guten Ausblick in die Halle und beobachteten, daß um sie herum 15 oder 20 weiterer ähnlicher Kanzeln niedergingen, alle auf Säulen gestützt, die sich langsam in den Boden senkten. Dann setzten sie sanft auf, stiegen aus.

Eine laute Stimme aus mehreren im Raum verteilten Lautsprechern: »Meine Damen und Herren, die für diese Zeit vorgesehene Pause fällt aus. Bitte begeben Sie sich unverzüglich an Ihre Plätze im Hörsaal!«

Immer wieder Gondeln aus den schwarzen Schachtmündungen gespieen, sie sanken herab, setzten auf, Gruppen von weißbekittelten Männern und Frauen stiegen aus – kurz vorher noch fröhlich, euphorisch, jetzt, unter dem fast bedrohlich klingenden Ton der Stimme ein wenig gedrückt, schweigsam.

Alle schienen sich hier auszukennen, denn sie wandten sich in Richtung zur Längswand der Halle. Dort, ein wenig versetzt, doch ohne Trennwand, eine Reihe von Bänken und Pulten, in einem Halbrund angeordnet, im Zentrum ein Tisch, ein Schaltpult, dahinter eine Wand mit Projektionsflächen und Monitoren.

Arvid war stehengeblieben, blickte umher, um einen Ausgang zu finden, doch der junge Mann, den er vorhin um Auskunft gebeten hatte, schob ihn mit sich, flüsterte ihm im Gehen zu: »Wir waren wohl etwas zu ausgelassen – geh weiter, sonst gibt es wieder Strafrechnen!«

Arvid spürte nun eine Schwere in seinen Gliedern, und er merkte, daß er müde war. Wie spät mochte es sein? Sicher war die Nacht vorbei, der neue Tag mochte schon zu einem Drittel vergangen sein.

Die andern strebten zielsicher ihren Plätzen zu, Arvid war der letzte, der noch stand, doch ein Mädchen rückte beiseite, deutete ihm mit dringlichen Gesten an, sich rasch zu setzen, und er folgte ihr.

Aus einer Tür an der Wand neben den Monitoren war Professor Piccioni getreten, hatte sich an das Pult gestellt, wartete, bis auch die letzte Regung im Saal verhallt war.

»Meine Damen und Herren, ich bin sehr enttäuscht! Was mir da zu Ohren gekommen ist . . . Wir werden die Exkursionen reduzieren müssen, wenn Sie sich nicht besser zu benehmen wissen. Gewiß, für Sie alle bedeutet es einen neuen Anfang, es ist eben nicht leicht, sich auf eine völlig neue Umgebung einzustellen, ganz von vorn anzufangen, von ganz unten. Aber immerhin – auf der Erde haben Sie es ja alle zu gehobenen Positionen gebracht, und irgend etwas muß doch davon hängengeblieben sein. Meine Damen und Herren, die meisten von Ihnen sind längst über fünfzig, viele sind weitaus älter – und da benehmen Sie sich wie eine Schar kindischer Studenten!« Er hielt einige Atemzüge lang inne, als müsse er sich erholen. Dann sprach er weiter: »Ich bitte Sie also dringend, sich auf die großen Aufgaben zu besinnen, für die Sie sich vorbereiten sollen! Jahrhundertelang war die Wissenschaft auf der Erde einem ständigen Verfall preisgegeben. Man hat die alten Traditionen vergessen, das Prinzip der Reinheit und Freiheit. Gelehrte mit hochfliegenden Ideen mußten um Unterstützung ansuchen wie Krämer. Wesentliche Experimente wurden mit Berufung auf Gefährdung der Öffentlichkeit verboten. Ganze Forschungszweige kamen zum Erliegen, da man Kommissionen und Expertenteams einsetzte, die entschieden, ob das Denkbare gedacht, das Machbare gemacht werden durfte. Es war eine Großtat ersten Ranges, daß sich einige verantwortliche Männer der tief in der menschlichen Existenz verwurzelten Traditionen der Wissenschaft entsannen, daß sie nach einem Weg suchten, um der Wissenschaft die Freiheit wiederzugeben. Es war klar, daß das nur weit außerhalb der Erde möglich war, in einem Bereich, in dem politische Intrigen und kleinbürgerliches Sicherheitsdenken nichts mehr zu sagen hatten. Das Ergebnis«, seine Stimme erhob sich, »ist Nathan 4! Eine der letzten großen wissenschaftlichen Großtaten, eines der letzten entscheidenden technischen Projekte nach der Erschließung des Hyperraums. Die Kosten für den Transfer sind groß, aber gerade das brachte jene entscheidende Trennung mit sich, jene Isolation, die wir brauchen, um ungehindert arbeiten zu können. Damals wurden eine ganze Reihe von Planeten auf ihre Brauchbarkeit für dieses Projekt untersucht, doch die Wahl fiel auf Nathan 4 – weil er am weitesten von der Erde entfernt, am schwersten zu erreichen ist.

Unsere Gemeinschaft unterscheidet sich grundlegend von allen Sozialsystemen der Erde, und so bedürfen Sie einer Zeit der Schulung, um sich reibungslos eingliedern zu können. Ich verlange von Ihnen, daß Sie sich mit voller Kraft und Konzentration am Unterricht beteiligen. In der nächsten Stunde werden wir uns mit einer kritischen Analyse der eigenen Arbeit beschäftigen, und zwar anhand einer statistischen Auswertung der Ergebnisse aus den letzten vier Wochen. Wir treffen uns hier pünktlich um 14.00 Uhr nach der Mittagspause. Ich bitte Sie, sich von Ihren Plätzen zu erheben!«

Alle standen auf, sichtlich beeindruckt, erwartungsvoll.

Piccioni trat an das Pult, drückte einen Knopf – auf dem Monitor erschien das Gesicht des Institutschefs. Er sagte: »Die tüchtigsten Wissenschaftler, die die Erde hervorgebracht hat, sind hier versammelt. Gegenüber der Menschheit sind wir nur wenige, doch von unserem kreativen Potential her eine entscheidende Macht. Wir sind verpflichtet, unser Bestes zu tun – für die Menschheit und für die Kultur. Machen Sie weiter!«

Das Bild verblaßte, nur noch die Konturen des Kopfes, Augen, Nase und Mund als Nachbild . . . dann wieder das wesenlose Grau.

Die Leute atmeten auf, zerstreuten sich, verließen den Hörsaal. Piccioni war am Pult stehengeblieben, wechselte einige Worte mit einem Ausbilder.

Mehrere Türen hatten sich geöffnet, darüber grüne Lichter: AUSGANG FREI, die ersten traten bereits hindurch, als eine kleine Stockung auftrat: Vier jüngere Männer in tadellos gebügelte blaue Anzüge gekleidet, kamen herein. Ihre Hemden glänzten weiß, die Krawatten waren rot gemustert, die Schuhe schwarz und glänzend.

Sie blickten sich kurz um, gingen dann auf Arvid zu.

Der erste hob ein wenig die Hand, als wollte er sie Arvid reichen, doch dann ließ er sie in halber Höhe zum Stillstand kommen, als hätte er es sich überlegt. Der Ärmel hatte sich ein wenig zurückgeschoben, auf der blendendweißen Manschette glänzte ein goldener Knopf. »Bitte, kommen Sie mit uns!« sagte er. Es war ein Befehl.

Arvid wußte nicht, ob es für ihn gut war, der Aufforderung zu folgen. Er bemerkte, daß Piccioni auf die Szene aufmerksam geworden war, einige Schritte nähertrat . . .

Der vorn stehende blaugekleidete Mann hatte es auch bemerkt. »Ach, die Psychologen! Die machen sich immer wichtig. In Wirklichkeit haben sie gar nichts zu sagen. Schließlich haben sie nur untergeordnete Funktion. Kommen Sie jetzt!«

Und tatsächlich bemerkte Arvid, daß Piccioni zwar etwas verärgert schien, jedoch keinerlei Einwand erhob.

Noch immer zögerte Arvid, doch da traten zwei der Männer hinter ihn, ergriffen ihn unauffällig, aber entschieden an den Oberarmen und führten ihn hinaus. Einige der Wissenschaftler blickten erstaunt auf, als die Abordnung, die in dieser Umgebung als Fremdkörper wirkte, vorbeikam, doch sie zeigten weiter keine Reaktion.

# 3. Sektion Politik

*Gangsystem / Konsulat* *Ortszeit: 0905–0940*

Wieder befand sich Arvid auf dem Weg durch das unterirdische Labyrinth. Diesmal von den blaugekleideten Männern eskortiert, die einander so ähnlich sahen, daß sie kaum zu unterscheiden waren. Sie bewegten sich sicher, benahmen sich höflich und bestimmt, sagten nichts als einige hinweisende Worte: »Geradeaus! Über die Rolltreppe! Dort hinüber!«

Sie erreichten einen Teil, der durch die Aufschrift ZUTRITT VERBOTEN markiert war – die Männer kümmerten sich ebensowenig darum wie über die mahnende Stimme aus dem Lautsprecher, die das »Ende des öffentlich zugänglichen Teils« ankündigte.

Eine Tür, ein Lift, eine kurze Fahrt, wieder eine Gangstrecke.

Diesmal schien er sich in vornehmer Umgebung zu befinden, denn der Boden war mit hölzernen Dielen ausgelegt, die Wände mit Kork bezogen, eine Überfülle goldener Leuchter rechts und links in Kopfhöhe. Es waren keine Kerzen, Glühbirnen oder Leuchtröhren, von denen das Licht ausging, sondern ein diffuser Lichtfleck, der einige Zentimeter über der schüsselförmigen und reich verzierten Halterung zu schweben schien.

Regelmäßige Impulse eines Pfeiftons, gedämpft . . . Wie auf ein Zeichen hin blieben die Männer stehen, jener, der der Anführer zu sein schien, holte ein zündholzschachtelgroßes Funkgerät aus seiner Tasche, sprach hinein: »Hier Blaustrumpf, bitte kommen!«

Er legte das Kästchen ans Ohr, eine Stimme erklang, doch die andern konnten nicht verstehen, was sie sagte. Dann sprach der Anführer wieder ins Mikrofon: »Gewiß, wir haben ihn. Wir sind gleich da. Ende.«

Er steckte das Kästchen ein, winkte den andern zu, und sie setzten sich wieder in Bewegung.

Eine Gangerweiterung, eine Art Warteraum mit badewannengroßen Polstersesseln, winzigen Glastischchen. Hier hielten sie, drückten Arvid in die Polsterung eines Sitzes – er sank tief ein, nahezu bewegungsunfähig. Die Männer blieben stehen. So warteten sie etwa fünf Minuten, dann öffnete sich eine Tür. Darin erschien ein weiterer Mann, ebenso blond, blau gekleidet, unpersönlich, und deutete ihnen an, hereinzukommen. Arvid hatte Mühe, seinem Sessel zu entrinnen, er zappelte, fiel noch einmal zurück, einer der Männer trat heran und half ihm. Hatte er sich dabei verbeugt? Wahrscheinlich bildete es sich Arvid nur ein.

Die vier Männer führten ihn zur Tür, schoben ihn hindurch.

Der Raum, den er betrat, war fast eine Halle zu nennen, obwohl der Einrichtung nach lediglich ein Büro. Ein großer Teil davon fast leer, lediglich ein dunkelrot und schwarz gemusterter Teppich in der Mitte, im Zentrum ein auffälliges Ornament in Weiß und Gold. An der einen Seite mehrere Sitzgelegenheiten derselben Art wie jene des Wartezimmers, nur der Stoff noch schwerer: weichhaariger, dichter Samt. Im Hintergrund des Raums, die Breitseite einnehmend, ein fünf Meter langer Schreibtisch, schwarzes Ebenholz, ein mit dicken Lehnen versehener Sessel, auf dem ein Mann saß und Arvid entgegenblickte. Hinter dem klotzigen Aufbau wirkte er fast klein, doch als Arvid hähertrat, erkannte er, daß er eher ein wenig größer war als die anderen, doch ebenso angezogen, derselbe blaue Anzug, die rote Krawatte, die Manschettenknöpfe . . . nein – an diesen befanden sich zusätzlich auch noch glitzernde Edelsteine, wahrscheinlich Diamanten.

Noch ein zweiter Mann befand sich im Raum, doch er verschwamm fast mit der Tapete. War sein Anzug eine Spur dunkler als jene der anderen? Vielleicht sah es nur so aus, da er in einem etwas dunkleren Winkel stand.

»Sie sind Arvid Siger«, sagte der Mann hinter dem Schreibtisch, dessen leitende Funktion unverkennbar war.

Arvid sah sich nach einer Sitzgelegenheit um, doch in der unmittelbaren Nähe des Schreibtisches gab es nichts derglechen. Er nickte leicht. »Darf ich mich erkundigen, wer Sie sind?«

»Diplomatisches Corps«, sagte der Mann am Schreibtisch kurz.

»Darf ich weiter danach fragen, was das alles zu bedeuten hat?«

»Sie fallen unter meinen Kompetenzbereich«, sagte der Diplomat. »Das ist das Konsulat der Erde. Ich stehe ihm vor. Soweit ich unterrichtet bin, haben Sie noch die Staatsbürgerschaft der Vereinten Nationen.«

»Was soll das?« sagte Arvid, der sich bemühte, seinen Ärger zu unterdrücken. »Wahrscheinlich sind Sie sowieso bestens informiert, wer ich bin, und was ich hier tun soll. Warum dann diese Frage? Wenn Sie aber wirklich der zuständige Konsul sind, dann möchte ich Sie dringend darum bitten, mich aus meiner unangenehmen Situation zu befreien und mir dabei zu helfen, meine Aufgabe zu erfüllen. Vielleicht wäre es am besten, Sie würden mich einmal darüber informieren, was hier eigentlich vor sich geht.«

»Ich habe Sie nicht holen lassen, um mit Ihnen zu plaudern«, antwortete der Konsul. »Ich wüßte auch keinen Grund dafür, Sie über diplomatische Aktionen aufzuklären, die Sie sowieso nicht verstehen können. Und so will ich . . .«

Arvid trat einen Schritt näher an den Schreibtisch, dessen Oberfläche spiegelblank und leer war. Vielleicht hatte es drohend ausgesehen – der Konsul schwieg, und der im Schatten stehende Mann bewegte sich leicht, als würde er sich bereithalten, einen Angriff auf seinen Chef abzuwehren. »Damit gebe ich mich nicht zufrieden«, rief Arvid. »Was glauben Sie, was ich in den letzten Tagen durchgemacht habe! Die Grenzen des Erträglichen sind nun bald überschritten.«

»Sie haben sich aber auch nicht gerade kooperativ benommen«, sagte der Konsul. »Den größten Teil der Unannehmlichkeiten, die Sie ertragen mußten, haben Sie sich selbst zuzuschreiben. Und jetzt treten Sie hier auch noch mit Forderungen auf.«

Arvid atmete hörbar aus. »Wenn es Sie nicht interessiert, was mit mir geschehen ist, so sollten Sie zumindest Interesse an Dr. Jacobson haben, den ich hierhergebracht habe. Sie wissen doch . . .«

»Aber ja, ich weiß«, unterbrach ihn der Diplomat und lehnte sich tiefer in den Stuhl zurück. »Dr. Jacobson – gewiß, gewiß. Für ihn wird alles getan.«

»Wo befindet er sich? Hat man ihn schon behandelt? Besteht Aussicht auf Erfolg?«

»Sie fragen zuviel! – zuviel auf einmal! Zunächst: Dr. Jacobson befindet sich in guten Händen, Sie brauchen sich keine Sorge um ihn zu machen.«

»Und die Behandlung?«

»Er wird behandelt werden – sobald die Zeit dafür reif ist«, erklärte der Konsul. Er stemmte die Hände auf die Sessellehnen. »Aber nun ist es wirklich genug – wir sollten endlich beginnen.«

»Womit beginnen?« fragte Arvid.

Der Konsul beugte sich wieder ein wenig vor, zog eine Schreibtischlade auf, holte ein Stück Papier heraus. Arvid erkannte eine altmodische, verschnörkelte Schrift, konnte sie aber von seinem Standort aus nicht lesen.

»Wir haben hier ein Einbürgerungsgesuch«, sagte der Konsul. »Sie sollen Bürger von Nathan 4 werden, in die Gemeinschaft der Gelehrten aufgenommen. Das ist eine große Ehre. Vorher wären allerdings noch einige Formalitäten zu erledigen.«

»Welche Formalitäten?«

Der Konsul blickte, noch immer über das Papier gebeugt, Arvid von unten herauf an. »Sie stellen mir ununterbrochen Fragen – glauben Sie, wir befinden uns bei einem Quiz?« Er rückte das Papier hin und her, schob es dann mit einer energischen Bewegung wieder in die Schreibtischlade, warf diese zu. »Zunächst einmal haben Sie es versäumt, sich hier ordnungsgemäß anzumelden«, erklärte er. »Was aber noch viel schwerer wiegt . . . Es liegen hier einige Anzeigen vor . . . Von der

Einwanderungsbehörde, von den hiesigen Sicherheitstruppen . . . Von der zentralen Verwaltung.« Er drückte auf eine Taste an der Sessellehne – ein Teil seiner Schreibtischplatte wurde transparent – ein Flüssigkristallschirm, darauf, in leichter Bewegung, ein Schriftzug, in mehrere Absätze gegliedert. »Unerlaubtes Betreten des gesperrten Teils, Auflehnung gegen die Ordnungskräfte . . . Was haben Sie dazu zu sagen?«

»Ich bin mir keiner Ordnungswidrigkeit bewußt«, antwortete Arvid.

Die Stimme des Konsuls wurde plötzlich schärfer: »Wollen Sie leugnen, daß Sie in die verbotene Zone eingedrungen sind?«

»Dazu hatte ich triftige Gründe! Ich wollte versuchen . . . «

Der Konsul schnitt ihm das Wort ab. »Die brauchen Sie mir nicht zu erläutern. Berichten Sie lieber, mit wem Sie sich dort unten getroffen haben!«

Plötzlich war Arvid voll auf der Hut – es war ihm, als höre er ein Alarmsignal.

»Sie schweigen«, sagte der Konsul. »Ist Ihnen bewußt, in welch gefährliche Umtriebe Sie sich verwickeln lassen haben! Aber ich will ja versuchen, Ihnen zu helfen. Wenn man Sie zum Eintritt in diese Gesellschaft eingeladen hat, so wird das seine Gründe haben – Sie wurden mir als tüchtiger Wissenschaftler geschildert. Es wäre doch schade, wenn Ihre Karriere wegen einiger Dummheiten unterbrochen würde!«

»Nun ja, vielleicht hätte ich nicht in den gesperrten Teil eindringen sollen«, sagte Arvid langsam. »Es geschah ja nur deshalb, weil ich hoffte, endlich einmal mit verantwortlichen Stellen Kontakt zu kriegen. Es ging mir um meine Aufgabe, verstehen Sie! Da bin ich . . . Eigentlich geschah nichts Besonderes. Ich geriet in einen Trakt mit Laboratorien . . . Ich traf die Psychologen Gerthsen und Allison, die mir nicht gut gesinnt zu sein scheinen . . . Es kam zu einer Verfolgung, und dabei geriet ich in ein Spiel von Illusionen hinein . . . es war peinlich genug, aber hatte wohl keine Bedeutung.«

»Und weiter«, drängte der Konsul. »Weiter!«

»Weiter . . .« wiederholte Arvid. »Nichts weiter!«

Der Konsul schwieg ein paar Sekunden, dann sagte er: »Es gibt keinen Grund, warum ich mich mit Ihnen länger abmühen sollte! Sie haben ja gar nicht die Absicht, sich helfen zu lassen. Jetzt haben Sie mehr verspielt, als Sie ahnen!« Er drehte sich zu seinem stummen Adjutanten hinüber. Dieser nickte ihm zu. Arvid konnte nicht sehen, ob einer der beiden ein Zeichen gegeben hatte, ein Signal . . . jedenfalls öffnete sich die Tür, die vier Männer, die ihn abgeholt hatten, traten herein, führten ihn hinaus.

*Kontemplationsanlage* *Ortszeit: 0945–1045*

Sie hatten ihn einfach in den Raum hineingeschoben, ohne Erklärungen, ohne Anweisungen. Der Raum hatte die Form eines Drehellipsoids. Er war nur schwach beleuchtet, aber das war nicht der Grund dafür, daß Arvid eine Weile brauchte, um sich zurechtzufinden. In dieser Dämmerung schien eine Art Flüssigkeit zu liegen, materiell nicht wahrnehmbar, die optischen Effekte um so deutlicher . . . Nebel . . . schmutziges Wasser . . . er prallte zurück, da er annehmen mußte, über den geneigten Boden hinunterzurutschen, doch er merkte, daß er durch irgend etwas gehalten – festgehalten – wurde. Außerdem hatte sich die Tür hinter ihm geschlossen.

Die unsichtbare, aber als weicher, nachgiebiger Druck handfest spürbare Kraft schob ihn in einen Brennpunkt des Raums. War dieses Erlebnis schon verblüffend genug, so brachte ihn etwas anderes völlig aus der Fassung: Am anderen Ende des rotationssymmetrischen Raums, am Scheitel des elliptischen Querschnitts, genau gegenüber der Stelle, an der er hereingekommen war, spielte sich dasselbe noch einmal ab. Nicht einfach in dem Sinn, daß ein anderer Mann hereinkam, wie er nach vorn gezogen wurde – nein, er war es selbst – ein zweites Mal –, daran bestand vom ersten Augenblick an nicht der geringste Zweifel. Er fühlte sich selbst, beobachtete den Vorgang doppelt – von zwei Richtungen her, und doch war er ein und derselbe. Eine raffinierte Spiegelung? Es mußte mehr sein – dadurch hätte sich dieser seltsame Effekt einer Bewußtseinsspaltung nicht erklären lassen.

Erstaunt, fassungslos blickte er seinem eigenen Ich entgegen – vom Visuellen her war die Spiegelsymmetrie perfekt, und auch das Körpergefühl zeigte eher eine einzige Identität an als zwei getrennte Individuen. Seine Gedanken allerdings liefen auf zwei Geleisen; obwohl ein wortloses Verstehen vorherrschte, kam es doch zu einem nahezu zwanghaften Gedankenaustausch, ein nicht abbremsbarer Fluß von Bildern, Vorstellungen, Eindrücken in sprunghaft wechselndem Austausch.

Es war ein einziges Gehirn, das da dachte – und das vor sich selbst keine Geheimnisse hatte.

Arvid Siger . . . Neurologe . . . einer der wenigen, die sich für die Wissenschaft begeistern konnten, ausschließlich für die Wissenschaft. Schon als Student . . . nichts anderes im Sinn als lernen, keine Freunde, keine Liebeleien, keine Vergnügungen . . . eine Existenz mit Scheuklappen. Eintritt ins Forschungsinstitut . . . Assistent . . . Fortführung des Studiums . . . mehrfacher Wechsel des Arbeitsplatzes, des Ortes . . . heimatlose Existenz. Die besten Zeugnisse . . . hervorragende Beurteilung . . . einer derjenigen, denen man eine große Zukunft voraussagt . . . Dann das einmalige Angebot: Berufung nach Nathan 4! Eine beschwerliche Reise, große finanzielle Mittel, für mich aufgebracht . . . verständlich also die Verbindung mit einer Sondermission: Dr. Jacobson . . .

Bisher alles normal . . . Erwartungen . . . Hoffnungen – dann der Umschwung. Die mißglückte Landung . . . der Aufenthalt beim Militär . . . die seltsamen Umstände der wissenschaftlichen Arbeit . . . die Psychologen . . .

Ich bin einer der Besten . . . Intelligenzquotient weit über der Norm . . . die Möglichkeit, komplexe Situationen zu überblicken, schwierige Probleme zu lösen . . . und dann diese Hilflosigkeit . . . zurück an den Nullpunkt? Du bist ein Kind . . . alleingelassen . . . einbezogen in ein unbegreifliches, grausames Spiel . . . Jetzt siehst du erst, wie sehr du von anderen abhängig warst . . . du brauchtest dich um nichts zu kümmern, kanntest keinen Alltag, keine Alltagssorgen . . . einzig und allein die Wissenschaft . . .

O Gott, ich verliere immer mehr den Boden unter den Füßen . . . bin ausgestoßen, verzweifelt . . . was ich tue, erscheint falsch . . . keine Erwartungen erfüllen sich . . . keine Hoffnungen . . .

Es gibt keine feste Basis mehr . . . keine anerkannten Werte . . . Jeder sagt mir etwas anderes . . . Keine Möglichkeit, zu prüfen, was wahr ist . . . Wenn ich doch jemand fände, dem ich vertrauen kann . . . Bisher habe ich keine Menschen gebraucht, jetzt vermisse ich sie . . . Jasmine – ich konnte doch niemals erwarten . . . Gerthsen und Dr. Allison, einem Alptraum entsprungen . . . nahezu wehrlos . . . und doch etwas tun müssen . . . Die gesperrte Zone, hätte ich mich selbst für fähig gehalten, alle Gebote zu übertreten? Du konntest nicht anders handeln . . . es gab keinen andern Weg . . . es spielt keine Rolle, wie man Wissen erwirbt . . . Du hast gewußt, was du suchst . . . Du hast es von der Untergrundgruppe gehört . . . Jasmine . . .

Ich hatte keine Ahnung . . . Jasmine . . . Sie will zur Erde zurück . . . auch ich will zur Erde zurück . . . nur nicht hierbleiben müssen!

Kontakt mit ihnen aufnehmen . . . Menschen finden, die man verstehen kann . . . auf einmal das höchste Ziel: zur Erde zurück . . . Sie wollen ja auch nichts anderes, es ist nichts Böses . . . die ersten Menschen, die Vertrauen schenken . . . Vertrauen . . .

Dieses Gespräch . . . Es hat mir mehr gegeben als alles andere hier . . . das erste Mal, daß etwas Sinn hatte . . . das erste Mal Hoffnung . . . Ob die Methode richtig ist? – Ich weiß es nicht . . . Die Funkzentrale suchen . . . mit der Erde Verbindung aufnehmen . . . die Presse informieren . . .

Aber ist das der richtige Weg? Du gehörst doch nicht zu ihnen . . . zu Jasmine, zu Connors, zu Rick . . . dieser Abstellraum mit den Glasfasern . . . in den Untergrund gehen, sich hier verkriechen . . . du bist doch nicht bereit dazu . . . später vielleicht . . .

Tüchtige Leute . . . ich kann sie so gut verstehen . . . handeln, um ein Ziel zu erreichen . . . sie wissen genau, was sie tun . . . das Überwachungssystem anzapfen, das Kommunikationsnetz . . .

Und die weiteren Pläne . . . Du kannst nicht beurteilen, ob sie Chancen haben . . . Aber gewiß haben sie Chancen . . . sie gehen von den richtigen Prämissen aus, von den richtigen Überlegungen . . . Ihre Absichten sind begründet . . . der Institutschef hat es bestätigt . . . Ihm kannst du vertrauen . . . Wenn er selbst die Aktion unterstützt . . . wer könnte wertvollere Ratschläge geben . . . warum zögere ich dann überhaupt noch? Warum zögerst du noch? . . . Warum zögere ich noch? . . .

Plötzlich verliefen sich Arvids Gedanken in einer Sackgasse: Er zögerte . . . er wehrte sich . . . er bemühte sich . . . – Warum? – wozu? Plötzlich wußte er nichts mehr, gar nichts. Sein Kopf war leer, als hätte man alle seine Gedanken daraus herausgepumpt. Was ihm verblieben war, reichte nicht einmal mehr, um die Umgebung zu erkennen. Dieses blendende Licht . . . war es Realität oder bloß eine Folge dieser völligen Leere in seinem Kopf, dieser absoluten Unfähigkeit, auch nur den leisesten Gedanken zu fassen? Aber alle diese Fragen und Zweifel zuckten nur noch schwach in ihm hoch – wie die Flämmchen einer Brandfläche, die erloschen ist.

Ganz schwach hörte er Stimmen: »Wünschen Sie eine Wiederholung?«

»Nein, es genügt.«

»Was sollen wir mit ihm tun?«

»Laßt ihn frei – er ist unwichtig.«

Arvid hatte das Gefühl, aufgehoben, getragen zu werden. Noch immer war es blendend hell um ihn herum, zugleich aber auch dunkel. Ist das Nichts schwarz oder weiß . . .? Eine lächerliche Frage, wie er sich selbst beschied – aber ein

Zeichen, daß nicht alles verloren war . . . daß noch eine Spur Kritikvermögen da war, eigener Wille . . . Er war unbeschreiblich müde. Noch immer wurde er getragen, und er schlief dabei ein.

*Gastzimmer / Gangsystem* *Ortszeit: 2100–2215*

Arvid erwachte in seinem Zimmer. Das erste, was er sah, war das Bild des Meeresstrands mit den brandenden Wellen. Illusion – und doch beruhigend . . . wahrscheinlich gibt es Schlüsselreize, die immer wieder und unter allen Umständen zu denselben Reaktionen führen . . .

Wärme, Stille, lichte Wände ringsherum – ein weiches Lager, das einen in jeder Stellung hält und stützt.

Dann fuhr Arvid erschreckt auf . . . seine Erinnerungen kamen wieder. Einen Moment lang griff er sich an die Stirn . . . fassungslos. War es ein phantastischer Traum . . . befand er sich wirklich hier . . . Aber sein Bewußtsein hatte nicht gelitten – wie in allen anderen Situationen, in denen er sich wach und frisch gefühlt hatte, zweifelte er nicht an der Realität: Gegenwart, Vergangenheit und Zukunft mit eingeschlossen.

Und dann legte er sich auf das Bett zurück, um nachzudenken. Die seltsam zwiespältige Situation im ovalen Raum wurde ihm wieder gegenwärtig, er konnte sich seine Gefühle ins Gedächtnis zurückrufen, und er fand die Art und Weise, wie er dieses Erlebnis aufgenommen hatte, durchaus logisch. Jetzt aber, in der Rückschau, wurden ihm auch die Gründe für dieses entsetzliche Unbehagen klar, nämlich die Erkenntnis, daß es sich um nichts anderes als um ein raffiniert angelegtes Verhör gehandelt hatte. Er würde sie nicht verraten – so hatte er den Angehörigen des Untergrunds versichert. Welcher Leichtsinn! Hatte er im Ernst glauben können, es gäbe keine Mittel, um jemand zum Sprechen zu bringen? Hatte er wirklich daran geglaubt, daß es hier nichts anderes einzusetzen gäbe als die längst überholten Lügendetektoren – Herzschlag, Atemfrequenz, Hautfeuchtigkeit . . . Und war es nicht ein ebensolcher Leichtsinn von den andern gewesen, ihm zu vertrauen, ihm zu glauben?

Aber so naiv waren sie ihm gar nicht erschienen. Vielleicht hatten sie damit gerechnet – ja, sie mußten einfach damit gerechnet haben. Dieser Lagerraum, die Glasrollen, das war sicher nicht ihr Unterschlupf. Sie hatten diesen Raum gewählt, um sich mit ihm zu treffen, hatten sich dann sicher wieder woandershin zurückgezogen. So weit, so gut.

Aber die Menschen? Er hatte sie genannt: Jasmine, Connors, Rick . . . »Wir kehren nicht mehr in unsere Räume zurück – wir bleiben im Untergrund« – so oder so ähnlich hatte Jasmine gesagt. Also war man auch schon längst darüber informiert, wer am Aufstand beteiligt war.

Der Plan, die Funkzentrale zu suchen? Sie hatten sowieso keinen Erfolg gehabt, vielleicht hatten sie es inzwischen längst aufgegeben. Auch hier entstand ihnen keine Gefahr.

Und das Eingreifen des Institutschefs . . . bei diesem Gedanken überlief es ihn siedendheiß. Ja – das mußte der Punkt gewesen sein, um den es ging. Das war das Geheimnis – die Erklärung dafür, daß sich so etwas wie eine ernsthafte Untergrundgruppe überhaupt hatte bilden können . . . auf dem laufenden halten, um Rat fragen . . . hatte Jasmine nicht gesagt, daß es sogar die Anregung des Institutschefs war, die überhaupt erst zum Versuch einer Revolution geführt hatte? Das also war es gewesen, das sie aus ihm herauszukriegen gehofft hatten – und jetzt wußten sie es. Was hatte es für Folgen? Wieder stieß Arvid auf die Mauern seiner Ahnungslosigkeit – er wußte einfach nicht, ob an dieser Information alle weiteren Hoffnungen hingen, ob sie ausschlaggebend war – oder belanglos.

Er erinnerte sich an das kleine Experiment, das ihm Jasmine vorgeführt hatte: das starre Gesicht auf dem Fernsehschirm, die mechanisch dahingeleierten Worte . . . in dieser Situation, insbesondere auch durch die Wiederholung, erschien es fast als bewiesen, daß hier kein agiler, handlungsbereiter Mann mehr gesprochen hatte. Und die großen Präsentationen im Kreise der Soldaten, der Wissenschaftler, der Studenten? Wahrscheinlich war es gerade die falsche Feierlichkeit dieser Augenblicke, das Zeremoniell des Meldens und Grüßens, die Gesten der Ergebenheit und Hochachtung, die den wahren Sachverhalt verschleierten. Unter diesen Umständen, bewundernd oder ergriffen, wie es dem jeweiligen Charakter entsprach, fand keiner Gelegenheit zur kritischen Analyse, zur Wahrnehmung jener Anzeichen, die in ihrer Gesamtheit eben nur einen Schluß zuließen . . . Doch wenn das stimmte, dann mochte noch nicht alles verloren sein – dann hatte sich das Geschehen sowieso schon weiterentwickelt, als daß es ungeschehen gemacht werden konnte – vielleicht gab es gar keinen Grund, an schreckliche Fehler, tragische Schuld zu glauben.

Doch was nun? Hatte er ausgedient? Spielte er keine Rolle mehr in dieser Auseinandersetzung, die sich auf – zumindest für ihn – unfaßbaren Ebenen zutrug?

Früher hätte Arvid nie gedacht, daß er sich für etwas anderes engagieren konnte, das außerhalb seiner Wissenschaft lag, doch nun, stellte er mit Überraschung fest, hatte sich seine Gesinnung geändert, die Nervennetze, Synapsenpotentiale und Diffusionsprozesse in den Membranen interessierten ihn nicht mehr im geringsten, dafür aber war er bereit, alles daran zu setzen, die Entwicklung in dem Sinn zu fördern, wie er es wünschte – mit dem Ziel einer Rückkehr zur Erde.

Und was würde dann geschehen – sollte die Rückkehr gelingen? Darüber wollte er sich jetzt keine Rechenschaft ablegen. Es gab andere brennende Fragen, die er sich eben jetzt stellen mußte: Konnte er irgendwie eingreifen? Bedeutete nicht schon der Gedanke daran eine krasse Fehleinschätzung? Er dachte kurz darüber nach, dann gab er sich selbst die Antwort: Nein! Wie es schien, hatte er doch in irgendeiner bisher noch nicht geklärten Weise mit diesem Geschehen zu tun, mit den Umwälzungen, die sich anbahnten. Seine Aufgabe, die Heilung von Dr. Jacobson – wer weiß, was wirklich dahintersteckte! Vielleicht hoffte man, daß dieser überragende

Wissenschaftler eingreifen könnte, daß er die Dinge wieder in die rechte Bahn bringen könnte. Und so kam ihm, Arvid, doch eine Sonderstellung zu – ein Außenseiter, der nirgends dazugehörte, weder zu den Soldaten, noch zu den Wissenschaftlern, schon gar nicht zu den Psychologen und den Diplomaten und auch nicht zum Untergrund. Vielleicht hatte er sich gerade deshalb den Blick freigehalten für irgendeinen nützlichen Beitrag, die Freiheit zu handeln.

Man brauchte ihn nicht mehr, er war unwichtig – das hatte die Stimme gesagt, die vielleicht dem Konsul gehörte, vielleicht aber auch jemand ganz anderem. Jedenfalls bedeutete dies, daß man ihm keine bevorzugte Beachtung schenken würde – vielleicht konnte er sich sogar frei bewegen.

Oder doch nicht? War das Ganze nur ein Trick, glaubte man vielleicht, er würde versuchen, mit der Untergrundgruppe Verbindung aufzunehmen, hoffte man, auf diese Weise auf ihre Spur zu kommen? Das war also sicher das letzte, das er jetzt tun durfte. Er faßte der Reihe nach verschiedene Dinge ins Auge, mit denen er sich beschäftigen konnte; zuletzt entschied er sich für etwas, was vielleicht nicht zu den ausschlaggebenden Fragen gehörte, aber unter Umständen doch zur Klärung beitragen konnte: Er wollte sich – nun auf eigene Faust – auf die Suche nach der Funkkabine machen.

Er hatte es nicht eilig. Er ruhte sich noch ein wenig aus, folgte dann der Aufforderung zum Mittagessen – war inzwischen ein ganzer Tag vergangen? – und begann dann eine neuerliche Wanderung durch die endlosen Gänge.

Natürlich war es das Sperrgebiet, an das er zuerst dachte, doch dann stellte er sich die Frage, ob es nicht auch in den anderen Bereichen Winkel geben konnte, die er noch nicht kannte, Zugänge zu verborgenen Bereichen, Einrichtungen, die auf andere Art geschützt waren als durch plumpe Fernsehaugen, Lautsprecher und Warntafeln.

Tatsächlich kam er aus dem engeren Umkreis der Wohnungen und des Restaurants hinaus, in höhere Stockwerke, in denen es nicht viel anders aussah als in den unteren Etagen, wenngleich die holografischen Projektionen fehlten.

Hin und wieder begegnete er Wissenschaftlern, die ihm weiter keine Beachtung schenkten. Aber wie sollte er den Weg zur Funkkabine finden? Die oberen Etagen, gewiß – es war anzunehmen, daß auch der Funkverkehr über den Hyperraum an die freie Atmosphäre gebunden war. Deshalb mußte die Kabine nicht gerade an der Oberfläche liegen, die Zuleitungen zu den Antennensystemen konnten beliebig lang sein, aber es erschien unlogisch, sie gerade in den unteren Bereichen zu errichten. Er blickte sich um, um eine Möglichkeit zu finden, noch weiter hinaufzukommen . . .

Ein Mann bog um die Ecke, sah ihn unschlüssig herumstehen, trat auf ihn zu. »Kann ich Ihnen helfen, Herr Kollege? Suchen Sie etwas?«

»Die Funkkabine«, sagte Arvid. Es geschah spontan – er hatte nicht weiter überlegt. Aber warum eigentlich nicht? Was konnte eine direkte Frage schon schaden? »Ich suche die Funkkabine.«

Der andere wies in die Richtung, aus der er gekommen war. »Die Tür geradeaus – Code 26 B 2. Es ist nicht weit.« Er nickte Arvid zu, setzte seinen Weg fort.

Nachdenklich blickte ihm Arvid nach – war das wirklich so einfach? Oder war es schon wieder ein Trick, eine Irreführung. Trotz diesen Bedenken – was konnte es schon schaden? Er folgte der angegebenen Richtung, fand die Tür. Auf der Tafel standen die Wörter MORSE; er wußte nicht, was es bedeutete, aber er drückte den angegebenen Code in die darunter in der Wand eingelassene Tastatur. Immerhin – es handelte sich also um einen getarnten Raum.

*Funkzentrale* *Ortszeit: 2215–2240*

Die Türfüllung glitt zur Seite, er trat ein. Vor sich sah er eine Wendeltreppe, eng und steil geschraubt, schmale, hohe Stufen aus durchbrochenem Blech. Ein leiser Stoß am Rücken – es war die sich schließende Tür. Also aufwärts!

Seine Schritte dröhnten. Nach einigen Minuten geriet er ins Keuchen. Die Mittelsäule, an der die Stufen befestigt waren, trug einen Anstrich von Leuchtfarbe – das Licht war düster und schattenlos.

Noch immer kein Ende abzusehen. Zehn Minuten, eine Viertelstunde. Arvid setzte sich auf eine Stufe und ruhte sich aus. Er wischte sich den Schweiß von der Stirn, wartete, bis sich sein Atem ein wenig beruhigt hatte. Dann stieg er weiter.

Nach einigen Metern – er konnte nicht abschätzen, welche Höhe er von unten an überwunden hatte – erreichte er eine Deckenklappe. Er hob sie auf, ließ sie vorsichtig in eine Halterung rasten, dann stieg er die letzten Stufen empor, betrat einen engen Raum, von dem er im ersten Moment nur erkannte, daß er mit allen möglichen Geräten vollgestopft war. Bis auf einige piepsende Töne war es ruhig.

»Oho – wer besucht mich denn hier?« Aus einer Kabine an der Seitenwand war ein Mann herausgetreten, am Laborkittel als Wissenschaftler zu erkennen, die weiße Farbe allerdings eher in schmutziges Grau verfärbt. Und ziemlich staubig sah auch der ganze Raum aus – am Boden kollerten Wollfasern, graue Schichten lagen auf den Leisten der Regale, die die Wände umkleideten, auf den Werkzeugen, Schachteln und Gläsern, die auf Kunststoffbrettern standen.

Der Mann, der nun vor Arvid stand, war vielleicht 60 Jahre alt, hager, auf dem Kopf eine Kappe, an der das Emblem eines Blitzes eingestickt war.

»Ich bin Walter Brinks«, sagte der Mann. »Wollten Sie wirklich zu mir? – hier ist die Funkkabine.«

»Aber gewiß«, bestätigte Arvid. Er nannte seinen Namen und fügte hinzu: »Es war schwer, Sie zu finden!«

»Ich befinde mich hier auf verlorenem Posten«, sagte Brinks. »Aber setzen Sie sich doch!« Er schob einen Schemel hervor, wischte mit einem schmutzigen Tuch darüber. Arvid setzte sich, und Brinks zog aus der Kabine einen Rollstuhl heran, der so aussah, als würde er jeden Moment zusammenbrechen.

»Aber was führt Sie zu mir?«

»Ich bin neu hier«, sagte Arvid. »Ja – das ist der Grund. Ich habe mich einfach dafür interessiert, wo jene Stelle ist, die mit der Erde Verbindung hat. Wollte mich erkundigen, ob es vielleicht sogar möglich ist, einmal eine Nachricht zu übermitteln.« Während der ersten gewechselten Worte hatte er sich unauffällig umgesehen: Der Raum, in den er geraten war, hatte die Form einer Kuppel; von Schulterhöhe an war er mit Glas überdeckt, obwohl das nicht ohne weiteres zu erkennen war – die Wände waren mit allen möglichen Geräten verstellt. Waren das die Funkeinrichtungen? Konnte man mit diesen Anlagen die unendlichen Weiten des Weltraums über den Hyperraum überwinden? Das meiste erschien ihm altmodisch, überholt – diese Skalen, auf Messing geprägt, diese hölzernen Handgriffe, diese groben Schrauben, mit denen die Teile zusammengefügt zu sein schienen. Die Sicht nach oben allerdings war frei, das Glasdach schien sauber zu sein. Nach langer Zeit – vielleicht schien es ihm länger, als sie war – sah er wieder die einzigartige Konstellation der Monde und Lunoiden, deren orangegelber Glanz den Himmel überstrahlte.

»Eine Nachricht? Vielleicht sogar eine private?« Der Funker drohte mit dem Finger. »Das ist doch nicht möglich – haben Sie vielleicht Heimweh? Davon habe ich bei den anderen noch nichts bemerkt – es gibt Mittel, mit solchen altmodischen Schwächen fertig zu werden.« Während er dies sagte, lächelte er liebenswürdig, als wäre er von diesen Umständen nicht selbst betroffen.

»Nun ja«, sagte Arvid stockend, als wäre er in Verlegenheit geraten. »Ich sagte es ja schon: Ich bin neu hier. Eigentlich habe ich mich noch nicht so recht hineingefunden – ich habe das Gefühl, daß sich niemand um mich kümmert. Es scheint da gewisse Meinungsverschiedenheiten zu geben.«

»Meinungsverschiedenheiten? – die gibt es, seit wir auf diesen Planeten übersiedelt sind. Aber das alles ist nichts Ernstes. Überhaupt dürfen Sie die Situation hier nicht allzu ernst nehmen.«

Arvid ließ nicht locker. »Und wie steht es nun mit einer Nachricht?«

»Na – ich weiß nicht recht . . . Ich möchte Ihnen ja gern helfen. Aber diese Funkverbindung ist recht kostspielig – und sie ist sehr langsam, müssen Sie wissen. Haben Sie eigentlich eine Ahnung, was es bedeutet, den Funkverkehr über den Hyperraum zu leiten?«

»Offen gestanden: nein«, antwortete Arvid. »Was gibt es denn für Probleme?«

»Sie haben sich wohl vorgestellt, man hebt den Telefonhörer und ist schon mit seinem Mädchen auf der Erde verbunden! Leider ist das ganz anders: Der Hyperraum nimmt keine Funkwellen auf. Wir müssen jede Nachricht, die wir übermitteln wollen, auf materielle Träger aufgebracht transferieren. Erst von Relaisstationen aus arbeiten wir wieder mit normalem Funk.« Er deutete auf die Geräte ringsherum. »Glauben Sie denn, wir kämen sonst mit diesen schwachen Sendern aus?«

Arvid drehte sich auf seinem Stuhl herum, begutachtete die Einrichtungen nun offen. »Das verstehe ich nicht . . . primitive, altmodische Geräte – für den Funkverkehr über den Hyperraum! Wie reimt sich das zusammen?«

»Ich sagte es Ihnen doch: Da wir auf die Beförderung von Materie angewiesen sind, geht der Funkverkehr nicht rascher vor sich, als sich ein Raumschiff bewegen kann. Es wäre also überflüssig, hier Anlagen aufzustellen, die Tausende von Bytes pro Sekunde übermitteln. Für unsere beschränkte Kapazität genügt die alte Morsetaste. Natürlich bediene ich mich nicht mehr des alten Codes – Punkt-Strich-Punkt und Zwischenraum –, sondern benutze digitale Verschlüsselung. Aber im Grunde genommen ist der Unterschied gar nicht so groß.« Er legte eine Hand auf ein Gerät, das an eine altmodische Heftmaschine erinnerte, und drückte in überraschend kurzer Folge. Wieder klang der schwache Piepston auf, den Arvid vorher schon gehört hatte.

»Und Sie meinen, es wäre zu teuer . . .«

»Zu teuer – ach was! Wir nutzen die Kapazität kaum aus. Die

Schwierigkeit liegt woanders: Auch mit der Erde können wir nur über ein Relais Verbindung aufnehmen, und dafür wieder gibt es nur eine einzige, offizielle Station . . . Da müßten Sie schon eine offizielle Erlaubnis haben – anders geht nichts heraus . . . tut mir leid!«

Arvid schämte sich ein wenig, weil er den Alten in einen Gewissenskonflikt gebracht hatte, doch viel wichtiger war die Information, die dieser nebenbei gegeben hatte: daß es nicht viele Nachrichten zu übermitteln gab. »Was haben Sie da gesagt? . . . nicht ausgelastet? Ich meinte, von hier aus ginge ein stetiger Informationsfluß zur Erde, all die neuen Erkenntnisse und Entdeckungen, all das Wissen, das hier erarbeitet wurde.«

Brinks zuckte bedauernd die Schultern. »Damit habe ich nichts zu tun. Vielleicht geht die Übermittlung auf anderem Weg vor sich, vielleicht durch Kuriere? Ich habe jedenfalls noch nie irgendwelche wissenschaftlichen oder technischen Daten durchgegeben. Wenn jemand vom Funksystem Gebrauch macht, dann geht es eher um Verwaltungsfragen – um Personen, die man hierher schickt und so fort.«

»Und der Funkverkehr mit den Raumschiffen . . .? Bodennavigation? Einrichtung des Peilstrahls? Haben Sie damit zu tun?«

Brinks machte eine wegwerfende Handbewegung. »Das machen die Automaten, darum brauche ich mich nicht zu kümmern. Sie nehmen Verbindung auf, geben die nötigen Anweisungen. Natürlich erfahre ich es, wenn jemand ankommt, aber, wie schon gesagt . . .«

Arvid nickte – wieder eine der Ungereimtheiten dieser Institution. »Dann müßten Sie ja eigentlich die Nachricht von meiner Ankunft bekommen haben – oder arbeitet hier auch noch jemand anderer? – mein Name ist Arvid Siger . . . Erinnern Sie sich nicht?«

»Doch . . . da war doch irgend etwas . . . der letzte Transfer . . . Ja: Ich hab's – das waren also Sie! Sie sind Neurologe.«

Arvid bestätigte es. »– bekamen Sie nicht auch eine Information über eine zweite Person? – über einen Kranken: Dr. Jacobson«, fragte Arvid.

»Nein, da bin ich sicher«, erwiderte Brinks. »Allerdings . . . da war noch etwas beigefügt – eine verschlüsselte Meldung. Gab es denn eine zweite Person? Waren Sie nicht allein? Das wäre das erste Mal, daß man uns zwei Personen auf einmal geschickt hat!«

Arvid nickte. Und trotzdem verstand er nicht – eine so dürftige Verbindung zur Erde! Vielleicht gehörte auch dies zu den geplanten Verunsicherungen, vielleicht gab es noch eine andere Möglichkeit, Nachrichten auszutauschen – deshalb wurde ja schließlich dieses Institut gegründet: um die Erde mit dem wertvollen Wissen zu versorgen, das hier entstand.

Arvid wandte sich wieder dem alten Funker zu. Er schien zufrieden, und doch bedauerte er ihn. »Füllt Sie denn diese Aufgabe aus? Funkzeichen eintippen, mit der Hand? Ist das nicht ein wenig« – er suchte nach einem milden Ausdruck – »langweilig?«

Brinks lächelte. Er ließ seinen Stuhl in die Kabine zurückrollen, wies hinauf zum Himmel. »Sehen Sie? – diese Gruppe von Sternen? Zwei davon stehen nahe beieinander, kreisen um einen gemeinsamen Schwerpunkt. Von dort empfange ich Funksignale. Dieses System muß einen Planeten mit intelligenten Bewohnern haben. Hören Sie nur: . . .« Er ließ einen Hebel herumschnellen, und plötzlich war der Raum von seltsamen Tönen erfüllt: schwingenden Pfiffen, tiefen Gongschlägen, kurzen Brummgeräuschen, die eine Art Takt angaben. Es hörte sich hübsch an – aber was bedeutete es? Arvid erkundigte sich danach.

»Was es bedeutet . . . Wer weiß? Es kann alles mögliche sein – simple Nachrichten oder Musik, Hilferufe oder die Bitte nach Gedankenaustausch . . . Aber eines Tages werde ich es wissen.«

Die Äußerungen von fremdem Leben? Bewohner eines Planeten, der zu zwei Sonnen gehört . . . Wahrscheinlich führt er komplizierte Bahnen durch, kann dort überhaupt Leben entstehen?

»Überall kann Leben entstehen«, sagte der Alte geheimnisvoll.

»Und was tun Sie dazu, um diese Signale zu entziffern?«

Der Alte ließ den Hebel zurückschnappen, es war wieder still im Raum. »Sie denken an Kryptografie, an statistische Untersuchungen, an Häufigkeiten, Varianten? Nein, nein – ich glaube nicht, das uns so etwas hilft. Ich glaube . . .« Er sprach nicht weiter.

»Woran glauben Sie?« fragte Arvid.

»Ich glaube«, sagte Brinks leise, aber bestimmt, »daß sich mir diese Nachrichten eines Tages von selbst erschließen werden. Es kann doch nicht sein, daß die einzige Möglichkeit der Verständigung zwischen intelligenten Wesen über das Auszählen von Zeichenkombinationen führt! Ich bin einfach davon überzeugt, daß es andere Möglichkeiten gibt – vielleicht hängt das von der Entwicklungsstufe ab, auf der man sich befindet, vielleicht aber auch nur vom guten Willen.« Er hatte den Kopf zu den Sternen erhoben, drückte eine Taste unterhalb der Platte seines Pults – die Kuppel begann zu kreisen. Sie bewegte sich so sanft und leicht, als befände sie sich auf einem schwimmenden Medium – Arvid hatte die Bewegung zuerst nur daran bemerkt, daß sich die Konturen der Parabolantenne, die oben am Zenit der Kuppel befestigt war, gegen den Hintergrund der Sterne zu verschieben begannen.

»Wir sind nicht die einzigen, die mit anderen in Verbindung treten wollen«, flüsterte Brinks. Wieder bewegte er eine Taste, und wieder war der Raum von seltsamen Lauten erfüllt. Nun wechselten sie stark, wurden lauter und leiser, änderten ihren Takt und ihre Ordnung, manche klangen eintönig, hölzern, andere so kompliziert, daß man Mühe hatte, ein bestimmtes Regelmaß dahinter zu erkennen. »Sie wollen Verbindung aufnehmen – anders kann es gar nicht sein. Es wäre sonst völlig sinnlos, Signale über riesige Entfernungen hinweg in die Tiefe des Weltraums zu senden. Vielleicht unterhalten sie sich auch schon längst miteinander, haben die Fesseln abgestreift, die durch eine beschränkte Ausstattung mit Sinnesorganen gesetzt sind. Eines Tages werden auch wir dabei sein . . .« Er stützte den Kopf in die Hand und lauschte verzückt.

Arvid stand auf, schob den Schemel beiseite – der Alte beachtete ihn nicht weiter. Dann trat er zur Klapptür, stieg die ersten Stufen hinunter, ließ den Deckel vorsichtig herabgleiten und machte sich dann auf einen langen, wenn auch nicht mehr ganz so anstrengenden Rückweg.

*Aussichtskanzel* *Ortszeit: 0300–0350*

War es Tag oder Nacht? Im Grunde genommen war es gleichgültig. Dem sonnenlosen Sternenhimmel entsprechend mußte es zumindest schon spät am Tag sein, doch er wußte ja nicht einmal, wie rasch sich der Planet um die Sonne bewegte, ob der Tag-und-Nacht-Rhythmus einigermaßen jenem der Erde entsprach; wahrscheinlich nicht! Als Nacht galt hier die Ruheperiode zwischen den Tagesabläufen; als Tag die Spanne zwischen zwei Ruhephasen, die Zeit der Ausbildung, der Tests und der wissenschaftlichen Forschung. Doch auch die Nacht war keine Zeit der Ruhe – irgendwo im Untergrund arbeiteten die Maschinen, der riesige Reaktor, die chemischen Anlagen zur Reinigung von Luft und Wasser, irgendwo befanden sich die biochemischen Tanks, in denen Kohlehydrate und Eiweiß erzeugt wurden, die chemischen Fabriken, in denen sie in jene Form gebracht wurden, die den Menschen frische, naturhafte Nahrung vorgaukelte. Irgendwo waren Wesen am Werk, die diese Anlage überwachten – wahrscheinlich Androiden, von mäßiger Intelligenz, aber unfehlbarer Präzision, mit scharfen Sinnen versehen, aber ohne Gefühle. Wahrscheinlich aber gab es irgendwo auch Menschen, für die die bürokratische Einteilung in Tag und Nacht nicht galt, jene leitenden Beamten, die nur selten oder gar nicht in Erscheinung traten, Diplomaten wie der Konsul und seine Mitarbeiter, oder gar der Institutschef, der – wenn er überhaupt noch am Leben war – irgendwo, völlig vereinsamt, dahinvegetieren mußte: darauf beschränkt, seinen Mitarbeitern hin und wieder einige aufmunternde Worte zu sagen. Von allen jenen, die hier tätig waren, schien seine Aufgabe die traurigste zu sein, eigentlich völlig unerträglich für einen intelligenten Menschen, der dieser Mann doch sein mußte. Und schließlich waren noch weitere am Werk, die sich mit den Dingen, so wie sie waren, nicht abfanden, die den Aufstand planten, die das System zerstören wollten, die den wahnsinnigen Plan gefaßt hatten, zur Erde zurückzukehren, und wenn sie sich die Rückkehr mit Gewalt erzwingen mußten.

Doch wie sollte es weitergehen? Arvid hatte die Funkzentrale gefunden, und er hatte festgestellt, daß dort keinerlei Aussicht bestand, eine Nachricht, eine Erklärung, einen Anruf, vielleicht sogar einen Hilferuf zur alten Heimat zurückzusenden. Vielleicht suchten sie immer noch danach, vielleicht brachten sie sich dadurch in Gefahr. Sollte er nicht versuchen, ihnen das Ergebnis seiner Nachforschungen mitzuteilen? Er würde einen Weg dazu ausfindig machen, und er würde alles daransetzen, sie nicht noch einmal in Gefahr zu bringen. Jasmine! Auf einmal war ihm alles egal, Nathan 4, die Wissenschaftler, Dr. Jacobson, selbst die Rückkehr zur Erde, er wäre einfach glücklich gewesen, hätte er Jasmine bei sich gehabt.

Arvid lag noch wach auf dem Bett, den Vorhang vor das Hologramm gezogen, als ein Schnarrsignal ertönte, dann die Stimme aus dem Lautsprecher: »Arvid Siger, Sie werden von Herrn Berthé erwartet. Bitte, suchen Sie Herrn Berthé auf – womöglich unverzüglich!«

Aus dem Ausgabeschlitz des internen Fernschreibesystems glitt wieder ein Stück Papier. Arvid riß es ab, er glaubte zu wissen – und es bestätigte sich –, was darauf war: ein Lageplan mit eingezeichnetem Weg zur Professor Berthé. Er zog die Jacke an und verließ den Raum.

Er kam an eine Tür heran, an der er sicher schon oft vorbeigegangen war, auf dem Schild der Schriftzug BERTHÉ. Allerdings war Arvid sicher, daß die Aufschrift bisher anders gelautet hatte, irgendwie nichtssagend – in der Umgebung befanden sich einige Lager- und Archivräume mit den entsprechenden Angaben. Er steckte sein Identifikationskärtchen ein, die Tür glitt auf.

Im ersten Moment glaubte Arvid, in eine riesige dunkle Halle zu treten, und in gewissem Sinn war das auch richtig, denn der Raum, in dem sich Professor Berthé aufhielt, gehörte zu einer Halle, war nichts anderes als ein kleiner Aufbau an ihrem Rand, ähnlich der Kanzel des Vorarbeiters, von der aus er das Geschehen in der Fabrik überwacht. Nahe der Glaswand, die die Trennwand bildete, auf einem riesigen Schaukelstuhl mit Stahlrohruntersatz, saß ein Mann mit schmalem Gesicht, leicht gewelltem mittellangem Haar. Er rauchte eine Zigarre, hatte einen Schlafrock und Pantoffeln an. Rechts neben ihm standen zwei junge Männer in blauen Anzügen. Als Arvid eintrat, winkte er ihm mit der Zigarre zu, deutete ihm an, auf einem Stuhl, der direkt an der Glaswand stand, Platz zu nehmen. Die beiden Männer wies er an, den Raum zu verlassen.

»Sie sind Professor Berthé?« fragte Arvid. »Hat man sie befreit? Ich hoffe, daß Ihnen nichts geschehen ist. Sind Sie krank?«

»Unsinn«, antwortete Berthé. »Keine Floskeln. Sie sind Arvid Siger. Höchste Zeit, daß wir zusammentreffen.«

»Sie wurden nicht entführt?«

»Entführt – nein! Es war eine Ausrede – ich wollte ungestört sein, hatte zu tun. Diese Situation . . . die Unruhe . . .« Er griff in die Tasche seines Morgenrocks, holte eine Schachtel heraus, hielt sie Arvid hin. »Wollen Sie?«

Arvid lehnte dankend ab. Obwohl ihn das, was ihm Professor Berthé zu sagen hatte, brennend interessierte, warf er doch einen Blick zur Seite, in die Halle hinunter . . . Ein riesiger Hohlraum – eigentlich gar nicht zu sagen, ob man ihn als Halle bezeichnen konnte, denn weder nach oben, noch nach hinten oder nach der Seite war eine Begrenzung zu erkennen. Es mußte sich um eine riesige Höhlung handeln, so groß, daß man sich fast schon wieder im Freien befand. Doch die Decke war offenbar geschlossen – Arvid sah keine Sterne, obwohl er sich bückte, um nach oben blicken zu können.

»Eindrucksvoll, wie?« fragte Berthé. »Aber lassen Sie sich nicht ablenken!«

»Vielleicht könnten Sie . . .«

»Ja, ja – es wäre wünschenswert gewesen . . .« Berthé sprach nicht zu Ende, sog an seiner Zigarre.

Nach einer Weile sagte Arvid: »Sofort nach meiner Ankunft habe ich versucht, mit Ihnen, Herr Professor, Verbindung aufzunehmen . . .«

Berthé machte eine unbestimmte Bewegung mit der Zigarre. »Ich bin kein Professor. Ich bin Politiker.«

Arvid schüttelte ungläubig den Kopf. »Aber ich sollte doch bei Ihnen . . . meine Ausbildung fortsetzen . . .«

»Es tut mir leid – man hat Sie falsch informiert. Aber es gab triftige Gründe dafür.«

»Ich sollte meine Studien fortsetzen . . .«

Wieder unterbrach ihn Berthé. »Was wollen Sie lernen? Wozu? Hier?«

»Sofort nach meiner Ankunft – da gab es Schwierigkeiten. Die Soldaten . . .«

». . . haben nichts zu sagen. Sie hätten sich nicht darum kümmern sollen!«

Arvid brauste auf: »Das sagen Sie so! Man hat mich mit Gewalt festgehalten. Und dann die Wissenschaftler . . . die Psychologen . . .«

»Spintisierer, Tagträumer! Glauben Sie wirklich, daß diese Leute imstande sind, etwas Praktisches zu tun? Reale Arbeit, um Leben zu erhalten? – die einzige Arbeit, die Sinn hat?«

Berthé war mit seinem Schaukelstuhl in heftige Bewegung geraten, nun stand er auf, stützte sich an die Wand, als fiele es ihm schwer, sich auf den Beinen zu halten. »Sehen Sie doch, dort unten«, er hielt die Zigarre im Mund, und es sah so aus, als wolle er sie als Zeigestock benutzen, »hier liegt der Sinn der Wissenschaft: Physik und Chemie, Biologie und Robotronik – man muß die Verbindung mit der Praxis aufrechterhalten. Das können keine Wissenschaftler und keine Techniker – wenn man sie nicht am Zügel hielte, dann würden sie in den freien Raum hinauspreschen, haltlos, sinnlos – denken Sie doch an diese Legionen von Verrückten, die ihrer Zeit voraus zu sein glaubten und in Wirklichkeit nichts versuchten, als das Unmögliche möglich zu machen. Der Schneider von Ulm, Amundsen, Ziolkowski . . . Das Perpetuum mobile bauen, Gold machen, fliegen, die Welt umsegeln . . . alles Zeitverschwendung. Wir Politiker sind es, die so etwas verhindern müssen.«

»Aber das waren doch Pioniere – sie haben den Fortschritt vorwärtsgetrieben!«

»Ach was, Pioniere! Sie hätten warten sollen, bis die Zeit reif ist – dann geht alles ohne Risiko, voraussehbar, kontrollierbar. Pioniergeist, Risikobereitschaft – daß ich nicht lache! Kindereien! Gefährliche Kindereien!«

Arvid war erschüttert. Zwar waren ihm an jener Wissenschaft, die hier betrieben wurde, schon einige Zweifel aufgekommen – doch dieser Mann wischte mit einer Bewegung seiner Zigarre sämtliche technischen Pionierleistungen beiseite, machte die Großtaten menschlichen Forschungsdrangs zu Makulatur. Und dann erschrak Arvid ein zweites Mal: Er merkte nämlich, daß es gar nicht so sehr die ketzerische Respektlosigkeit von Berthé war, die ihn aufregte, sondern ein ahnendes Eingeständnis, daß irgend etwas Wahres an dem dran war, was er sagte.

Berthé stützte sich nur noch mit einem Arm an die Glaswand, hatte seinen Körper ein wenig zu Arvid herumgedreht. Der Morgenrock klaffte an seiner weißhaarigen Brust. »Es ist immer noch die Regierung der Erde, die dafür sorgen muß, daß alles funktioniert. Selbst im fernsten Weltraum, unter der Mitwirkung einer massiven Portion von Intelligenz, wie sie noch nie auf einem Fleck zusammengeholt worden war, müssen wir einspringen. Wir müssen die Dinge, die den anderen aus der Hand gleiten, beurteilen, ohne Diskussionen darüber, ob Probleme deduktiv oder induktiv zu lösen sind. Wir müssen sie lösen, so oder so. Das nenne ich Verantwortung.«

Als hätte ihn plötzlich Schwäche übermannt, ließ er sich wieder in seinen Schaukelstuhl zurückfallen. Ein Klümpchen Asche kollerte über seinen Mantel. »Das Militär mit seinen Kriegsspielen, die Wissenschaftler mit ihren Existenzbeweisen ... die Psychologen mit ihrem Leib-Seele-Problem! Theater im Elfenbeinturm! – keine Spur von Wirklichkeitssinn, Kinder im Sandkasten! Sehen Sie sich doch diese Anlage dort unten an!: ein riesiges System, vollautomatisiert. Und doch muß man sich darum kümmern – von selbst funktioniert es nicht.«

»Wer kümmert sich darum?« fragte Arvid. »Androiden? Roboter? Können sie Ingenieure ersetzen?«

»Wir brauchen keine Ingenieure; was sie machen, ist Routine, und das können wir den Automaten überlassen. Sicherheitskontrollen, Stichproben, das Durchchecken der Anlagen ... die Suche nach Fehlern, die Behebung von Störungen ... die Vervollkommnung der Methoden, Verbesserung der Baustoffe ... es ist nicht die Technik, die uns Schwierigkeiten macht – die Technik können wir in den Griff bekommen. Schwierigkeiten kommen immer von den Menschen. Stellen Sie es sich vor: eine solche Konzentration von kreativen Individualisten. Was ist das anderes als ein potentieller Unruheherd, eine stete Quelle von Streit und Intrige. Die ständig Unzufriedenen, die permanenten Besserwisser! Immer wieder gibt es welche, die aus der Ordnung ausbrechen wollen. Aussteiger, Anarchisten, Freiheitskämpfer! Dabei glauben sie, es wäre etwas Neues!«

Gegen seinen Willen war Arvid beeindruckt, wenn auch aus widersprüchlichen Gründen. Doch jetzt war Berthé mit seinen Ausführungen an einem Punkt angekommen, wo er hoffen durfte, etwas Konkretes zu erfahren – über die Gründe für die gespannte Situation, die hier entstanden war. »Und jetzt«, fragte er, »worum geht es jetzt?«

»Diesmal ist es besonders schlimm«, erklärte Berthé. »Eine Art Revolution ... und an der Spitze der Institutschef ...«

»– an der Spitze der Institutschef? Ist das wirklich wahr? Ich hatte eher den Eindruck . . .«

»Tun Sie doch nicht so, als wüßten Sie von nichts!« fuhr ihn Berthé an. »Sie stecken ja selbst bis zum Hals in diesem Spiel mit drin. Sie haben mich sehr enttäuscht!«

»Aber ich habe mich doch bemüht . . . seit ich hier angekommen bin . . .«

»Was nützen mir Ihre Bemühungen? Haben Sie sich vielleicht bei mir gemeldet? Soll ich vielleicht auch noch jedem Mitarbeiter nachlaufen – damit er das tut, was seine Pflicht ist?«

»Aber ich wußte ja nicht, hatte keine Ahnung, was hier geschehen ist. Ich sollte doch . . .«

»Sie sollten mir Dr. Jacobson bringen.«

»Ich habe Dr. Jacobson mitgebracht – man hat mir den Behälter mit Gewalt abgenommen. Und alle meine Bemühungen, Informationen darüber zu bekommen, schlugen fehl!«

»Sie gehören eben auch zu jenen weltfremden Existenzen, die versagen, wenn sie einmal mit echten Problemen konfrontiert sind.«

»Aber niemand wußte etwas davon . . .«, warf Arvid ein.

»Natürlich wußte niemand davon – schließlich ging es ja um eine vertrauliche Aktion. Ich war der einzige, der informiert war – schließlich habe ich Sie ja angefordert. Und ich habe Sie dringend erwartet. Diese Verzögerungen . . .«

»Meinen Sie, daß die Hilfe für Dr. Jacobson zu spät kommt?«

Berthé sah Arvid ein wenig spöttisch an. Dann sog er paffend an seiner Zigarre. Undeutlich stieß er heraus: »Hilfe?«

»Gewiß«, sagte Arvid. »Dr. Jacobson ist krank – das wissen Sie doch. Eine Zelldegeneration. Eine Krankheit, die wir auf der Erde nicht heilen können.«

»Und Sie glauben wirklich an ein solches Zusammentreffen? Gerade der fähigste Gelehrte der Welt, der große Dr. Jacobson, wird von einer ganz besonderen, ja einer einmaligen Krankheit befallen. Und so bleibt nichts anderes übrig, als den Neurologen Arvid Siger auf Nathan 4 zu schicken, damit er ihn möglichst bald in ärztliche Betreuung übergibt. So haben Sie es sich doch vorgestellt, nicht wahr?«

»War es nicht so?« stammelte Arvid.

»Wie ich sehe, hat man Sie nicht informiert. Na ja, man wird Gründe dafür gehabt haben – im Grunde genommen ist es mir gleichgültig. Um es vorwegzunehmen: Dr. Jacobson ist so gesund wie Sie und ich. Ich muß ihn bloß aus seinem Zustand erwecken lsssen – wenn die Zeit reif ist. Die Aktivierung dürfte keine Schwierigkeiten bereiten. Und die Instrumente zur Einspielung der Information sind vorbereitet.«

Arvid blickte den Politiker verständnislos, ja verzweifelt an: »Aber wieso ... Ich sollte doch ...« Er mußte an all das denken, was man ihm versprochen hatte: eine Sonderausbildung in seinem Fach, Beteiligung an Forschungsprojekten ... »Ich sollte meine Kenntnisse vervollkommnen, Sie sollten mein Lehrer sein. Die letzten Erkenntnisse der Neurologie ... Ich hatte gehofft ...«

»Sie sind Neurologe? Interessant! Womit haben Sie sich beschäftigt?«

»Mit dem Metabolismus der Zelle, mit der Steuerung des Wachstums. Blockierung und Aktivierung von Genabschnitten, die Erzeugung spezifischer Eiweißkörper. Dabei interessieren mich besonders die praktischen Fragen, die dahinterstecken: Neubildung von Organen, Klonbildung, das Krebsproblem. Sie wissen ja selbst, welche aufregenden Möglichkeiten dahinterstecken: Tote zum Leben wiederzuerwecken, vielleicht sogar die Unsterblichkeit ...«

Berthé lächelte über den Eifer, in den Arvid geraten war. »Da kommen Sie leider etwas zu spät«, verkündete er. »Alle diese Fragen sind längst gelöst. Und die Unsterblichkeit ...«

Arvid blickte ihn erwartungsvoll an.

»Wissen Sie nicht, wie hoch das Durchschnittsalter der Gelehrten ist, die hier arbeiten?«

Arvid schüttelte den Kopf.

»Fünfhundert Jahre. Ja – Sie brauchen gar nicht so ungläubig zu schauen: Das war ja der Grund dafür, diese Menschen von den anderen zu isolieren. Man hat sie unsterblich gemacht – aus irgendwelchen versponnenen idealistischen Vorstellungen heraus, ohne zu überlegen, ohne die Folgen zu bedenken. Ein ungeheuerlicher Mißgriff! Stellen Sie sich das vor: eine kleine Gruppe von Unsterblichen, in einer Gemeinschaft mit den anderen, die zum Tod verurteilt sind. Glauben Sie, daß diese das ertragen können? Halten Sie ein solches System für stabil?«

Arvid hatte ihm nicht mehr zugehört . . . Die Unsterblichkeit! Er hatte davon geträumt, hatte geahnt, daß dieser Traum realisierbar sein müßte. Und insgeheim hatte er gehofft, daß er diesem Ziel – irgendwann in späteren Jahren, als Höhepunkt seiner Laufbahn – einen Schritt näherkommen könnte. Und nun – das Problem war gelöst, von anderen, schon viel früher, vor Jahrhunderten. Er konnte es nicht verstehen. »Warum hat man es geheimgehalten – stellen Sie sich doch vor, was das für die Menschheit bedeuten würde: ein unbegrenztes Leben, keine Angst mehr vor dem Tod! Wie kommt es, daß davon auf der Erde nichts bekannt ist?«

Berthé schien ungeduldig. »Sie haben nicht zugehört! Ich sagte es Ihnen doch schon: . . . weil dieser Eingriff unabsehbare Folgen für die menschliche Existenz haben würde. Wissen Sie nicht, wie rasch sich die Menschheit sowieso schon vermehrt? Haben Sie je danach gefragt, wie hoch der Anteil alter, pflegebedürftiger Menschen auf der Erde schon ist? Die Probleme, die sich daraus ergeben – eine Katastrophe!«

»Aber die Wissenschaftler . . .«

»So hat man sich das eben einmal vorgestellt: die großen Geisteskapazitäten für die Menschheit erhalten! Man bildete ein Komitee, stritt darüber, wem diese Ehre gebühren würde – natürlich alles streng geheim. Die großen Naturwissenschaftler, die berühmtesten Ärzte – Nobelpreisträger erste Anwärter. Nun ja – an ihnen hat man die Methode erprobt – wie Sie sehen, mit Erfolg. Und dann hat man sich rasch eines besseren besonnen, gerade noch rechtzeitig. Es waren Politiker, die das Problem schließlich lösten: mit Nathan 4. Es war eine glückliche Fügung, daß damals gerade der Hyperraumflug möglich wurde. Man hat sie abgeschoben, alle miteinander, so rasch als möglich. Und nun sind sie hier, ständig in Bewegung, unermüdlich am Werk, müssen ständig versorgt werden, betreut – eine Aufgabe für die Ewigkeit! Und wer muß sie lösen?« Er stemmte die Füße gegen den Boden, so daß sich der Schaukelstuhl aufrichtete, blickte Arvid gerade in die Augen. Doch er erwartete nicht, daß dieser die Frage beantwortete. »Schlagen Sie sich erst einmal mit lauter Prominenten herum – diese ewigen Sonderwünsche, diese ewige Unzufriedenheit. Und immer wieder neue Ideen, Unruhe, Forderungen, dies oder jenes anders zu machen, zu verbessern. Die meisten Vorschläge undurchführbar, sinnlos . . . Und das versuchen Sie einmal klarzumachen: gerade jenen, die keine Meinung außer der eigenen gelten lassen! Und so fühlen Sie sich mißverstanden, beklagen sich über die Bürokratie, kommen immer wieder mit neuen versponnenen Ideen. Die Unsterblichkeit! – ist es möglich, daß sie zänkisch macht, streitsüchtig? Fast kommt es mir so vor. Vielleicht haben Sie gedacht, Menschen, denen man die Unsterblichkeit geschenkt hat, müßten glücklich sein. Das ist ein Irrtum. Sie nahmen es hin wie einen Preis, den man ihnen schuldig ist.«

»Und ich hatte gehofft, hier etwas lernen zu können – bei Ihnen!«

»Inzwischen haben Sie doch längst bemerkt, daß ich nicht zu den Wissenschaftlern gehöre. Es muß irgendein Spaßvogel gewesen sein, der Ihnen das weisgemacht hat! Ich bin Sonderbeauftragter der Vereinten Nationen, Regierungsbeamter mit besonderen Vollmachten. Ich habe hier eine Aufgabe zu erfüllen, und Sie werden mir dabei helfen.«

»Was habe ich zu tun?«

Berthé sah ihn durch die Rauchschwaden seiner Zigarre hinweg an. »Sie werden es rechtzeitig erfahren – sobald ich Sie brauche, lasse ich Sie rufen.« Er winkte mit der Hand – die Geste war unverkennbar: Er wünschte allein zu sein. Arvid sah, daß er die Augen geschlossen hatte, die Hand mit der Zigarre glitt kraftlos zu Boden. Er atmete mit lispelnden Geräuschen, unregelmäßig. Arvid trat hinzu, nahm ihm die Zigarre aus den Fingern, legte sie an den Rand eines Aschenbechers, der auf einem Stahlsockel in Sitzhöhe befestigt war. Berthé schien eingeschlafen zu sein, er reagierte nicht, regte sich nicht.

*Forschungslabor* *Ortszeit: 0350–0415*

Arvid ging leise zur Tür, blieb unter einer spontanen Eingebung stehen . . . Rechter Hand, an der Seitenwand, durch das Muster der Tapete fast verdeckt, bemerkte er ein Rechteck, das er als Tür deutete. Er trat näher – anstelle der Einstecköffnung für Magnetkarten befand sich hier ein schwarzer Knopf. Noch ein Blick zurück zu Berthé, der nun zu schlafen schien. Es klickte leise, als Arvid den Knopf hineindrückte, dann glitt die Tür beiseite . . . Sie führte auf eine Balustrade, die – gewissermaßen in Verlängerung der Aussichtskanzel von Berthé – die Schmalwand der Halle entlanglief. Arvid trat hindurch, die Tür schloß sich hinter ihm, er ging einige Schritte weiter, blieb stehen, sah sich um.

Hier schien es ein wenig kühler zu sein als im Wohnbereich – vielleicht war es aber auch nur ein leichter Luftzug, der die verminderte Temperatur vortäuschte. Ein Geländer, das Arvid bis zur Brust reichte, schloß die Balustrade ab, die sich noch dreißig, vierzig Meter weit fortsetzte, wahrscheinlich ein direkter Übergang zu anderen Räumen, die den unpriviligierten Einwohnern von Nathan 4 nicht zugänglich waren.

Arvid lehnte sich an das Metallrohr, den Abschluß des Geländers – es fühlte sich kühl an und vibrierte schwach. Bei der mangelhaften Beleuchtung war nicht zu erkennen, welche Funktion die Anlagen hatten, die dort unten lagen. Arvid vermutete, daß es ein Teil des Versorgungssystems war, von dem Berthé gesprochen hatte. Die auffälligsten Teile waren einige riesige Röhrensysteme, die, von einem Gerüst gestützt, hoch emporragten – hoch über die Ebene der Balustrade hinaus. Diese Gebilde waren selbst wieder mit dünneren Röhren überzogen, von denen Leitungen oder Schläuche in die

Tiefe abführten, dort unten zwischen einem Gewirr kleinerer Bausteine verschwanden. Es gab aber auch eine Menge anderer, nicht weiter definierbarer Einrichtungen, große Masten mit verschiedenen Aufsätzen, schmale Treppen, die zu kleinen in verschiedenen Höhen angebrachten Podesten führten, plumpe, glockenartige Gebilde, die an den Spitzen antennenähnliche Stabkombinationen trugen, und dergleichen mehr.

Der Luftzug trug ein dumpfes Rauschen heran, gelegentlich ein Laut, der hallende Echos hervorrief, dazwischen auch surrende und knatternde Geräusche.

Arvid trat vom Geländer zurück, ging weiter die Wand entlang – der Boden schien aus dünnen Metallplatten zu bestehen, die scheppernde Geräusche verursachten, obwohl sich Arvid bemühte, lautlos zu sein. Er blieb wieder stehen – hatte er etwas gehört? Ja: Es klang wie ein Ruf. Er blickte über das Geländer – dort unten, auf einem schmalen Podest, das ringförmig eine Säule umgab, stand eine Gestalt, eigentlich nur am weißen Kittel zu erkennen, der aus dem Dunkel herausleuchtete. Und jetzt verstand Arvid auch den Ruf: »Hallo, ist dort jemand?«

Er schwieg, blieb unbewegt stehen – hier oben war es so finster, daß man ihn kaum sehen konnte.

Wieder der Ruf: »He! Ich habe Sie doch gehört – wer sind Sie?«

Die Worte riefen einen gewaltigen Nachhall hervor – der fast lauter dröhnte als die Stimme des Menschen. Arvid fürchtete, daß auch andere darauf aufmerksam werden könnten, daß man ihn auf seinem heimlichen Ausflug ertappte. Er winkte daher mit der Hand und rief zurück: »Hier bin ich – was wollen Sie?«

»Oh –! Warten Sie einen Moment!«

Die Gestalt verschwand, kurze Zeit darauf – Arvid zuckte erschreckt zurück – tauchte vor ihm ein dunkler Arm auf, daran einige kleinere und größere Greifwerkzeuge und mehrere Fernsehkameras, von denen sich nun die meisten auf ihn richteten.

Das riesige Greifwerkzeug bewegte sich mit überraschender

Leichtigkeit, zwei Gelenke knickten ein, ein Griff über das Geländer, und schon – ehe Arvid auch nur eine abwehrende Bewegung machen konnte – griffen drei Paare von Zangenbakken nach ihm, umfaßten ihn fest, aber nicht schmerzhaft, hoben ihn auf, ließen ihn innerhalb von Sekunden eine Höhe von zehn Stockwerken hinuntergleiten, setzten ihn sanft auf einem Podest auf, wo ihn der Wissenschaftler erwartete. Es war eine Frau, dreißig oder fünfunddreißig Jahre alt, das Haar in Nackenhöhe abgeschnitten, aber nicht ungepflegt – der Gesichtsform nach Südländerin, vielleicht eine Griechin, eine Türkin oder auch eine Araberin. Sie streckte Arvid die Hand entgegen: »Ich bin Dr. Brera – das ist nett, daß Sie mich besuchen. Sie müssen Arvid Siger sein.«

Arvid erwiderte ihren Händedruck, nickte verblüfft.

»Es ist so selten, daß jemand hierher kommt«, sagte Dr. Brera. »Sie haben gewiß Verständnis dafür, daß ich gerne die Gelegenheit ergreife, um mich ein wenig zu unterhalten.«

Arvid murmelte etwas Zustimmendes.

»Kommen Sie! Gehen wir dort hinüber auf die Brücke – da haben wir einen wunderbaren Ausblick.« Die Wissenschaftlerin deutete auf eine schmale Treppe, die schwindelerregend hoch über ein Gewirr von spießartigen Stangen führte. Arvid folgte ihr . . . Sie stieg gewandt und sicher höher, schien mit dieser Umgebung vertraut. Arvid mußte auf den Weg achten, sich darauf konzentrieren, auf den glatten, durchbrochenen Stufen nicht zu stolpern – vor ihm bewegten sich die schlanken Beine der Frau, die in violetten Nylons steckten.

Dann standen sie nebeneinander auf jenem Podest, das die Wissenschaftlerin als »Brücke« bezeichnet hatte – es gab auch eine Ähnlichkeit mit der Kommandobrücke eines Schiffs, und man hatte tatsächlich einen guten Ausblick. Von hier aus sahen die Aufbauten, die seltsam gewundenen Röhren, die durcheinanderlaufenden Leitungen, die bizarr auseinander- und wieder zusammenlaufenden Gerüste noch viel abenteuerlicher aus.

Die Frau legte Arvid eine Hand auf die Schulter, kam nahe an ihn heran. »Ist das nicht eindrucksvoll?« Ein Hauch von

Parfüm stieg Arvid in die Nase.

Verwirrt trat er ein wenig beiseite, deutete in die Halle hinein. »Ein Kraftwerk? Eine Reaktoranlage?«

»Aber nein – wir sind hier im Laboratorium des Chefs. Wußten Sie nicht, daß er Physiker ist?«

»Herr Berthé deutete an . . . Er sprach von den automatischen Fabriken, durch die der Betrieb hier aufrechterhalten wird. Ich dachte . . .«

Dr. Brera lachte. »Berthé hat doch keine Ahnung! Ein Politiker, ein Intrigant! Nimmt alles mögliche wichtig, was keine Bedeutung hat! Hier aber«, unwillkürlich dämpfte sie die Stimme, »geht es um ungeheure Erkenntnisse, Weltbewegendes! Ja –« Sie trat wieder an Arvid heran, und er trat unwillkürlich zurück, »das tröstet mich, das gibt mir die Kraft! Sehen Sie, ich bin eine Frau!« Sie ging an die andere Seite der Brücke zurück, nestelte, Arvid den Rücken zukehrend, an ihrem Laborkittel, ließ ihn fallen. Sie drehte sich wieder um – sie trug eine schwarze Bluse mit goldenen Pailletten, eine malachitgrüne, bis zu den Knien reichende Pluderhose. »Manchmal bin ich völlig wahnsinnig – vor Einsamkeit! Ich glaube, ich bin schon etwas überspannt – bitte verzeihen Sie mir!« Sie ging einige Schritte hin und her, mit betont graziösen Bewegungen, wie bei einer Modeschau. Dann blieb sie wieder stehen. »Irritiere ich Sie? Schockiere ich Sie?« Sie bückte sich zu ihrem Kittel, hängte ihn um, zog die Schultern zum Hals, als fröre sie. Dann fragte sie mit unsicherer Mädchenstimme: »Es ist Ihnen doch nicht unangenehm? Ich freue mich einfach, mit jemand sprechen zu können. Oder sind Sie mir böse?« Zögernd kam sie wieder auf Arvid zu.

»Aber nein«, versicherte er. Plötzlich empfand er Mitleid. Er streckte ihr die Hand entgegen, umfaßte ihre Schulter, zog sie an sich. Vorher hatte sie ihn etwas aus der Fassung gebracht, doch jetzt, als er zu verstehen glaubte, hatte er sich wieder voll in der Hand. Er dachte an die ungewöhnlichen Umstände im Allgemeinen wie im Besonderen – und wie sie sich auf eine junge, hübsche Frau auswirken mußten. Kam es nicht einem

Verbrechen gleich, ein Wesen wie sie in ein unterirdisches Labor zu stecken, in der Gesellschaft von gigantischen Maschinen, monsterartigen Manipulatoren? Mußte sie nicht wunderlich werden, überspannt?

Sie kuschelte sich in seinen Arm, war ganz klein geworden. Nun richtete sie sich – ungewollt – wieder ein wenig auf. »Ich bin eine verdiente Wissenschaftlerin. Habe drei Diplome – die letzten fünf Jahre auf der Erde habe ich im Institut für Nuklearphysik in Meyrin gearbeitet. Es war eine besondere Auszeichnung, daß ich als Assistentin des Chefs hierher berufen wurde.«

Arvid nickte – auch für ihn sollte der Aufenthalt hier eine besondere Auszeichnung sein. »Und was haben Sie hier zu tun?«

»Der Chef ist müde und gebrechlich, seine Kräfte lassen nach – ich weiß nicht warum. Aber er ist noch immer voller Ideen! Glauben Sie, er gibt sich mit seiner administrativen Funktion zufrieden? Damals, vor einem halben Jahrtausend, der Korridor durch den Hyperraum . . . das war erst der Anfang. Elektromagnetismus, starke und schwache Wechselwirkungen . . . und nun die Gravitation, die sich uns am längsten entzogen hat. Wissen Sie, was sich in diesen Röhren bewegt?« Als Arvid den Kopf schüttelte, setzte sie fort: »Es sind Ströme von Gravitonen und Antigravitonen. Endlich haben wir die dynamische Feldkomponente in der Hand, die es uns ermöglicht, mit ihnen zu arbeiten. Gravitationswellen – pulsierende Sonnen, schwarze und weiße Löcher . . . was da auf der Erde registriert wurde, war ja nichts anderes als ein anspruchsloses Zucken. Aber jetzt – wir beherrschen Frequenzen bis zu einer Million Hertz. Wissen Sie, was sich daraus ergibt?«

»Ich bin Neurologe«, sagte Arvid, »von Physik verstehe ich recht wenig.«

»Wir können mit Schwerefeldern operieren wie nie zuvor – sie formen wie Wachs. Dieser enge Korridor, eine Linie durch den Hyperraum . . . Wir haben ihn technisch benutzt, doch wir hatten keine Ahnung von den Zusammenhängen. Erst jetzt beginnt sich das Dunkel zu klären.« Sie drehte sich herum, ohne sich von Arvid zu entfernen, deutete zu einem trichterförmigen Aufbau im Zentrum der Halle. »Wissen Sie, was das ist? Es ist ein Gravitonenemitter. Wir fokussieren die Strahlen in einem eng begrenzten Raum, weit außerhalb der Mondbahn des Planeten, bauen eine Singularität auf. Ich will mich ja nicht in Utopien verlieren – aber damit sollte es möglich sein, jeden beliebigen Punkt des Universums zu erreichen – unmittelbar, ohne Zeitverzögerung. Können Sie sich das vorstellen?«

»Kann man sich so etwas vorstellen?« fragte Arvid zurück. »Ist die Wissenschaft nicht längst schon in Regionen geraten, die sich prinzipiell unseren Vorstellungen entziehen?«

»Mag sein – aber eigentlich ist es bedeutungslos, ob wir etwas mit unseren Sinnen erfassen oder nicht. Wichtig ist, daß wir es erzeugen können, damit arbeiten, es für unsere Zwecke einsetzen.«

»Und wenn dieses Experiment vonstatten geht . . . wie soll es weitergehen? Was haben Sie vor?«

»Zunächst muß ich mich auf die naheliegenden Probleme konzentrieren. Der Fokussierungsversuch, der singulare Punkt – wir wollen versuchen, damit eine Materieprobe zu erfassen, sie umzuformen . . .«

»Was meinen Sie damit? Was geschieht mit dieser Materie?«

»Sie wird verschwinden«, sagte Dr. Brera. »Natürlich nicht im üblichen Sinn des Wortes – Sie wissen, der Satz von der Erhaltung von Masse und Energie. Und doch ist es richtig: Er wird nicht mehr in unserem dreidimensionalen Raum sein, also – zumindest aus unserer Sicht heraus – nicht mehr existieren. Vielleicht kommt er an irgendeiner anderen Stelle des Weltalls wieder zum Vorschein, doch um das zu beurteilen, fehlen uns noch alle Erfahrungen. Aber schon dieser eine Versuch . . . Es wäre ein Anfang . . . ein Schritt in eine ganz neue Sphäre . . .«

Der Ausblick, der sich hier eröffnete – und dieses schwache, unter Komplexen leidende Wesen! – der Gegensatz war unfaßbar! Und doch zweifelte Arvid nicht, daß alles so war, wie sie es beschrieb. Aus irgendeinem Grund, über den er sich selbst nicht klar war, erregte ihn diese Vorstellung: Materie, die man aus dem Lebensraum eliminieren konnte . . . Gab es da einen Zusammenhang zu den aktuellen Problemen oder handelte es sich bloß um eines jener vielen verstiegenen Experimente, die – so ungewöhnlich sie auch anmuteten – doch zu den Alltäglichkeiten dieses Planeten zu gehören schienen? »Dieses Experiment . . .« fragte Arvid, »wie wird es vonstatten gehen? Es hat doch große Bedeutung – wie ist das üblich hier? Wird es angekündigt? Werden Gäste eingeladen?«

»Nichts dergleichen«, antwortete die Frau. »Es wird eine Stunde sein wie jede andere. Ich, allein in diesem Raum. Alles ist vorbereitet, die Programme sind geschrieben. Ich brauche den Ablauf nur auszulösen. Und dann wird sich irgend etwas am Himmel tun. Kein Mensch wird es beobachten, vielleicht gibt es auch gar nichts zu sehen. Doch die Meßgeräte stehen bereit, die Sonden wurden auf ihre Umlaufbahnen gebracht. Sie werden Schwingungen aufnehmen, Strahlung, Energien – eben das übliche. Und aus diesen tausend Meßwerten werden wir uns ein Bild vom Resultat machen. Und dann werden wir das nächste Experiment vorbereiten.«

»Wird er dabeisein – der Leiter des Instituts?«

»Nein«, sagte Dr. Brera. »Sicherlich nicht. Um Einzelheiten des Projekts kümmert er sich nicht. Er plant weit in die Zukunft hinein. Ich glaube, er weiß von vorneherein, welche Resultate sich ergeben. Ja – er weiß es. Die Experimente sind nicht mehr als die Bestätigung dieses Wissens – unnötig, aber unvermeidlich. Dafür bin ich da.«

Noch immer standen sie aneinandergeschmiegt auf der Brücke, eine winzige Insel organisch koordinierter Materie, fast verloren inmitten dieser Konzentration von Kraft und Energie – und doch der auslösende Faktor.

»Ich muß gehen«, sagte Arvid. Die Frau reagierte nicht darauf, und so schob er sie sanft von sich weg, fügte hinzu: »Vielleicht sehen wir uns wieder!«

»Ja, vielleicht«, sagte sie, und Arvid bemerkte, daß Tränen über ihre Wangen liefen. Er zwang sich, nicht weiter darauf einzugehen. »Können Sie mich wieder hinauftransportieren lassen – zur Balustrade?«

Man sah es der Frau an, daß sie sich zusammenzunehmen versuchte. Mit dem Ärmel wischte sie über ihr Gesicht, dann kramte sie einen Zettel hervor, den sie im Brustausschnitt versteckt hatte. »Das soll ich Ihnen geben«, erklärte sie.

Arvid entfaltete das Stückchen Papier, las: WIR ERWARTEN DICH – keine nähere Angabe, keine Unterschrift. Arvid sah fragend auf.

»Dort hinunter!« – Dr. Brera war jetzt wieder ganz sachlich. Rasch lief sie die Treppe hinunter, Arvid folgte ihr. Sie führte ihn zu einem breiten Tor in einer Ecke der Halle, nickte ihm zu und drehte sich um – so rasch, daß keine Zeit dafür blieb, noch irgend etwas zu sagen oder anzudeuten.

*Beobachtungsraum* *Ortszeit: 0420–0530*

Aus einer Nische trat Rick hervor. Er gab sich nicht erst mit Erklärungen ab, sondern bat Arvid nur kurz, ihm zu folgen. Die Örtlichkeit erinnerte an den Verwaltungstrakt einer Behörde oder eines Theaters – Glastüren, Einsicht in Büros, zwischendurch aber auch Gangstrecken mit Fenstern, durch die man in andere, großzügiger ausgestattete Räumlichkeiten sehen konnte. Es gab allerdings nur wenig Anhaltspunkte dafür, welcher Art dieses Unternehmen sein konnte – einiges ließ an eine medizinische Fakultät denken: Operationseinrichtungen, Narkoseanlagen, Reihen von Behandlungsbetten; weitere erinnerten an Sender, Projektionsgeräte, Scheinwerfer, Bühneneinrichtungen, Sitzreihen für Zuschauer; anderes wieder vermittelte eher den Eindruck der Kommandozentrale eines Schiffs, am ehesten noch eines Unterseeboots – wegen des Fehlens von Fenstern.

Alle diese Räume, sowohl die inneren wie die äußeren, schienen menschenleer zu sein, und Rick ließ Arvid auch kaum Zeit, sich näher umzusehen. Er trat in eine Seitentür, die er sorgfältig verschloß, als Arvid nachgekommen war, dann ging er eine enge Stiege hinauf, und hier war die Gruppe der Verschwörer versammelt: Jasmine, Connors, Rick und die anderen, deren Namen er nicht kannte.

Arvid ging auf Jasmine zu, doch sie bedeutete ihm nur, still zu sein – sie stand an einer horizontal liegenden schmalen Luke, durch die sie – Sicht von oben – in einen Saal hinunterblickte. Es gab noch weitere Fenster dieser Art, an denen sich die anderen versammelt hatten. »Was geht hier vor?« fragte Arvid – unwillkürlich flüsterte er.

»Schau! Sie haben irgend etwas vor – wenn ich nur wüßte . . .«

Der Ausblick durch das enge Fenster war stark eingeschränkt, wenn man sich aber nahe herandrückte, konnte man doch ganz gut sehen. Es schien sich um ein biotechnisches Laboratorium zu handeln: Operationsautomaten, Vereisungsanlagen, Behälter für Gase und Flüssigkeiten, eine Menge zusammengerollter Schläuche, Meßgeräte, Glasfaserbündel mit einlegbaren Tubussen, dazu eine Menge weißer Tücher und Gaze . . . Gelegentlich ging eine maskierte Gestalt in einem Arztkittel durchs Blickfeld, und dann – Jasmine stieß Arvid an, obwohl sich dieser nichts entgehen ließ: Ein Liegewagen wurde hereingeführt, zwei Leute mit langen grünen Mänteln und Gesichtsmasken traten vor, hoben den Liegeaufsatz mit der darauf liegenden vermummten Gestalt ab, setzten ihn in den dafür vorgesehenen Platz des Manipulators. Nun traten mehrere Ärzte heran, einer zog das Tuch vom Kopf des Patienten. Obwohl er vom Beobachtungsfenster ziemlich weit entfernt lag, war er doch zu erkennen: Es war der Institutschef, die Augen geschlossen, das Gesicht bleich, die Wangen eingefallen.

»Er muß schwer krank sein«, sagte Jasmine leise, mehr zu sich selbst.

»Sieht so ein Unsterblicher aus?« fragte Arvid. »Unsterblichkeit! Warum habt ihr mir nichts davon gesagt, es wäre mir einiges klargeworden.«

»Wir sprechen nicht gern darüber«, antwortete Jasmine. »Wir konnten uns darüber nicht einig werden. Ist es nicht verständlich: Einige von uns gehören dazu und andere nicht. Das errichtet eine Barriere zwischen uns. Wir haben uns immer wieder danach gefragt: Ist es erstrebenswert oder nicht? Diese Auserwählten – sollen sie versuchen, die Behandlung rückgängig zu machen, um wieder normale Menschen zu werden? Oder sollen wir anderen darauf bestehen, ebenfalls behandelt zu werden?«

Es gab eine ganze Menge von Fragen, die Arvid hätte stellen wollen – über die weiteren Pläne der Gruppe, über ihre ferneren Ziele . . . aber er fragte etwas ganz anderes: »Und du?« Obwohl er es nur vage ausgedrückt hatte, verstand ihn Jasmine.

Einen Augenblick lang wandte sie ihre Aufmerksamkeit vom Geschehen unten ab, blickte zu Arvid hinüber. »Ist das so wichtig? Nein – ich gehöre nicht dazu. Ich bin keine Wissenschaftlerin.«

»Was bist du dann?«

»Ich stand im diplomatischen Dienst – eine untergeordnete Funktion, nicht weiter wichtig. Sonderaufgaben.«

Arvid konnte den Ausdruck des Mißtrauens, das er plötzlich aufsteigen fühlte, nicht ganz unterdrücken. »Und diese Aktivitäten hier – haben sie auch mit deinen Sonderaufgaben zu tun?«

Jasmine sah wieder kurz zu ihm herüber, dann sagte sie: »Dummkopf! Du mußt selbst wissen, wem du vertrauen kannst.«

Während ihres Gesprächs hatten sie immer wieder hinuntergeblickt – es hatte den Anschein, als würde nichts geschehen. Schließlich kam ein Ausruf von Rick – und alle drehten sich nach ihm um. Er stand etwas im Hintergrund, an einem fahrbaren Terminal, hatte den Monitor eingeschaltet. »Da! Gehirnwellen!«

»Welche Leitung hast du angezapft?« fragte Jasmine.

»Die Hauptschiene zum Speicher«, antwortete Rick, und er

wies zum Operationssaal hinunter. »Dachte ich mir doch so etwas!«

»Nimm alles auf!« forderte Jasmine schnell.

»Geschieht schon«, antwortete Rick.

Die Aufmerksamkeit hatte sich nun zwischen den Ausguckfenstern und dem Monitor geteilt – obwohl weder von da noch von dort Aufschluß zu erwarten war.

Arvid trat neben Rick. »Gehirnwellen – was kann man damit anfangen? Lassen sich die Gedankenbilder rekonstruieren? Kann man die Erinnerungen entschlüsseln?«

Jasmine trat hinzu. »– so einfach zu lesen wie eine Schrift? Nein! Es gibt nur einen Weg, um das zu verstehen, was da vor sich geht: Man muß diese Wellen einem anderen Gehirn einspielen.«

Und Connors ergänzte: »Die Information ist im Gehirn ähnlich gespeichert wie in einem Hologramm. Früher hat man gemeint, man müsse die molekulare Struktur in jeder Gedächtniszelle kennen, heute weiß man, daß das gar nicht notwendig ist – wenn man eine gewisse Unschärfe in Kauf nimmt, kann man mit verhältnismäßig wenig Ableitungen auskommen.«

Arvid nickte, obwohl er diesen Ausführungen nicht folgen konnte – eher, um Connors zum Schweigen zu bringen. Ihn interessierte etwas ganz anderes als das Speicherungsprinzip: die Frage, was es für einen Sinn hatte, die Erinnerung aus diesem Kopf herauszuholen. Eigentlich ein schockierender Übergriff: Schließlich handelte es sich um den Chef, den Leiter des Instituts! Waren das wirklich Ärzte, die dort unten am Werk waren? Vielleicht waren einige dabei, Arvid aber war überzeugt, daß sich unter diesen Monturen auch einige leitende Repräsentanten des diplomatischen Corps verbargen.

Arvid wandte sich an Jasmine: »Und warum zeichnet Rick die Gehirnwellen auf?«

»Es gibt keinen bestimmten Grund«, antwortete Jasmine, aber Arvid war sich nicht sicher, ob sie ihm nicht nur ausweichen wollte. »– für alle Fälle! Wer weiß, welche Teufelei sie vorbereiten! Es gibt so viele Möglichkeiten der Manipulation!«

Und sie fügte hinzu: »Das verdanken wir den Bemühungen der Wissenschaftler.« Das war das erste Mal, daß Arvid bei Jasmine eine Antipathie gegen die Fachkräfte bemerkte – zu denen er ja auch gehörte –, aber seltsamerweise war er darüber nicht verärgert, eher beruhigt.

Die Aktion unten im Hörsaal schien nun beendet zu sein, die Männer, die lediglich als Zuschauer herumgestanden waren, verließen den Raum, die Hilfskräfte in den grünen Overalls hoben die Bahre mit dem Kranken aus der Halterung der Maschinerie und setzten sie wieder auf das Fahrgestell.

Die Spannung legte sich ein wenig, jetzt erst kam Arvid hinzu, sich nach dem Stand der Dinge zu erkundigen, nach der Bedeutung dieses Beobachtungsstandes.

»Ich habe das Gefühl, daß nun bald eine Entscheidung fällt«, meinte Jasmine, »und ich wollte vorher noch einmal mit dir sprechen. Ich möchte wissen, ob du nun weißt, wohin du gehörst. Hilfst du uns – oder den andern?«

»Es gibt nichts, was mich an dieses System hier bindet – es kommt mir unmenschlich vor, pervers«, erklärte Arvid. »Ich bin derselben Meinung wie ihr: Man müßte einen Weg finden, um die Öffentlichkeit darüber zu informieren. Ich kann mir nicht recht vorstellen, was die Folge davon wäre, aber ich meine, daß wir einfach die Pflicht dazu haben.«

»In dieser Richtung sind wir keinen Schritt weiter gekommen. Ich habe gehört, daß du dich weiter nach der Funkkabine umgesehen hast – hattest du Erfolg?«

Arvid erkundigte sich nicht danach, wieso sie etwas darüber wußte. »Ich war in der sogenannten Funkzentrale«, sagte er, »doch dort ergibt sich sicher keine Möglichkeit. Diesen Raum, den ich gefunden habe – er wirkt geradezu lachhaft, paßt also ausgezeichnet zu all dem, was sich hier unter dem Deckmantel der Wissenschaft tut. Doch die Verbindung zur Erde, über die der gesamte Nachrichtenaustausch läuft . . . dafür muß es eine ganz andere Methode geben, eine ganz andere Instanz. Und von dieser habe ich keine Spur gefunden.«

Jasmine nickte, als hätte sie es nicht anders erwartet. »So

müssen wir eben doch losschlagen – es hat keinen Sinn, noch länger zu zögern, zu warten, bis uns die Diplomaten zuvorgekommen sind.«

»Was wollt ihr tun?«

»Warum sollte ich es dir nicht sagen? Wir werden uns mit einem Aufruf an alle Bewohner dieses Planeten wenden.« Als sie merkte, daß Arvid noch Zweifel hatte, setzte sie fort: »Du kennst doch das universelle Kommunikationsnetz – über das der Chef seine Anweisungen zu geben pflegt. Ganz in der Nähe, auf der anderen Seite des Rundgangs« – es blieb unklar, was sie damit meinte – »befindet sich die Zentrale – und zugleich der Bereich der Institutsleitung. Wir werden sie besetzen. Wir werden uns an alle wenden, die irgendwo in der Nähe von Monitoren sind – und wer ist das nicht?; an die Soldaten bei ihren Übungen, an die Menschen in den Testanlagen, an die Wissenschaftler in den Hörsälen und Laboratorien. Ich kann mir nicht denken, daß sie unbeeindruckt bleiben, daß sie dann noch ihre Arbeit weitermachen können, als wäre nichts geschehen. Es muß einfach zu einer Besinnung kommen, und ich hoffe, daß sie sich unserer Ansicht anschließen werden. Und dann können wir gemeinsam beraten, was zu tun ist.«

Arvid dachte kurz darüber nach, was sie gesagt hatte – es entsprach dem gesunden Menschenverstand. Aber er hatte einige Zweifel daran, ob mit diesem hier noch zu rechnen war. Andererseits: Was gab es schon für andere Mittel, um einen Umbruch hervorzurufen? Er nickte. »In Ordnung«, sagte er. »Du kannst dich auf mich verlassen – ich helfe euch, soweit es in meinen Kräften steht. Was soll ich tun?«

Jasmine rief die Gruppe zusammen, und sie diskutierten über Einzelheiten des bevorstehenden Unternehmens. Sie waren so auf ihre Probleme konzentriert, daß es für alle einen jähen Schreck bedeutete, als plötzlich aus einem Lautsprecher eine Stimme kam: »Arvid Siger in Raum 27 E! Achtung, Achtung, wir rufen Arvid Siger, bitte kommen Sie in Raum 27 E!«

»Nun ist alles verraten!« stammelte einer aus der Gruppe, doch Rick beruhigte ihn: »Es ist das allgemeine Kommunikationsnetz – die Verlautbarungen gehen in sämtliche Räume.«

»Und wie soll ich mich verhalten?« fragte Arvid.

Nach einer kurzen Beratung kamen sie überein, daß Arvid der Aufforderung folgen sollte. Dadurch würde vermieden, daß man ihn suchte, und außerdem wäre es möglich, daß er etwas Neues erfuhr, das ihnen allen weiterhelfen würde.

Ich bringe dich hinaus«, sagte Jasmine – und zwei Minuten später stand er wieder im allgemein zugänglichen Teil, nicht weit von seinem Zimmer. Er suchte es kurz auf – wie er erwartet hatte, lag dort ein Zugangsplan für ihn bereit. Er riß ihn ab und machte sich auf den Weg.

*Raum 27 E* *Ortszeit: 0550–0605*

Berthé empfing Arvid mit allen Zeichen der Ungeduld. »Ich bat Sie doch, sich bereitzuhalten!« Jetzt war er elegant gekleidet, er trug einen schwarzen Smoking und eine Blume am Aufschlag des Jacketts.

»Was soll ich tun?«

»Wir gehen jetzt an die«, er stockte kurz, »Behandlung von Dr. Jacobson.«

Ein junger Mann in grünem Arztkittel, der der kurzen Wechselrede zugehört hatte, trat nun an einen Metallschrank mit breiten, horizontalen Fächern und zog den auf einem Rollgestell befestigten zylinderförmigen Behälter mit dem bewußtlosen Dr. Jacobson heran. Der äußere Deckel war abgehoben, doch die innere Kunststoffverkleidung verschlossen. Unter einem leichten Beschlag von feinen Tröpfchen sah das Gesicht ein wenig verschwommen aus, und doch ein wenig frischer: die Wangen gerötet, die Lippen voll.

»Wir haben schon mit der Aktivierung begonnen«, erklärte Berthé. »Aber nun brauchen wir Sie – da sind einige Details noch unklar. Sie sind doch über die technischen Daten informiert?« Er schien sich für Arvids Antwort nicht zu interessieren. – »Vorwärts, gehen wir!«

Arvid hatte kaum Zeit gehabt, sich im Zimmer umzusehen – es war ein schmuckloser Raum, eine Art Durchgangszimmer – an der Seite ein Arbeitsplatz, den offenbar normalerweise ein Arzthelfer einnahm. An der Wand eine Bank, zwei Regale mit Mikrofilmbehältern. Auf der anderen Seite der Schrank mit den Fächern.

Neben der Tür, zu der sie sich nun gewandt hatten, stand ein Schnelldrucker, daneben ein Kasten mit einem langgezogenen, trichterförmigen Einsatz. Gerade, als sie daran vorbeigingen, begann das Schreibwerk zu rattern; die Papierrolle mit den rasch darübergeworfenen Zeilen setzte sich in zuckende Bewegung.

Der Mann, der den Behälter mit Dr. Jacobson an den noch ungenannten Schauplatz des Geschehens bringen sollte, war vorangegangen, doch Berthé blieb kurz stehen, und mit ihm Arvid. Der Diplomat trat an das Ausgabegerät, wartete, bis ein ganzes Bündel ziehharmonikagefalteten Formularpapiers zur Entnahme bereitlag und das Rattern verstummte. Dann nahm er es aus dem Korb, blätterte ein wenig darin und warf es in den Trichter. Sogleich gab es raschelnde und klappernde Geräusche, dann fiel ein Ballen in kleine Streifen zerschnittenen Papiers in den Behälter unter dem Reißwolf. Er war schon fast bis zum Rand mit durcheinandergemischten Papierschnitzeln gefüllt.

Berthé bückte sich hinunter, nahm eine Handvoll des Materials heraus, ließ es wie einen Konfettiregen wieder zurückrieseln. »Wissen Sie, was das ist?«

Arvid schüttelte den Kopf.

»Das sind die famosen Ergebnisse der fortgeschrittenen Wissenschaft. Da sehen Sie, was diese Arbeit wert ist!«

Arvid glaubte zu begreifen, doch die Erkenntnis erschien ihm so abwegig, daß er sich dagegen wehrte. »Ja, aber . . .«

»Innovation!« rief Berthé. »Die Ergebnisse jahrelanger Forschungen! Die Produkte der intelligentesten Köpfe der Welt! Es ist zum Heulen – alles unnützes Zeug. Gedankenspiele ohne Hand und Fuß. Erkenntnisse, die ihren Sinn schon verloren haben, ehe sie schwarzweiß auf dem Papier stehen.«

Arvid beugte sich nun selbst zum Behälter hinunter, erkannte an einigen dieser Schnitzel noch Zahlen, Ziffern, Formelzeichen . . . »Wozu dann dieser Aufwand? Die Institution – der Planet . . .«

»Da sehen Sie, wie man sich in Sackgassen verrennen kann. Sachzwang nennt man das. Prinzipien, denen man nicht ausweichen kann. Ehrfurcht vor der menschlichen Schöpferkraft! Diese traurigen Gestalten! Man läßt sie leben, weil man vor dem Leben Ehrfurcht haben muß. Man läßt sie arbeiten, weil man sie beschäftigen muß. Man zollt ihnen Bewunderung, um sie nicht zu verletzen. Unsterblichkeit – nun sehen sie die Konsequenz! In allen anderen Fällen, die uns ähnlich sinnlose Tätigkeit aufzwingen, erledigen sich die Probleme früher oder später von selbst. Und hier – wir werden sie nie mehr los, müssen dafür sorgen, daß sie immer weitermachen können, eine Ewigkeit lang. Das alles im Dienste der Menschheit.«

»Aber es können doch nicht nur Hirngespinste sein – es muß doch einen nennenswerten Prozentsatz an brauchbaren Resultaten geben! Sie könnten doch den Menschen zugute kommen! Man könnte sie anwenden, um die gewaltigen Probleme zu lösen, die auf der Erde anstehen. Sie könnten dazu dienen, die Anpassung an fremdartige Lebensräume zu beschleunigen.«

Inzwischen begann der Schnelldrucker wieder zu rattern, ein gewaltiger Ausstoß an beschriebenem Papier.

»Niemand ist wirklich am Fortschritt interessiert – alle tun nur so. Unsere Gesellschaft befindet sich in einem Gleichgewicht – jede Änderung würde eine Störung bedeuten. Was ist schon Wissenschaft? Erkenntnisse, am Anfang der menschlichen Existenz – da hatten sie vielleicht noch Bedeutung. Da ging es um handfeste Dinge, um die Auseinandersetzung mit der Natur, um die Abwehr vielfältiger Gefahren, um das nackte Leben. Aber heute? Niemand kennt die Grenzen zwischen Wirklichkeit und Phantasie. Längst beschäftigen sich die Wissenschaftler mit Dingen, die man weder sehen noch greifen kann. Längst wissen sie nicht mehr, ob das, was der Gegenstand ihrer Forschungen ist, überhaupt existiert. Formeln, Modelle,

Simulationen – längst der Realität entwachsen, oft nur aufgebaut, um Gelegenheit zu neuen Formeln, Modellen, Simulationen zu geben. Und so weiter und so fort. Und damit wollen Sie der Menschheit helfen? Selbst die Spezialisten haben die Verbindung zur realen Welt verloren. Deshalb brauchen wir auf der Erde keine Erkenntnisse und keine Wissenschaft!«

»Zumindest müssen wir doch den Stand des Wissens erhalten, den wir bisher erreicht haben. Unsere natürliche Umgebung – und unsere technische . . . Könnte es nicht sein, daß wir die Übersicht verlieren, daß wir die Dinge, die hier im Laufen sind, nicht mehr verstehen?«

»Wer will denn das verstehen, was im Inneren der Motoren, der Schaltungen vor sich geht! Glauben Sie, der Bauer versteht, auf welche Weise der Weizen wächst? Kennen Sie einen Autofahrer, der über die Umsetzung der verschiedenen Energieformen vom Treibstoff bis zum Reibungswiderstand informiert ist? Kennen Sie einen Programmierer, der heute noch weiß, wie die Maschinen, mit denen er arbeitet, funktionieren? Wozu soll das auch nötig sein?«

Berthé setzte sich in Bewegung, und Arvid folgte ihm. »Und alles«, sagte er, »was hier erarbeitet wird . . .«

Berthé unterbrach ihn, setzte fort: ». . . wird vernichtet, ehe es Verwirrung anrichten kann, ehe es Schaden verursacht. Schockiert?« Er kümmerte sich nicht weiter um die Wirkung, die seine Erklärungen auf Arvid gehabt hatten. Er schritt rasch voran, erwartete, daß Arvid nachkam.

Sie kamen durch einige Räume, steril, Metallwände, weiße Kunststoffmöbel, doch Arvid sah nichts davon – alle möglichen Gedanken, Erkenntnisse und Zweifel kreisten in seinem Kopf.

*Operationssaal* *Ortszeit: 0610–0940*

Sie kamen in jenem Raum heraus, den Arvid einige Stunden zuvor durch das Beobachtungsfenster hoch oben, nahe der Decke, gesehen hatte. Er mußte sich zusammennehmen, um nicht hinaufzublicken – denn er rechnete damit, daß noch immer jemand beim Ausguck saß, die aufkommende Geschäftigkeit registrierte, die anderen darauf aufmerksam machte.

Wieder standen einige der Männer oder Frauen in hochgeschlossenen Arztkitteln herum, schienen auf Berthé gewartet zu haben. Der Behälter mit Dr. Jacobson stand in der Mitte des Raumes, einige der grün gekleideten Arzthelfer machten sich daran zu schaffen. Sie befestigten Leitungen und Schläuche, schoben einen bogenförmigen Aufsatz über die Brust des Ohnmächtigen, stellten einige Meßgeräte und Fernsehkameras auf ihn ein.

An einer Seitenwand eine leblose Gestalt, darüber ein transparenter, halbzylindrischer Kunststoffdeckel. Unwillkürlich trat Arvid näher und warf einen Blick darauf. »Das ist ja der Chef!« Er bemerkte, daß Berthé neben ihm stand und wandte sich an ihn: »Ist er bewußtlos – oder tot?« Berthé sah nachdenklich auf die reglos liegende Gestalt. »Er ist tot. Wir haben alles versucht, ihn am Leben zu erhalten, ihn wieder zum Leben zu erwecken – vergeblich.«

»Gehörte er denn nicht zu den Unsterblichen?«

»Doch«, bestätigte Berthé. »Er dürfte nicht tot sein – und er ist es doch. Freilich – auch die Unsterblichkeit schützt nicht vor Gewalt.«

Arvid versuchte aus seinen Gesichtszügen zu lesen. »Woran denken Sie? An einen Unfall? Oder an«, er zögerte kurz, ein schrecklicher Verdacht drohte ihn zu überwältigen, ». . . oder an Mord?«

Berthé beobachtete ihn nicht weiter, ging zum Behälter von Dr. Jacobson hinüber. Die Hilfskräfte hatten den inneren Deckel abmontiert, entfernten nun auch die Klemmen und Schläuche vom Gesicht des Mannes. Jetzt war die Nase frei, jetzt der Mund, jetzt die Augen . . . Zum ersten Mal sah ihn Arvid unverdeckt . . . Plötzlich stockte ihm der Atem: Die Gesichtszüge von Dr. Jacobson waren mit jenen des Institutschefs identisch. »Das ist doch nicht möglich!« flüsterte Arvid. »Es könnten Zwillingsbrüder sein.«

»Wie Sie sehen, haben wir vorgesorgt – selbst für unwahrscheinliche Fälle. Es ist ein Klon, ein genetisch identischer Mensch, aus dem Zellgewebe des Institutsleiters herangezogen. Stammt aus einem Depot der Erde – damals, vor dem Zeitalter der Unsterblichkeit, glaubte man noch, daß die Gelehrten unentbehrlich seien: Ersatz, für Unglücksfälle bereitgelegt. Nun kommt er uns zugute. Verstehen Sie nun, wie wichtig der Auftrag war, den Sie durchgeführt haben? – und daß er unbedingt geheim bleiben mußte?« Er wies auf Dr. Jacobson, dem künstlich gezüchteten Zwillingsbruder des Institutsleiters. »Er wird das Amt weiterführen, niemand wird etwas vom Zwischenfall bemerken.«

Er hatte den Tod des Institutsleiters als Zwischenfall bezeichnet. Glaubte er wirklich daran, daß es sich um einen Zufall handelte? Das vermochte selbst Arvid nicht anzunehmen, der sich selbst eingestand, daß er trotz der Erfahrungen der letzten Tage noch immer sehr naiv dachte – unfähig war, das Spiel der Intrigen und Täuschungsmanöver zu durchschauen. Der Tod eines Unsterblichen – genau jetzt, zu dieser Zeit? Einen Moment lang hatte er sich gefragt, ob dabei vielleicht eine Untergrundgruppe beteiligt gewesen war. Da aber der Institutsleiter auf ihrer Seite gewesen war, wäre das unlogisch gewesen. Dann eher schon die Dipolmaten . . . Hatten sie von der Meinungsänderung des Gelehrten erfahren? Hatten sie seinen Tod herbeigeführt, um einen Aufstand zu verhindern?

Mehrere Ärzte waren nun bemüht, Dr. Jacobson wieder ins Leben zurückzurufen. Sie setzten ihm eine Maske auf, die über einen Schlauch mit einem Glasbehälter verbunden war. Über seinen Kopf befestigten sie eine Parabolantenne – Aktivierung der Zellfunktion mit Ultraschall. Den Oberkörper hatte man entblößt, auf seiner Brust saß eine Elektrode – Stimulation der Herztätigkeit. Einige Male wandte sich der eine oder andere an Arvid, holte sich Informationen über spezielle Daten, die mit der Art der Konservierung zusammenhingen. Arvid hatte keinen Grund, ihnen die Auskunft zu verweigern. Er antwortete fast mechanisch, hatte Zeit genug, um weiter nachzudenken. Verstohlen blickte er zur Decke – dorthin, wo er die Beobachtungsluken vermutete. Nur eine war erleuchtet, die anderen schienen dunkel zu sein. Nur nach einer Seite hin durchscheinendes Glas – das hatte er von Anfang an vermutet. Warum dann aber der Lichtschein, der immerhin die Gefahr der Entdeckung mit sich brachte? Da sah er einen Schatten, zwei Hände, die sich auf merkwürdige Art bewegten, einmal die Handflächen zusammengelegt, dann übers Kreuz gerichtet, die Finger gespreizt . . . das alles unauffällig, gerade noch erkennbar, aber deutlich genug, um einen Irrtum auszuschließen.

Was sollten diese Gesten? Er brauchte nicht lange nachzudenken, um darauf zu kommen, daß sie nur ihm gelten konnten. Erwartete man, daß er verstand? Diese Frage war nur zu verneinen – dann mußte die Bedeutung also recht simpel sein, leicht zu erraten. Das Signal drohender Gefahr? Dazu waren die Bewegungen zu ruhig, die Folge zu kompliziert. Buchstaben, die man mit den Fingern formte? Auf diese Entfernung waren sie sicher nicht zu entschlüsseln. Somit blieb nur noch eine letzte Vermutung: eine Aufforderung, sich nähere Informationen zu holen. Aber wie? – Und wo?

Die Wiederbelebung von Dr. Jacobson mochte noch eine Weile andauern – vielleicht hatte er Zeit, den Raum einmal kurz zu verlassen. Er trat zu Berthé, fragte nach den Waschräumen, den Toiletten, erwähnte, daß ihm übel sei. Über die Störung leicht verärgert, wies dieser zum Eingang, und Arvid verließ möglichst unauffällig den Raum.

Er fand die Toilette, trat ein . . . er war allein. Er trat zu einer der Waschmuscheln, drehte den Hahn auf.

Da, eine leise, aber deutlich verständliche Stimme – auch hier ein Lautsprecher: »Dreh alle Hähne auf – rasch!«

Arvid folgte der Anweisung, und bald war der Waschraum mit lautem Geplätscher erfüllt. Dann trat er direkt unter den Lautsprecher, dessen Position in einer Ecke des Raumes gut zu erkennen war.

»Im Kasten mit den Papierhandtüchern findest du eine

Kassette«, sagte die Stimme. Er nahm an, daß es Rick war, der zu ihm sprach. »Versuche, zur Armatur zu gelangen, die zur Enzephalogrammetrie-Einrichtung gehört. In der Eingabetaste steckt eine Kassette – tausche sie gegen diese aus!« Ein Knacken – es war still. Arvid wartete noch einige Sekunden, dann drehte er das Wasser ab. Wie vorausgesagt lag unter dem Stoß Papierhandtücher eine Kassette, zigarettenschachtelgroß. Er konnte sie ohne weiteres in einer Innentasche seiner Jacke verschwinden lassen. Eilig kehrte er in den Operationssaal zurück.

Er trat nicht gleich zu jener Gruppe, die in der Mitte des Raums mit dem nun langsam zum Leben Erwachenden beschäftigt war, sondern ging die Wand entlang, auf die Enzephalogrammetrie-Einrichtung zu. Verstohlen holte er die Kassette aus der Brusttasche, verbarg sie in der hohlen Hand. Er sah sich die Armatur an, dann drehte er sich um, lehnte sich gegen das Pult. Er hatte sich gemerkt, wo die Kassetten eingesteckt werden mußten, und tastete nun nach der Klappe. Er spürte die schmale Leiste, die als Griff diente, zog daran ... da war auch die kantige Vorderfront der vorbereiteten Kassette. Nun war es nur noch die Aktion einiger Sekunden, die beiden Kassetten auszutauschen. Er drückte die Klappe wieder über die Öffnung, steckte dann die ausgetauschte Kassette unauffällig ein. Gelungen! Zwar hatte er keine Ahnung, welchem Zweck dieses Manöver dienen sollte, doch bedeutete es für ihn doch das Bewußtsein, sich erstmals aktiv und erfolgreich in die Aktion der Freiheitskämpfer eingeschaltet zu haben.

Langsam trat er wieder vor, gesellte sich zu den nun abwartend herumstehenden Ärzten.

Von Zeit zu Zeit ging ein Zucken über das Gesicht von Dr. Jacobson, doch noch war er weit vom Wachzustand entfernt – die schwach bewegten Wellen auf dem Monitor des Kardiografen zeigten es an.

Berthé wandte sich an einen der Ärzte, offenbar dem Leiter des Teams: »Ich denke, jetzt müßte der richtige Zeitpunkt für die Überspielung gekommen sein.«

Der andere nickte. Er gab einem seiner Mitarbeiter ein paar Anweisungen, und dieser trat an die Anlage, mit der sich Arvid kurz zuvor beschäftigt hatte: das Gerät zum Überspielen des Gedächtnisinhalts – jetzt war es Arvid klargeworden. Und er glaubte auch zu ahnen, welchen Zweck der Eingriff verfolgte.

Zwei Ärzte beschäftigten sich nun mit einer Reihe von Geräten, deren Form an einen Haarfön erinnerte. Ein holografisch projiziertes räumliches Koordinationsnetz legte sich über den Kopf des noch immer Bewußtlosen, mit Hilfe von schwachen Justierlasern richteten die Mitarbeiter die Hohlleiterantennen genau nach den radial auslaufenden Strahlen aus. Dann traten sie zurück, und auf ein Zeichen schaltete der Operateur die Überspielung ein. Ganze Reihen von roten und grünen Lämpchen oberhalb der Tastatur begannen zu blinken, und auf dem großen Monitor erschien ein zwölffaches Wellenmuster. Arvid erinnerte sich daran – es schien von derselben Art zu sein wie jenes, das sie oben im Beobachtungsraum aufgefangen hatten.

Über dem Raum lag nun eine fast feierliche Stille, und als schließlich der Hinweis kam, der Vorgang sei beendet, da wirkten die ersten noch geflüsterten Worte fast wie eine Störung.

»Macht weiter!« forderte Berthé. Er blickte auf eine Uhr an seinem Handgelenk, nickte. »Noch sind wir in der Zeit – aber, bitte, keine Verzögerungen!«

Einige Veränderungen an der Anlage, Regulation des Sauerstoffstroms, eine höhere Frequenz für die Herzstimulation . . .

Immer häufiger zuckte es im Gesicht von Dr. Jacobson, seine Augenlider bewegten sich, als quäle ihn ein unangenehmer Traum. Die Lippen zogen sich hin und wieder wie unter einem Krampf zusammen, entspannten sich wieder.

Alle standen stumm, beobachteten das Schauspiel. Man konnte meinen, die Spannung, die jeder einzelne fühlte, verstärke sich im Zusammenwirken zur Unerträglichkeit.

Und dann öffnete Dr. Jacobson die Augen. Zuerst waren sie blicklos nach oben gerichtet, aber schon Sekunden nachher begannen sie sich zu bewegen, tasteten den Raum über der Liege ab, blieben da und dort hängen, wanderten dann zur Seite – zumindest die Köpfe der zunächst Stehenden lagen noch in seinem Blickfeld, und als sie nun in diese müden und doch klaren Augen blickten, wurden sie unsicher, als hätte man sie bei einer verbotenen Handlung ertappt.

»Ist es soweit?« fragte Berthé. »Dann helft ihm!«

Zwei der Männer rückten die umstehenden Anlagen beiseite, befreiten den erwachenden Mann von allen hindernden Einrichtungen. Zwei andere faßten ihn an Nacken und Schultern, richteten ihn ein wenig auf. Doch es sah so aus, als würde er nun zunehmend an Kraft gewinnen, als hätte man ein verborgenes Energiereservoir aufgefüllt, von dem aus nun eine Welle der Belebung ausging, alle Körperfunktionen aktivierte, vor allem aber auch sein Empfinden, Denken, Erinnern . . . Einen Moment lang saß er, ohne gestützt zu werden auf seinem Lager, in einem dunkelblauen sauberen Pyjama, die Jacke an der Brust wieder geschlossen, und sein Gesicht hatte einen nahezu glücklichen Ausdruck. Dann aber – die Beobachter verzeichneten es mit Sorge – griff er sich an die Stirn, das Gesicht verzerrte sich schmerzhaft, der Körper sank in sich zusammen. Dann wieder der sichtbare Versuch, den Zusammenbruch aufzuhalten, die Schwäche zu überwinden. Er drehte sich auf seinem Sitz zur Seite, knickte die Beine, die Füße berührten den Boden. Zwei Helfer, die rasch hinzutraten, schob er kraftlos, aber bestimmt zur Seite. Er stand auf, taumelte leicht, fing sich . . . Mit langsamen, noch etwas unsicheren Schritten, aber hoch aufgerichtet, ging er einige Schritte zur Seite, zu einem Teil des Raums, der mit einem Vorhang abgeteilt war.

Er schien sich auszukennen, schien genau zu wissen, was er tat. Für Arvid war das die Bestätigung, daß er mit seiner Vermutung Recht gehabt hatte: Man hatte Dr. Jacobson – wenn dieser Name jetzt überhaupt noch berechtigt war – eine manipulierte Information einspielen wollen, und die Untergrundgruppe hatte dafür gesorgt, daß sie gegen die echte ausgetauscht wurde. Und er, Arvid, hatte diesen Plan schließlich verwirklicht. Doch was war damit erreicht?

Der schwache, sicher noch benommene, doch trotzdem stattlich und ehrfurchtsgebietend wirkende Mann schien besser zu wissen, wie das Programm ablaufen sollte. Er schob den Vorhang beiseite – und gab den Blick in eine Nische frei, in der man ein Fernsehstudio errichtet hatte. Ein Stuhl, von Scheinwerfern ins Kreuzfeuer genommen, davor das Auge einer Kamera. Der Hintergrund in neutralem Blau.

Nun ging der alte Mann weiter, trat an den Stuhl heran, stützte sich auf den Lehnen ab und ließ sich auf den Sitz gleiten. Er saß hoch aufgerichtet, den Blick nach oben, starr zur Decke gerichtet. Nun sah es nicht mehr so aus, als wäre er voll bei Besinnung – so deutlich nun die Anzeichen einer kommenden Ohnmacht. Und dann sank er plötzlich in sich zusammen, verlor den Halt, rutschte vom Stuhl herab, blieb auf dem Boden liegen.

Berthé sprang heran, drehte ihn so um, daß er das Gesicht sehen konnte, winkte den Ärzten. Einer fühltc seinen Puls, ein anderer hob das Augenlid . . . Sie hoben ihn wieder auf den Stuhl, stützten ihn mit schiefgestellter Lehne.

Berthé sah aus, als hätte er einen schweren Schock erlitten. »Die lange Verzögerung«, murmelte er. »Hoffentlich hat er keinen bleibenden Schaden erlitten!« Dann etwas energischer: »Tut, was ihr könnt! Zumindest für eine Viertelstunde müßt ihr ihn noch fit machen!«

Einer der Ärzte trat an einen Schrank und suchte nach einem Injektionsspray. Berthé selbst schob Dr. Jacobson den Ärmel hinauf, der Arzt verabreichte die Injektion. Nach kurzer Zeit regte sich der alte Mann wieder, die Hände tasteten umher, die Augenlider flatterten – er richtete sich auf. Wieder schien es, als wäre er bei Besinnung, wüßte, wo er sich befand. Seine Hand tastete nach einem Mikrofon, das neben dem Stuhl auf einem schwenkbaren Bügel befestigt war, zog es vor sein Gesicht. Die andere Hand streckte sich, ein Finger legte sich auf eine Taste mit der Aufschrift SENDUNG.

Man merkte, daß er alle Kraft zusammennahm um zu sprechen: »Ich bin jetzt informiert . . . kenne die Situation. Ich habe nicht die Absicht, hier mitzumachen. Ich billige alle Vorkehrungen, die mein Bruder getroffen hat. Und nun erfülle ich seinen letzten Wunsch – den Wunsch eines Unsterblichen, der am Leben verzweifelt ist. Er hat eine Botschaft hinterlassen – für uns alle.«

Mit letzter Kraft beugte er sich wieder zum Pult, sekundenlang blieb er erschöpft sitzen, ehe es ihm gelang, die Wiedergabetaste zu drücken.

In diesem Moment wechselte das Bild, und es wechselte nicht nur auf dem Kontrollmonitor des Studios, sondern auf sämtlichen Bildschirmen in diesem vielfach verzweigten System, an großen Bildschirmen an den Wänden von Ausbildungsstätten und Hörsälen, in den mittleren Laboratorien und Arbeitszimmern, auf den kleinen Flüssigkeitskristalldisplays der Taschengeräte – es gab kaum jemand auf Nathan 4, der die Ansprache nicht verfolgte. Es war nur einer, der hier sprach, und doch wechselte sein Aussehen ständig – einmal war es der »General« mit Monokel und Schirmmütze, einmal der »Institutsleiter« mit weichem, weißem Haar.

Die Leute im Operationssaal hatten zuerst den Eindruck, es wäre Dr. Jacobson, der da sprach, aber sie sahen, daß das nicht möglich war – denn dieser lag ohnmächtig in seinem Stuhl.

»Wenn dieses Bild anläuft, bin ich tot: Ich hatte mir das Leben eines Unsterblichen anders vorgestellt, aber ich hatte eine Aufgabe, und ich versuchte ihr gerecht zu werden. Die Menschheit mit Wissen zu versorgen, ihre Probleme lösen zu helfen . . . So lange ich daran glaubte, war ich mit meinem Schicksal zufrieden. Seit kurzem aber weiß ich, daß man unsere Resultate ignoriert, schlimmer: daß man uns als Störfaktoren ansieht, die man aus dem Weg schaffen muß, damit sie keinen Schaden anrichten. Unter diesen Umständen möchte ich nicht mehr weiterleben. Ich werde Selbstmord begehen.«

Es trat eine kleine Pause ein, doch niemand wagte, die Stille zu stören. Dann setzte der alte Mann seine Ausführungen fort.

»Vorher habe ich noch über das Schicksal dieses Planeten und der Menschen, die hier leben, nachgedacht. Und ich bin zu einem Ergebnis gekommen. Ich habe dafür gesorgt, daß die Relaisstation, über die die Verbindung zur Erde läuft, zerstört wird. Sie wird in eine Singularität des dreidimensionalen Raums eingesogen und verschwindet. Damit bricht auch der Kontakt mit der Erde ab – unwiderruflich.«

Er atmete tief, als müsse er sich noch einmal sammeln.

»Damit bekommen die Bewohner dieser Welt eine neue Aufgabe: Sie können ein neues Leben beginnen. Sie haben zehn Jahre Zeit, um diesen Planeten zu kultivieren – so lange reichen die Vorräte. Bisher hat sich niemand dafür interessiert, wie es an der Oberfläche aussieht. Das war ein Versäumnis – ich habe festgestellt, daß hier alle Chancen zu überleben bestehen.«

Noch einmal, ein letztes Mal, setzte er ein.

»Ich selbst werde nicht dabei sein. Ich bin mutlos und enttäuscht, fühle mich alt und verbraucht – wie sollte ich noch zu einer Pionierleistung fähig sein! Von nun an müßt ihr auf eigenen Füßen stehen, und gerade das wird euch die Kraft dafür geben: von vorn anzufangen. Dazu wünsche ich euch alles Glück.«

Das Bild auf den Bildschirmen flackerte, für kurze Zeit noch ein Nachbild, eine letzte, nur noch angedeutete Ansicht des Institutsleiters, dann nur noch das graue Flackern, Stille.

Zugleich aber, in den Gehirnen von tausenden Menschen, begannen sich ganz neue Gedanken zu regen, Hoffnungen und Zweifel, Furchtsamkeit und Zuversicht . . . Zu welchem Ergebnis auch immer sie kamen – eines stand fest: daß es nicht mehr so weitergehen würde wie bisher.

*Kommunikationszentrale* *Ortszeit: 1315–1335*

Die Kommunikationszentrale von Nathan 4 einige Stunden später. Die Angehörigen der Untergrundgruppe hatten sich versammelt; von hier aus bestand die beste Gelegenheit,

Antworten auf die vielen Fragen zu geben, die gestellt wurden, Ratschläge, Anweisungen . . . Wie es schien, gab es tatsächlich niemand anderen, der sich nun verantwortlich fühlte. Die Soldaten hatten ihre Manöver eingestellt, die Wissenschaftler ihre Laboratorien verlassen. Selbst die Psychologen waren kleinlaut, beanspruchten keine Führungsrolle mehr, und die Diplomaten schienen völlig von der Bildfläche verschwunden zu sein. Das war es, was Jasmine und ihrer Gruppe noch Sorgen bereitete.

Rick saß an einer Reihe von Monitoren, die verschiedene Bilder zeigten: leere Gänge, verlassene Laboratorien, öde Werkhallen . . .

Plötzlich richtete sich einer der jungen Männer auf, der am Rande der Monitorreihe saß, und machte die anderen auf das aufmerksam, was nun auf seinem Bildschirm zu sehen war. »Hier sind sie!«

Alle liefen zu ihm hin – eigentlich wäre es unnötig gewesen, denn im selben Moment hatte Rick das Bild auch auf den zentralen Monitor gebracht. Da war es groß und deutlich zu sehen: Berthé, noch immer im schwarzen Smoking, mit einer Gruppe von sieben oder acht der blau gekleideten Männern, laufend durch einen Gang.

Jetzt, da Rick wußte, wo sich die Diplomaten befanden, war es nicht schwer, sie zu verfolgen. Das Bild auf dem Monitor wechselte mehrmals sprunghaft, die Flüchtenden waren aus verschiedenen Winkeln, meist von schräg oben her, zu beobachten; sie schienen zielstrebig eine bestimmte Richtung beizubehalten.

»Sie sind auf der Flucht«, stellte Jasmine fest. »Es hat wohl auch niemand erwartet, daß sie sich uns anschließen würden. Was haben sie vor?«

Einer aus der Gruppe antwortete: »Es ist der Gang, der zur Startrampe führt!«

Wieder eine andere Sicht: eine sich öffnende Tür, Berthé und seine Gefolgschaft, die sich nun hastig durch die Tür drängte. Ein weiterer Bildwechsel: jetzt eine große, dunkle Halle, fensterlos, beleuchtet nur ein Podest in der Mitte, darauf ein Raumschiff, daneben, in der Dämmerung kaum zu erkennen, Arvids Raumfähre. Die Männer liefen auf den großen Transporter zu, stiegen ein – er schien startbereit zu sein.

»Die wollen sich davonmachen!« rief einer.

Und ein anderer: »Ich dachte, es gibt keine Rückkehr!«

Und noch einer: »Wahrscheinlich Betrug – man hat uns irregeführt, wie immer!«

Noch immer standen sie um den Monitor herum, beobachteten das Geschehen. Die Männer waren im Raumschiff verschwunden, die Schleusentür ging zu. Es dauerte nur kurze Zeit, dann trat Rauch vom Unterteil des Raumschiffs aus – wenig später heller Feuerschein.

»Sie kehren zur Erde zurück!« Aus diesem Ruf klang Empörung – und Neid!

Wieder war das Wort gefallen: zur Erde zurück. Lange genug hatten sie sich an diese Hoffnung geklammert – sie war der Antrieb gewesen, aus dem sie Kraft geschöpft hatten. So schnell war es ihnen nicht möglich, einer anderen Devise zu folgen.

Zurück zur Erde! – in dieser Vorstellung steckte immer noch genug Brisanz, um die Einigkeit zu zerbrechen, aus dem Miteinander ein Gegeneinander zu machen.

Rick regelte den Ton hoch – und nun konnten alle das Brausen der Ionentriebwerke hören, zunächst dröhnend, ohrenbetäubend, dann leiser und leiser, bis es sich verlor. Die Kamera hatte sich auf die kreisrunde Öffnung an der Decke gerichtet, aus der Rauchschwaden austraten – als silberne Kringel vor dem Hintergrund des sternenüberladenen Himmels zu erkennen.

Ein letztes Mal wechselte die Kamera: Nun sahen sie das Raumschiff, wie es sich von der Oberfläche entfernte, der bläulich-grünliche Flammenkranz des Triebwerks, der rasch kleiner wurde, zuletzt nur noch ein Punkt. Doch sie starrten ihn an, als läge in ihm die letzte Entscheidung über ihre Zukunft, ihr Schicksal.

»Die sind wir los!« sagte Connors. »Glaubt ihr wirklich, daß es denen möglich ist, auf die Erde zurückzukehren?«

»Wir haben doch gehört«, sagte Jasmine, »daß der Rückweg versperrt ist.«

»Darum haben sie sich ja so beeilt – vielleicht ist es eben doch noch nicht zu spät!«

Durch die versammelten Menschen ging eine Bewegung, als wollten sie aufbrechen, um auch ihrerseits einen letzten Versuch zu wagen.

»Mein Gott«, sagte Rick, »glaubt ihr wirklich, daß es möglich ist, auf die Erde zurückzukehren?«

»Ist es wünschenswert«, fragte Arvid zurück, »auf die Erde zurückzukehren?«

Sie standen umher, nachdenklich, unschlüssig, starrten auf den Bildschirm.

»Vielleicht hatte der Institutschef recht«, sagte Jasmine, »vielleicht sollten wir auf ihn hören!«

»Da!« – mehrere auf einmal hatten es gerufen. Plötzlich war der Bildschirm weiß überblendet, sekundenlang, dann sank die Lichterscheinung in eine Feuerkugel zusammen, die sich rasch zusammenzog. Zuletzt, zwei oder drei Minuten, ein dunkelrot leuchtender Punkt – dann nichts mehr.

## Ausblick

*Raumschiff* *Bordzeit: 0910–0930*

Sie hatten Arvids Raumfähre repariert – brachen zu einer ersten Probefahrt auf: Arvid und Jasmine, allein.

Sie saßen vor dem gewölbten Kanzelfenster, überließen die Steuerung der Automatik. Draußen zog die Landschaft vorbei – eine Zeitlang überquerten sie ein in krassem hell-dunkel gezeichnetes Relief, Gebirge, Krater, Bruchflächen, dann gerieten sie in den Bereich der Sonnenstrahlung, und auf einmal sahen die Berge freundlicher aus, zwischen ihnen Schuttflächen und Wüsten, eine imposante, wenn auch wenig einladende Landschaft. Von Ferne her der weiße Glanz einer eisbedeckten Bergkette, einzelne Gipfel, hoch aufragend, an denen sich das Licht brach wie an Edelsteinen.

Das Gebirge ragte weitaus höher empor als die Berge zuvor, beängstigend nahe kam die Fähre an die Felsklippen heran, einen Augenblick lang sahen sie den Fels ganz nahe vor sich, spürten die Kraft einer Sturmbö, die sie erfaßte und beiseite schleuderte . . . Schließlich aber triumphierte die Kraft der Triebwerke über die Gewalten des Wetters und der Witterung, sie hoben das Flugboot hoch empor – und wieder eine erstaunliche Veränderung: War es das mildere Klima des Südens, war es der Schutz der hinter ihnen zurückweichenden Felsmauer – plötzlich waren es grüne Täler, die unter ihnen lagen, sanfte Hügel, sogar die Anzeichen von Pflanzenwuchs waren zu erkennen . . . Sie sahen zwar etwas fremdartig aus, diese Farnbüschel, die da emporragten, aber sie trugen grüne Blätter, streckten bunte Blüten in den Wind.

»Wasser, grüne Pflanzen, Sonnen und Luft«, sagte Arvid. »Eine neue Welt, bereit, um erschlossen zu werden.«

»Aber es ist nicht die Erde«, sagte Jasmine nachdenklich.

»Es ist nicht die Erde, aber wir haben nichts anderes. Und es sieht nicht schlecht aus. Wir müssen es versuchen.«

In das Fleckenmuster, das sich unter ihnen ausbreitete – grün die Wiesen und der Wald, braun herausragende Tafelberge – fügten sich nun Sprenkel von Weiß und Blau ein – Seen, in denen sich dunkel der Himmel spiegelte.

Jasmine legte Arvid den Arm um die Schulter. »Ja«, sagte sie, »wir sollten es versuchen.«

*Science-fiction-Bücher von Herbert W. Franke*

Einsteins Erben. Kurzgeschichten aus dem Konfliktfeld zwischen Mensch und expandierender Technik. Suhrkamp 1980.

Der Elfenbeinturm. Eine Gruppe von Revolutionären auf der Flucht vor der eigenen Vergangenheit – und der Versuch, ein neues Leben zu beginnen. Goldmann 1965.

Das Gedankennetz. Die Odyssee eines Verfolgten durch eine Welt der Prüfungen, der Kontrolle und der Simulation. Goldmann 1963.

Die Glasfalle. Zwei Schauplätze: ein Lazarett-Raumschiff, eine Kaserne auf einem fremden Planeten . . . und der Kampf eines Einzelnen um seine Freiheit. Goldmann 1964.

Die Kälte des Weltraums. Auf einige Überlebende einer neuen Eiszeit wartet eine Aufgabe, die ins Unerforschte, Rätselhafte führt. Unter den Eisschichten stoßen sie auf Relikte, die zur Vereisung der Erde geführt haben – und die Gespenster der Vergangenheit werden wieder lebendig. Suhrkamp 1984.

Der grüne Komet. Eine Sammlung utopischer Skizzen – ein Feuerwerk von Science-fiction-Ideen. Goldmann 1964.

Keine Spur von Leben. Die Konfrontation mit nichtmenschlicher Intelligenz – ein immer wieder von anderen Seiten her betrachtetes Thema, diesmal in Form von Hörspielen. Suhrkamp 1981.

Der Orchideenkäfig. Eine Gruppe von jungen Menschen bei der Erforschung einer Stadt . . . oder ist es eine Maschine? Goldmann 1963.

Paradies 3000. Kurzgeschichten aus naher und ferner Zukunft – technische Extrapolationen, bei denen auch der sense of wonder nicht zu kurz kommt. Suhrkamp 1981.

Schule für Übermenschen. . . . hier soll der »Neue Mensch« geformt werden, angepaßt an die ungewohnten Lebensbedingungen der Tiefsee und des Weltraums. Doch die Belastbarkeit hat ihre Grenzen . . . Suhrkamp 1980.

Tod eines Unsterblichen. Ein ferner Planet, modernsten Projekten der Wissenschaft und Technik gewidmet – und ein Gelehrter, der an seiner Aufgabe verzweifelt. Suhrkamp 1982.

Sirius Transit. Das große Spiel zwischen Traum und Wirklichkeit mit dem Traumziel Sirius. Suhrkamp 1979.

Stahlwüste. Ein Sabotagetrupp landet in einer radioaktiv verseuchten Ruinenlandschaft – man findet zu völlig anderen Zielen. Goldmann 1966.

Transpluto. Ein Vorstoß an die Grenzen des Weltalls . . . mit außerordentlich überraschenden Ergebnissen. Suhrkamp 1982.

Ypsilon minus. Eine kontrollierte Welt, der Macht des Computers unterworfen – und ein Zwischenfall, der eigentlich nicht möglich ist. Suhrkamp 1976.

Zarathustra kehrt zurück. Eine Reihe von Kurzgeschichten, streng auf naturwissenschaftlicher Basis begründet – und dennoch phantastisch genug. Suhrkamp 1977.

Zone Null. Eine Expedition in das Niemandsland zwischen zwei politischen Blöcken und weit darüber hinaus – bis an die Grenzen des menschlichen Wissens. Suhrkamp 1980.

Alle diese Bände sind, meist als Neuauflagen, im Buchhandel erhältlich.

## *Phantastische Bibliothek in den suhrkamp taschenbüchern*

Violetter Umschlag kennzeichnet die Bände der »Phantastischen Bibliothek« innerhalb der *suhrkamp taschenbücher*

Band 1 Stanisław Lem, Nacht und Schimmel. Erzählungen. Aus dem Polnischen von I. Zimmermann-Göllheim. st 356
Band 2 H. P. Lovecraft, Das Ding auf der Schwelle. Unheimliche Geschichten. Deutsch von Rudolf Hermstein. st 357
Band 3 Herbert W. Franke, Ypsilon minus. st 358
Band 4 Blick vom anderen Ufer. Europäische Science-fiction. Herausgegeben von Franz Rottensteiner. st 359
Band 5 Gore Vidal, Messias. Roman. Deutsch von Helga und Peter von Tramin. st 390
Band 6 Ambrose Bierce, Das Spukhaus. Gespenstergeschichten. Deutsch von Gisela Günther, Anneliese Strauß und K. B. Leder. st 365
Band 7 Stanisław Lem, Transfer. Roman. Deutsch von Maria Kurecka. st 324 (vergriffen)
Band 8 H. P. Lovekraft, Der Fall Charles Dexter Ward. Zwei Horrorgeschichten. Aus dem Amerikanischen von Rudolf Hermstein. st. 391
Band 9 Herbert W. Franke, Zarathustra kehrt zurück. st 410
Band 10 Algernon Blackwood, Besuch von Drüben. Gruselgeschichten. Aus dem Englischen von Friedrich Polakovics. st 411
Band 11 Stanisław Lem, Solaris. Roman. Aus dem Polnischen von I. Zimmermann-Göllheim. st 226 (vergriffen)
Band 12 Algernon Blackwood, Das leere Haus. Phantastische Geschichten. Deutsch von Friedrich Polakovics. st 30
Band 13 A. und B. Strugatzki, Die Schnecke am Hang. Aus dem Russischen von H. Földeak. Mit einem Nachwort von Darko Suvin. st. 434
Band 14 Stanisław Lem, Die Untersuchung. Kriminalroman. Aus dem Polnischen von Jens Reuter und Hans Jürgen Mayer. st 435
Band 15 Philip K. Dick, UBIK. Science-fiction-Roman. Aus dem Amerikanischen von Renate Laux. st 440
Band 16 Stanisław Lem, Die Astronauten. Utopischer Roman. Aus dem Polnischen von Rudolf Pabel. st 441
Band 17 Phaïcon 3. Almanach der phantastischen Literatur. Herausgegeben von Rein A. Zondergeld. st 443
Band 18 Stanisław Lem, Die Jagd. Neue Geschichten des Piloten Pirx. Aus dem Polnischen von Roswitha Buschmann, Kurt Kelm, Barbara Sparing. st 302
Band 19 H. P. Lovecraft, Cthulhu. Geistergeschichten. Deutsch von H. C. Artmann. Vorwort von Giorgio Manganelli. st 29

Band 20 Stanisław Lem, Sterntagebücher. Aus dem Polnischen von Caesar Rymarowicz. Mit Zeichnungen des Autors. st 459

Band 21 Polaris 4. Ein Science-fiction-Almanach von Franz Rottensteiner. st 460

Band 22 Das unsichtbare Auge. Eine Sammlung von Phantomen und anderen unheimlichen Erscheinungen. Erzählungen. Herausgegeben von Kalju Kirde. st 477

Band 23 Stefan Grabiński, Das Abstellgleis und andere Erzählungen. Mit einem Nachwort von Stanisław Lem. Aus dem Polnischen von Klaus Staemmler. st 478

Band 24 H. P. Lovecraft, Berge des Wahnsinns. Zwei Horrorgeschichten. Deutsch von Rudolf Hermstein. st 220

Band 25 Stanisław Lem, Memoiren, gefunden in der Badewanne. Aus dem Polnischen von Walter Tiel. Mit einer Einleitung des Autors. st 508

Band 26 Gerd Maximovič, Die Erforschung des Omega-Planeten. Erzählungen. st 509

Band 27 Edgar Allan Poe, Der Fall des Hauses Ascher. Aus dem Amerikanischen von Arno Schmidt und Hans Wollschläger. st 517

Band 28 Algernon Blackwood, Der Griff aus dem Dunkel. Gespenstergeschichten. Deutsch von Friedrich Polakovics. st 518

Band 29 Stanisław Lem, Der futurologische Kongreß. Aus dem Polnischen von I. Zimmermann-Göllheim. st 534

Band 30 Herbert W. Franke, Sirius Transit. Roman. st 535

Band 31 Darko Suvin, Poetik der Science-fiction. Zur Theorie und Geschichte einer literarischen Gattung. Deutsch von Franz Rottensteiner. st 539

Band 32 M. R. James, Der Schatz des Abtes Thomas. Zehn Geistergeschichten. Aus dem Englischen von Friedrich Polakovics. st 540

Band 33 Stanisław Lem, Der Schnupfen. Kriminalroman. Autorisierte Übersetzung aus dem Polnischen von Klaus Staemmler. st 570

Band 34 Franz Rottensteiner (Hrsg.), ›Quarber Merkur‹. Aufsätze zur Science-fiction und Phantastischen Literatur. st 571

Band 35 Herbert W. Franke, Zone Null. Science-fiction-Roman. st 585

Band 36 Über Stanisław Lem. Herausgegeben von Werner Berthel. st 586

Band 37 Wie der Teufel den Professor holte. Science-fiction-Erzählungen aus Polaris 1. st 629

Band 38 Das Mädchen am Abhang. Science-fiction-Erzählungen aus Polaris 2. st 630

Band 39 Der Weltraumfriseur. Science-fiction-Erzählungen aus Polaris 3. st 631

Band 40 Die Büßerinnen aus dem Gnadenkloster. Phantastische Erzählungen aus Phaïcon 2. Herausgegeben und mit einem Vorwort von Rein A. Zondergeld. st 632

Band 41 Herbert W. Franke, Einsteins Erben. Science-fiction-Geschichten. st 603
Band 42 Edward Bulwer Lytton, Das kommende Geschlecht. Aus dem Englischen übersetzt von Michael Walter. st 609
Band 43 H. P. Lovecraft, Die Katzen von Ulthar und andere Erzählungen. Deutsch von Michael Walter. st 625
Band 44 Phaïcon 4. Almanach der phantastischen Literatur. Herausgegeben von Rein A. Zondergeld. st 636
Band 45 Johanna Braun, Günter Braun, Unheimliche Erscheinungsformen auf Omega XI. Utopischer Roman. st 646
Band 46 Bernd Ulbrich, Der unsichtbare Kreis. Utopische Erzählungen. st. 652
Band 47 Stanisław Lem, Imaginäre Größe. Aus dem Polnischen von Caesar Rymarowicz. st 658
Band 48 H. W. Franke, Paradies 3000. Science-fiction-Erzählungen. st 664
Band 49 Arkadi und Boris Strugatzki, Picknick am Wegesrand. Utopische Erzählung. Aus dem Russischen übersetzt von Aljonna Möckel. Mit einem Nachwort von Stanisław Lem. st 670
Band 50 Louis-Sébastien Mercier, Das Jahr 2440. Deutsch von Christian Felix Weiße (1772). Herausgegeben, mit Erläuterungen und einem Nachwort versehen von Herbert Jaumann. st 676
Band 51 Johanna Braun, Günter Braun, Der Fehlfaktor. Utopisch-phantastische Erzählungen. st 687
Band 52 H. P. Lovecraft, Stadt ohne Namen. Gespenstergeschichten. Aus dem Amerikanischen von Charlotte Gräfin von Klinckowstroem. Mit einem Nachwort von Dirk W. Mosig. st 694
Band 53 Leo Szilard, Die Stimme der Delphine. Utopische Science-fiction-Erzählungen. Mit einem Vorwort von Carl Friedrich von Weizsäcker. st 703
Band 54 Polaris 5. Ein Science-fiction-Almanach. Herausgegeben von Franz Rottensteiner. st 713
Band 55 Arthur Machen, Die leuchtende Pyramide und andere Geschichten des Schreckens. Aus dem Englischen von Herbert Preissler. st 720
Band 56 J. G. Ballard, Der ewige Tag und andere Erzählungen. Deutsch von Michael Walter. st 727
Band 57 Stanisław Lem, Mondnacht. Hör- und Fernsehspiele. Aus dem Polnischen übersetzt von Klaus Staemmler, Charlotte Eckert, Jutta Janke und I. Zimmermann-Göllheim. st 729
Band 58 Herbert W. Franke. Schule für Übermenschen. st 730
Band 59 Joseph Sheridan Le Fanu, Der besessene Baronet und andere Geistergeschichten. Deutsch von Friedrich Polakovics. Mit einem Nachwort von Jörg Krichbaum. st 731

Band 60 Philip K. Dick, LSD-Astronauten. Deutsch von Anneliese Strauß. st 732

Band 61 Stanisław Lem, Terminus und andere Geschichten des Piloten Pirx. Aus dem Polnischen von Caesar Rymarowicz. st 740

Band 62 Herbert W. Franke, Keine Spur von Leben. *Hörspiele.* st 741

Band 63 Johanna Braun, Günter Braun, Conviva Ludibundus. Utopischer Roman. st 748

Band 64 William Hope Hodgson, Stimme in der Nacht. Unheimliche Seegeschichten. Deutsch von Wulf Teichmann. st 749

Band 65 Kōbō Abe, Die vierte Zwischeneiszeit. Aus dem Japanischen von S. Schaarschmidt. st 756

Band 66 Die andere Zukunft. Phantastische Erzählungen aus der DDR. Herausgegeben von Franz Rottensteiner. st 757

Band 67 Michael Weisser, SYN-CODE-7. Science-fiction-Roman. st 764

Band 68 C. A. Smith, Saat aus dem Grabe. Phantastische Geschichten. Aus dem Amerikanischen von Friedrich Polakovics. st 765

Band 69 Herbert W. Franke, Tod eines Unsterblichen. Science-fiction-Roman. st 772

Band 70 Philip K. Dick. Mozart für Marsianer. Science-fiction-Roman. Aus dem Amerikanischen von Renate Laux. st 773

Band 71 H. P. Lovecraft, In der Gruft und andere makabre Geschichten. Deutsch von Michael Walter. st 779

Band 72 A. und B. Strugatzki, Montag beginnt am Samstag. Utopisch-phantastischer Roman. Aus dem Russischen von Hermann Buchner. st 780

Band 73 Stanisław Lem, Die Ratte im Labyrinth. Ausgewählt von Franz Rottensteiner. Aus dem Polnischen von Roswitha Buschmann, Caesar Rymarowicz, Jens Reuter und Klaus Staemmler. st 806

Band 74 Johanna Braun, Günter Braun, Der Irrtum des großen Zauberers. Phantastischer Roman. st 807

Band 75 J. G. Ballard, Kristallwelt. Science-fiction-Roman. Deutsch von Margarete Bormann. st 818

Band 76 Peter Schattschneider, Zeitstopp. Science-fiction-Geschichten. st 819

Band 77 Phantasma. Polnische Geschichten aus dieser und jener Welt. Herausgegeben und übersetzt von Klaus Staemmler. st 826

Band 78 Arkadi und Boris Strugatzki, Die gierigen Dinge des Jahrhunderts. Phantastischer Roman. Aus dem Russischen von Heinz Kübart. st 827

Band 79 J. G. Ballard, Die Tausend Träume von Stellavista und andere Vermilion-Sands-Stories. Aus dem Englischen von Alfred Scholz. st 833

Band 80 Brian W. Aldiss, Der unmögliche Stern. Science-fiction-Geschichten. Aus dem Englischen von Rudolf Hermstein. st 834

Band 81 Herbert W. Franke, Transpluto. Science-fiction-Roman. st 841

Band 82 Polaris 6. Ein Science-fiction-Almanach, Herbert W. Franke gewidmet. Herausgegeben von Franz Rottensteiner. st 842

Band 83 Algernon Blackwood, Der Tanz in den Tod. Unheimliche Geschichten. Herausgegeben von Kalju Kirde. Aus dem Englischen von Friedrich Polakovics. st 848

Band 84 L. Sprague de Camp, H. P. Lovecraft. Eine Biographie. Aus dem Amerikanischen von Jörg Krichbaum. st 849 (erscheint nicht)

Band 85 Stanisław Lem, Robotermärchen. Aus dem Polnischen von I. Zimmermann-Göllheim. st 856

Band 86 Phaïcon 5. Almanach der phantastischen Literatur. Herausgegeben von Rein A. Zondergeld. st 857

Band 87 C. A. Smith, Planet der Toten. Phantastische Erzählungen. Aus dem Amerikanischen von Friedrich Polakovics. st 864

Band 88 Jerzy Żuławski, Auf dem Silbermond. Science-fiction-Roman. Aus dem Polnischen von Edda Werfel. st 865

Band 89 Arkadi und Boris Strugatzki, Fluchtversuch. Science-fiction-Roman. Aus dem Russischen von Dieter Pommerenke. st 872

Band 90 Michael Weisser, DIGIT. Science-fiction-Roman. st 873

Band 91 Rein A. Zondergeld, Lexikon der phantastischen Bibliothek. st 880

Band 92 Johanna Braun, Günter Braun, Der Utofant. In der Zukunft aufgefundene Journale aus dem Jahrtausend III. st 881

Band 93 Cordwainer Smith, Herren im All. Science-fiction-Erzählungen. Aus dem Amerikanischen von Rudolf Hermstein. st 888

Band 94 Tod per Zeitungsannonce und andere phantastische Erzählungen aus Rußland. Herausgegeben von Elisabeth Cheauré. Aus dem Russischen von Edda Werfel und anderen. st 889

Band 95 J. G. Ballard, Hallo Amerika! Science-fiction-Roman. Aus dem Englischen von Rudolf Hermstein. st 895

Band 96 J. G. Ballard, Billennium. Science-fiction-Erzählungen. Aus dem Englischen von Alfred Scholz und Michael Walter. st 896

Band 97 Stanisław Lem, Die Stimme des Herrn. Roman. Aus dem Polnischen von Roswitha Buschmann. st 907

Band 98 Thomas Owen, Wohin am Abend? und andere seltsame Geschichten. Deutsch von Rein A. Zondergeld. Mit einem Nachwort des Übersetzers. st 908

Band 99 Martin Roda Becher, An den Grenzen des Staunens. Aufsätze zur phantastischen Literatur. st 915

Band 100 Phantastische Träume. Herausgegeben von Franz Rottensteiner. st 954

st 813 Robert Walser
Der Gehülfe
Roman
292 Seiten
»Die Prosa Robert Walsers ist auf arglose Weise hinterhältig. Gefeit gegen jede schnelle Lektüre, verlangt sie eine unendlich rege Aufmerksamkeit, denn erst im Wieder- und Wiederlesen zeigt sie ihre wahre Gestalt. Was zuerst wie Unvermögen und Verwahrlosung, wenn nicht gar wie Kitsch aussieht, entpuppt sich im Nachhinein als Raffinesse. ... Jedes Klischee gerät ihm zur Demonstration gegen den gefälligen Effekt, seine Komik ist freiwillig.« *Wolf Wondratschek*

st 815 Hans Christoph Buch
Jammerschoner
Sieben Nacherzählungen
162 Seiten
»Hintergründig und scheinbar sadistisch entlarvt der Autor soziale, politische, historische Verhältnisse, er verschränkt spielerisch, doch mit deutlichem Hinweis, verschiedene Epochen, Zeiten, ja Kulturen. Er tut dies mit den Mitteln einer Sprache, die parodistisch zitierend den Figuren ihr eigenes Urteil spricht.«

st 816 Natalia Ginzburg
Ein Mann und eine Frau
Aus dem Italienischen von Arianna Giachi
190 Seiten
»Aus diesen gleichmütigen, fast teilnahmslosen Mitteilungen entsteht unversehens ein unentrinnbares Lebensge-

füge, in das man selbst, lesend, hineingerät, dem man in alle Einzelheiten folgt.« *Süddeutsche Zeitung*

st 817 Igor Strawinsky
Aufsätze, Kritiken, Erinnerungen
Ausgewählt und herausgegeben von Heinrich Lindlar
226 Seiten
Was über Werden und Wirken, über Weg und Werk des russisch-französisch-amerikanischen Komponisten und Kosmopoliten Strawinsky vom Aufbruch unseres Jahrhunderts im Reflex seiner Mitarbeiter, Freunde und Mäzene, aber auch seiner eingeschworenen Gegner aus dem Umfeld der Neuen Wiener Schule Schönbergs – was da an Erinnerungen, an Huldigungen und Attacken von Belang war, findet sich in diesem Auswahlband wie in einem Brennspiegel.

st 818 J. G. Ballard
Kristallwelt
Roman
Aus dem Englischen übersetzt von Margarete Bormann
Phantastische Bibliothek Band 75
178 Seiten
»Am Tage flogen phantastische Vögel durch den erstarrten Wald, und edelsteinbesetzte Krokodile glitzerten wie heraldische Salamander an den Ufern des kristallenen Flusses. Nachts jagte der leuchtende Mann unter den Bäumen dahin, die Arme wie goldene Wagenräder, der Kopf wie eine gespenstische Krone ...«

st 819 Peter Schattschneider
Zeitstopp
Science-fiction-Geschichten
Phantastische Bibliothek Band 76
230 Seiten
»Mit einemmal sah er nur noch Atome und Moleküle, die keinen Bezug zueinander hatten. Nichts veränderte sich. Die Naturgesetze zerfielen, weil es in der Zeitlosigkeit nichts gab, das sie beschreiben konnten, und mit ihnen zerfielen die Objekte. Bäume, Sträucher, das verdorrte Gras, Erde und Gestein, selbst die Sonne und der in der Luft erstarrte Vogel: Alles verlor sich in Bedeutungslosigkeit.«

st 821 Hans Carossa
Der Arzt Gion
Eine Erzählung
256 Seiten
»Die Lauterkeit seiner Gesinnung, die Tiefe seiner so bescheiden auftretenden Problematik, und mehr als alles der Adel seiner Sprache, seines schönen, wie eine Quelle fließenden Deutsch machen dies ernste Buch unausschöpflich, wie alle echte Dichtung es ist.« *Hermann Hesse*

st 822 Marcel Proust
Sodom und Gomorra
Auf der Suche nach der verlorenen Zeit
Vierter Teil
Deutsch von Eva Rechel-Mertens
2 Bände, zus. 724 Seiten
»Von der Erfahrung Prousts in Deutschland verspreche ich mir Entscheidendes, nicht im Sinne der Nachahmung, sondern in dem des Maßstabes. ... Angesichts des desorientierten Zustandes der deutschen Prosa, wenn nicht der Krisis der Sprache überhaupt, ist Rettendes zu hoffen von der Rezeption eines Dichters, der das Exemplarische vereint mit dem Avancierten.«
*Theodor W. Adorno*

st 823 Sylvia Beach
Shakespeare and Company
Ein Buchladen in Paris
Aus dem Amerikanischen von Lilly v. Sauter
Mit Abbildungen
248 Seiten
»*Shakespeare and Company* ist kein gelehrtes Buch, es ist ein ganz persönlicher Bericht. In Sylvia Beachs Erinnerungen kommen nahezu alle vor, die in den zwanziger Jahren eine Rolle spielten, und Sylvia Beach zählte sie alle zu ihren Bekannten.« *The New Yorker*

st 824 Erik H. Erikson
Lebensgeschichte und historischer Augenblick
Übersetzt von Thomas Lindquist
296 Seiten
Die Frage, um die es Erikson in diesem Buch geht, lautet: Psychoanalyse – Anpassung oder Freiheit? Erikson plä-

diert für eine Form von Adaption, die den Patienten befähigt, die Realität so zu sehen, wie sie ist, was nicht bedeutet, sie in ihrer Faktizität einfach hinzunehmen. Eriksons »goldene Regel« für seine eigene Praxis ist ein Begriff von Anpassung, der auf Gegenseitigkeit und Anerkennung basiert.

st 825 Volker Erbes
Die blauen Hunde
Erzählung
190 Seiten
*Die blauen Hunde* erzählt die Geschichte einer Krankheit. Scheinbar unangekündigt trifft sie eine junge Frau. Die Vorgeschichte zeigt, daß die Formen ihres Wahns nicht zufällig sind oder abstrus, sondern bis in die absonderlichen Details biographisch bestimmt. Auch der Erzähler, der ehemalige Freund dieser Frau, wird von dem Wahn, der der Wahn einer Epoche ist, erfaßt. Indem er ihre Geschichte erzählt, entdeckt er betroffen die Rolle, die er darin spielt.

st 826 Phantasma
Polnische Geschichten aus dieser und jener Welt
Herausgegeben und übersetzt von Klaus Staemmler
Phantastische Bibliothek Band 77
282 Seiten
Zwanzig Erzählungen von neunzehn Autoren stellt dieser Band vor, utopische und phantastische Geschichten, heitere und ernste, amüsante und besinnliche; Spekulationen über die Zukunft stehen neben satirischen Seitenhieben auf die wenig vollkommene Gegenwart. Und es gibt auch gar schauerliche, diabolische und unheimliche Geschichten.

st 828 Hermann Lenz
Die Begegnung
Roman
204 Seiten
»Ein wundersames und wunderbares Buch . . . ein Roman, der ganz unwichtig tut und doch voll Weisheit ist; der beiläufig erzählt wirkt und doch Existentiellem auf den Grund geht; der in geschichtlicher Zeit spielt und uns die eigene Zeit und unsere eigene Zerrissenheit besser wahrnehmen läßt.« *Deutsche Zeitung*

st 829 Pablo Neruda
Liebesbriefe an Albertina Rosa
Zusammengestellt, eingeführt und mit Anmerkungen versehen
von Sergio Fernández Larraín
Aus dem Spanischen von Curt Meyer-Clason
Mit Abbildungen
338 Seiten
Wer die Memoiren Nerudas gelesen hat, kennt seine Erzählhaltung. Das Schreiben sei für ihn wie das Schuhemachen – und so urpersönlich, sympathisch warm und menschlich ist auch der Ton dieser Briefe. Sie befassen sich mit Zuneigung und alltäglichen Sorgen, mit Hoffnungen und Enttäuschungen.

st 831 Helm Stierlin
Delegation und Familie
Beiträge zum Heidelberger familiendynamischen Konzept
258 Seiten
»Die Beiträge des Bandes verarbeiten eine Fülle von Fallbeispielen und therapeutischen Erfahrungsdaten vor dem Hintergrund der psychoanalytischen Grundannahmen zu einem komplexen System von Hilfestellung für die unterschiedlichsten familiären Konstellationen. Lesenswert für jeden, der an Einsicht in ein komplexes Gefüge von Zusammenhängen interessiert ist.«

*Wissenschaftlicher Literaturanzeiger*

st 833 J. G. Ballard
Die Tausend Träume von Stellavista
und andere Vermilion-Sands-Stories
Aus dem Englischen von Alfred Scholz
Phantastische Bibliothek Band 79
204 Seiten
Vermilion Sands, ein Wüstenkurort zur Erfüllung der ausgefallensten Träume der gelangweilten Reichen, jetzt Künstlerkolonie für Maler, Literaten, bildende Künstler und Musiker, ist in einem langsamen, aber unaufhaltsamen Verfall begriffen. Dichter drücken lediglich auf die Knöpfe ihrer Computer, die automatisch für sie dichten; tönende Skulpturen wachsen aus dem Boden, und empfindsame Pflanzen reagieren auf die Töne der Musik.